中国奇谭

# 搜神记

手绘图鉴

凤妩/编著　畅小米/绘

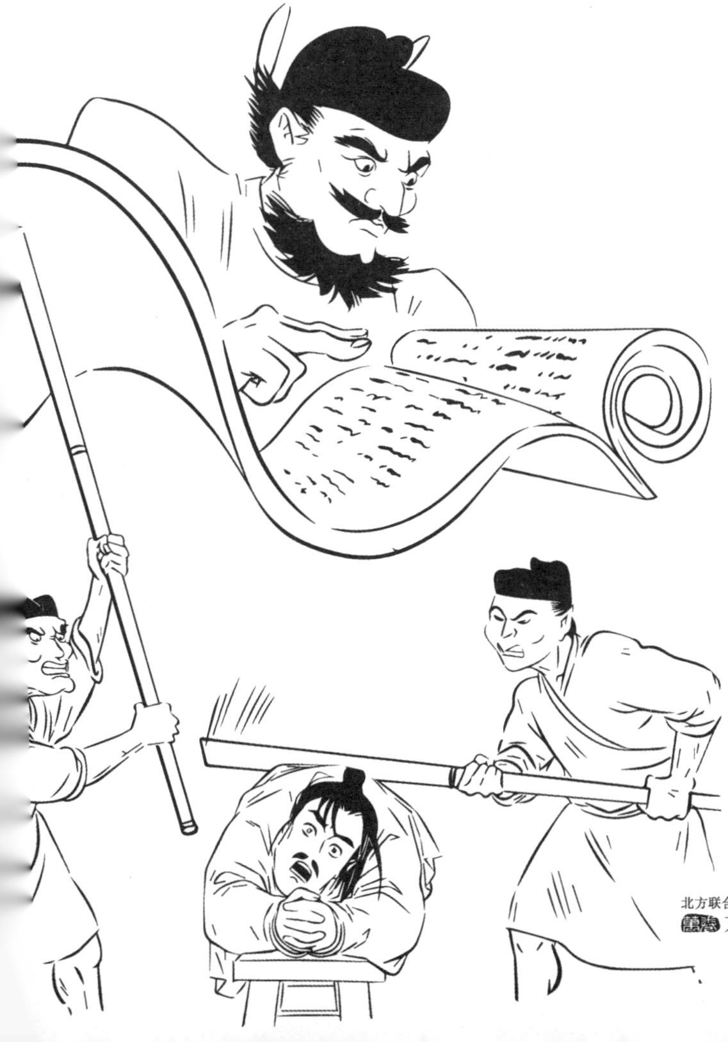

北方联合出版传媒(集团)股份有限公司
万卷出版有限责任公司

图书在版编目（CIP）数据

搜神记 / 凤妩编著；畅小米绘. — 沈阳：万卷出版有限责任公司, 2024.2
ISBN 978-7-5470-6051-3

Ⅰ.①搜… Ⅱ.①凤… ②畅… Ⅲ.①《搜神记》-通俗读物 Ⅳ.① I207.41-49

中国版本图书馆 CIP 数据核字（2022）第 128261 号

出 品 人：王维良
出版发行：北方联合出版传媒（集团）股份有限公司
　　　　　万卷出版有限责任公司
　　　　　（地址：沈阳市和平区十一纬路 29 号　邮编：110003）
印 刷 者：辽宁新华印务有限公司
经 销 者：全国新华书店
幅面尺寸：145mm×210mm
字　　数：190 千字
印　　张：9
出版时间：2024 年 2 月第 1 版
印刷时间：2024 年 2 月第 1 次印刷
责任编辑：高　爽　邢茜文
责任校对：张　莹
封面设计：琥珀视觉
装帧设计：范　娇
ISBN 978-7-5470-6051-3
定　　价：68.00 元
联系电话：024-23284090
传　　真：024-23284448

常年法律顾问：王　伟　版权所有　侵权必究　举报电话：024-23284090
如有印装质量问题，请与印刷厂联系。联系电话：024-31255233

# 序言

魏晋时期，志怪小说的创作达到高峰。无论是质量还是数量，都取得了长足进步，《搜神记》就是其中的佼佼者。《搜神记》顾名思义，是搜罗志怪神异之事，并将其缀辑而成的书籍。

《搜神记》的作者干宝，是东晋初期的史学家。对于干宝的记载，最早可见于《晋中兴书》，但只留存只言片语。对干宝事迹记载最为详细的是《晋书》，据《晋书》所载，干宝字令升，原籍汝南新蔡（今河南新蔡）。汉末时，干家先人迁居浙江海盐。三国时期，海盐隶属吴国，干宝的祖父干统出仕吴国，担任奋武将军；他的父亲干莹曾担任丹阳丞。干宝自幼勤奋好学、博览群书，对阴阳术数尤为感兴趣，精研玄学大家京房、夏侯胜等人所作的《易传》，曾向韩友请教过占卜之道。

西晋永嘉年间，干宝以其才被召为佐著作郎，后因平叛有功得赐关内侯。东晋建武元年（317年），王导举荐干宝以著作郎领国史，同时期佐著作郎中有名士郭璞。在担任著作郎期间，干宝开始收集奇异传说撰写《搜神记》。据《初学记》记载，干宝因贫困而笔墨不够用，曾向皇帝上奏表："臣前聊欲撰记古今怪异非常之事，会聚散逸，使同一贯，博访知之者。片纸残行，事事各异。又乏纸笔，或书故纸。"诏答云："今赐纸二百枚。"

奏表中所言的"古今怪异非常之事"正是《搜神记》，从中也可以看出《搜神记》内容来源分为两种：一是采录前人古书中的相关资料，主要有《左传》《竹书纪年》《吕氏春秋》《史记》《列仙传》《风俗通义》等作品；一是访故事于前老，通过交谈、书信等方式从他人处得知的近世玄妙故事。

如此长篇大作需要大量笔墨，晋时笔墨昂贵，干宝担任的著作郎一职清贵有余但俸禄不足，于是在晋成帝咸和年间，干宝以家贫为由，乞求外放为山阴令，并推荐挚友葛洪代其职。后王导辅政，召其为司徒右长史。

干宝一生著作颇丰，除《搜神记》这样的"史之余"三十卷外，还有《晋记》二十卷、《周易注》十卷、《春秋左氏函传义》十五卷、《干子》十八卷、《百志诗》九卷，可惜这些作品都已散佚不知何处，今存于世的全是辑录本。干宝最有影响力的作品无疑是《搜神记》，有趣的是《明一统志》中《干莹墓》一篇的注语记载，干宝曾有《无鬼录》一篇，可见并非好谈志怪神异之人，那干宝是因为什么思想产生变化的呢？

在《搜神记序》中干宝作了解释："建武中，有所感起，是用发愤焉。"这件令干宝三观倒塌、开始发愤的事情，是干宝兄长干庆的死而复生。干庆复生后，称自己于迷蒙之中见了天地间鬼神事，兄长的经历让干宝深信不疑。这也让干宝想到了幼年时家中的一件怪事：干宝的父亲生前宠幸一名婢女，干父亡故后，干母将婢女推入干父墓中，为其殉葬。十余年后，干母亡故，干家打开坟墓准备将干母与干父合葬，没想到当初殉葬的婢女还活着。这样的事情让干宝思想发生变化，相信"神道之不诬"。

干宝思想的转变，与他所处的时代息息相关。东汉末年以来道教兴起，追求神仙道术、服食仙人丹药流行于世，与此同时佛教也得到统治者的大力提倡，众多君主崇佛奉法，士大夫阶层和普通百姓对佛教也极为欢迎。正是佛道昌盛的宗教风气，助长了魏晋时期的志怪小说的繁荣。干宝沐浴此风，欲编撰《搜神记》也不足为奇。

值得一提的是，《搜神记》的内容虽是志怪之流，但干宝对于《搜神记》的态度却是史家的严肃态度，西汉末年刘向、刘歆父子整理群书而作《七略》，奠《汉书·艺文志》之基，干宝以二人为榜样，有将"七略"扩展为"八略"的宏愿。而这第八略，自然就是汉魏以来新兴的玄门著作，神仙志怪一流。

干宝创作的《搜神记》原有三十卷，在宋元时期就已亡佚，今本二十卷《搜神记》首载于海盐人胡震亨和姚士粦刊印的《秘册汇函》之中，今人普遍认为这是明代学者胡应麟辑录之作。姚士粦《见只编》卷中记载："江南藏书，胡元瑞号为最富，余尝见其书目，较之馆阁藏本，目有加益，然经学训注，稍有不及。有《搜神记》，余欣然索看，胡云不敢以诒知者，率从《法苑珠林》及诸类书抄出者。……顷见元瑞《甲乙剩言》，云有卢思道《知己传》二卷，则又前目之所不载者。"

胡应麟《甲乙剩言·知己传》中写得更为清楚："余尝于潞河道中，与嘉禾姚叔祥（按：叔祥姚士粦字）评论古今四部书。姚见余家藏书目中，有干宝《搜神记》，大骇曰：'果有是书乎？'余应之曰：'此不过从《法苑》《御览》《艺文》《初学》《书抄》诸书中录出耳，岂从金函石箧幽岩土窟掘得邪？大都后出异书，皆此类也。惟今浙中所刻《夷坚志》，乃吾箧中五分之一耳。'"

两相对比可知，胡应麟确实辑录过《搜神记》，并将辑录好的作品放置于藏书之中，偶然间被友人姚叔祥所见，而后刊印成册。胡应麟一向对志异小说兴趣浓厚，在其《少室山房笔丛》中记载了少时"遍搜诸小说"、辑录鬼诗数百篇的故事，甚至有续《太平广记》之志，从兴趣爱好和才华上来说，胡应麟与干宝是同频的。两个有趣的灵魂，两个海盐人隔着数百年的岁月，合力完成了今天我们看到的《搜神记》。

鲁迅先生在《中国小说史略》中评论道："《搜神记》多已佚失，现在所存的，乃是明人辑各书引用的话，再加别的志怪书而成，是一部半真半假的书籍。"这一论断，乃真知灼见。

《搜神记》二十卷的内容大概可以分为神仙术士、神灵感应、天灾地妖、物怪变化、复生鬼事、神话传说几个大类。《搜神记》体例清晰，叙事文辞直而能婉，向来为人所称道，其中不少故事对后世故事和人文生活都有深远影响。例如，卷十一东海孝妇含冤被杀、大旱三年的故事，是关汉卿《窦娥冤》的原型；干将、莫邪铸剑被杀，侠客为其报仇的故事，演变成了鲁迅先生笔下经典作品《铸剑》；阿紫惑人故事中的阿紫，成为了狐妖的经典形象。整体来说，《搜神记》内容虽然仍是"片纸残行，事事各异"，但情节完整、叙事生动，令人欲罢不能。

《搜神记》创作完后，干宝曾请刘惔点评，刘惔评价道："卿可谓鬼之董狐。"刘惔乃名士，人品才华为世所重，他将干宝喻为古之良史董狐，实在耐人琢磨，《世说新语》将这件事分在"排调"门类，认为刘惔语意讥讽，但古之良史这个评价不可谓不高了。本书挑选了两百余篇《搜神记》中经典有趣的故事以飨读者，干宝为鬼之董狐，我等为其读者，也是一大幸事。笔者学力有限，如有错漏之处，敬请指正。

凤妖

# 目 录

**序言**

**卷一**

| | |
|---|---|
| 神 农 | / 002 |
| 赤松子 | / 004 |
| 偓佺采药 | / 006 |
| 彭 祖 | / 008 |
| 甯封子自焚 | / 010 |
| 师 门 | / 011 |
| 崔文子学仙 | / 012 |
| 葛 由 | / 014 |
| 琴 高 | / 015 |
| 焦山老君 | / 018 |
| 淮南八公歌 | / 020 |
| 介 琰 | / 022 |
| 董 永 | / 024 |
| 王乔飞鸟 | / 025 |

汉阴生 / 028
葛玄使法术 / 030

郭璞撒豆成兵 / 058
郭璞筮病 / 060
严卿禳灾 / 062

## 卷二

寿光侯 / 033
东海黄公 / 036
天竺胡人 / 038
范寻养虎 / 040
李少翁 / 042
营陵道人 / 043
白头鹅 / 044
夏侯弘见鬼 / 045

## 卷四

张宽说女宿 / 064
灌坛令 / 065
华山使 / 066
庐君致聘 / 068
宫亭湖二女 / 071
犀角簪 / 072
黄　公 / 073
戴文谋疑神 / 076
阴子方祭神 / 080

## 卷三

臧仲英 / 049
乔玄见白光 / 050
管辂教颜超延命 / 052
管辂筮郭恩 / 054
淳于智卜宅 / 055
淳于智筮病 / 056

## 卷五

蒋山庙戏婚 / 082
吴望子 / 084
谢玉杀虎 / 085
丁姑渡江 / 088

| 王祐病困 | /092 |
| 周式 | /094 |
| 张助斫李 | /096 |

| 怀陵雀乱斗 | /124 |
| 伐树出血 | /126 |
| 谯周书柱 | /127 |

## 卷六

| 泰山石立 | /098 |
| 龟毛兔角 | /099 |
| 公子彭生 | /100 |
| 两龙现井中 | /102 |
| 马生角 | /104 |
| 白黑乌斗 | /106 |
| 鼠舞门 | /108 |
| 狗冠出朝门 | /110 |
| 犬祸 | /111 |
| 木生为人状 | /112 |
| 信都雨鱼 | /114 |
| 三足乌 | /116 |
| 赤厄三七 | /118 |
| 夫妇相食 | /120 |
| 木不曲直 | /121 |
| 草妖 | /122 |

## 卷七

| 开石文字 | /129 |
| 武库飞鱼 | /130 |
| 牛能言 | /131 |
| 败屦聚道 | /132 |
| 二人同心 | /133 |
| 淳于伯冤死 | /134 |
| 牛生怪胎 | /135 |

## 卷八

| 陈宝祠 | /139 |
| 邢史子臣说天道 | /140 |
| 星外来客 | /141 |

## 卷九

| | |
|---|---|
| 张氏传钩 | / 143 |
| 狗啮鹅群 | / 144 |
| 公孙渊数怪 | / 146 |
| 邓　喜 | / 148 |
| 贾　充 | / 150 |

## 卷十

| | |
|---|---|
| 张车子 | / 153 |
| 蔡　茂 | / 154 |
| 火浣单衫 | / 156 |
| 张奂妻之梦 | / 158 |
| 二人同梦 | / 159 |
| 道士梦死期 | / 160 |
| 徐泰梦 | / 164 |

## 卷十一

| | |
|---|---|
| 养由基和更赢 | / 166 |
| 熊渠子射虎 | / 168 |
| 古冶子杀鼋 | / 169 |
| 三王墓 | / 172 |
| 谅辅求雨 | / 175 |
| 贾雍无头 | / 176 |
| 东方朔 | / 178 |
| 白虎墓 | / 180 |
| 葛祚碑 | / 181 |
| 王延扣凌 | / 182 |
| 郭巨埋儿 | / 184 |
| 刘　殷 | / 186 |
| 杨伯雍种玉 | / 187 |
| 相思树 | / 188 |
| 死　友 | / 191 |

## 卷十二

| | |
|---|---|
| 穿井获羊 | / 194 |
| 山　精 | / 195 |
| 池阳小人 | / 196 |
| 霹雳落地 | / 198 |
| 落头民 | / 200 |
| 马　化 | / 202 |
| 刀劳鬼 | / 203 |
| 越地冶鸟 | / 204 |
| 山　都 | / 206 |

## 卷十三

| | |
|---|---|
| 泰山澧泉 | / 209 |
| 河神劈山 | / 210 |
| 龟化城 | / 212 |
| 城陷为湖 | / 214 |

## 卷十四

| | |
|---|---|
| 蒙双氏 | / 216 |
| 盘　瓠 | / 218 |
| 马皮蚕女 | / 220 |
| 兰岩双鹤 | / 222 |
| 怪　翁 | / 224 |
| 宣母化鳖 | / 225 |

## 卷十五

| | |
|---|---|
| 王道平 | / 227 |
| 史姁神行 | / 229 |
| 发栾书冢 | / 230 |

## 卷十六

| | |
|---|---|
| 蒋济亡儿 | / 232 |
| 文颖移棺 | / 234 |
| 秦巨伯 | / 236 |
| 宋定伯卖鬼 | / 237 |
| 谈生妻鬼 | / 240 |

钟繇杀女鬼　　　/ 242

# 卷十七

费季客楚　　　/ 244
虞定国怪事　　　/ 245
朱诞失药　　　/ 246
倪彦思家魅　　　/ 248
釜中白头公　　　/ 250

# 卷十八

怒特祠梓树　　　/ 252
张辽杀树怪　　　/ 253
吴兴老狸　　　/ 254
刘伯祖狸神　　　/ 255
阿　紫　　　/ 256
高山君　　　/ 257
酒家老狗　　　/ 258
安阳亭三怪　　　/ 259

# 卷十九

鼠妇迎丧　　　/ 263
陈仲举相命　　　/ 266

# 卷二十

孙登治病龙　　　/ 268
鹤衔珠报恩　　　/ 269
古巢老姥　　　/ 270
蝼蛄神　　　/ 272
华亭大蛇　　　/ 273

搜神记 卷一

# 神 农

## 赤色鞭子辨药性

神农有一条红色的鞭子，他用这条鞭子鞭打百草。通过鞭子，神农可以辨别出植物是否有毒，能判断出植物的温寒属性，还能通过植物的气味来治疗疾病。由于他种植了各种庄稼，因此大家都称呼他为"神农"。

# 赤松子

## 雨师得道成仙

赤松子是神农时期人,担任雨师。他为了长生不老而服食冰玉散(一说水玉散),然后又将方子传授给了神农。赤松子在火中不会被焚烧,也有一种说法认为,赤松子入火自焚,火化而登仙。

赤松子曾在昆仑山游历,常进入西王母居住的石室中,他能随着风雨上天下地。炎帝的女儿也追随他学习道术,最后同他一起得道成仙。高辛帝时期,赤松子重新担任了雨师,游历人间。后来负责施雨的雨师奉他为祖师。

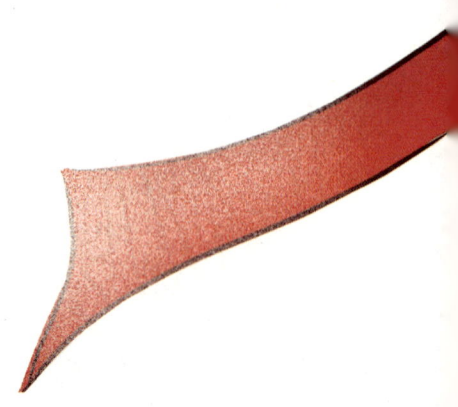

## 偓佺采药

**服用药物长生不老**

偓佺，是槐山上的采药人。他喜爱服用松子。他身上有毛，毛长七寸，看东西能朝向不同的方向。他还会飞行，能追上奔驰的骏马。他赠送过松子给尧帝，但尧没有时间服用。这种松树又叫简松，当初服用了松子的人，都活到了三百岁。

# 彭 祖

### 长寿代表彭祖

彭祖,是商朝的大夫,姓钱,名铿。他是帝颛顼的玄孙,即帝颛顼的后代陆终排行居中之子。彭祖从夏朝一直活到商末,自称有七百岁(一说八百岁)。

彭祖时常服用一种灵芝。历阳(今安徽和县)有一处彭祖仙室,据前辈所言,在此处祈祷刮风下雨,没有一次不灵的。仙室两边还经常有两只老虎守卫。如今彭祖的祠堂虽然不在了,但地上还有老虎的足迹遗存。

## 甯封子自焚

### 控火仙人甯封子

甯封子是黄帝时期人,相传他是黄帝时期的陶正。曾经有异人拜访他,教他掌握烧制陶器的火候,这位异人还能够在五色烟中进出。后来,异人将控火术教给了甯封子。

甯封子堆积柴火,点燃柴火自焚,他随着烟气升降。人们观察甯封子自焚后的灰烬,发现他的骸骨仍在其中。人们将他的骸骨葬在甯邑北边的山中,所以他被称作"甯封子"。

 师 门

*御龙师飞升上天*

师门，是啸父的弟子。师门能使火自焚而登仙，服食桃花。他曾经担任夏王孔甲的御龙师，负责为孔甲管理龙。但后来师门违逆了孔甲的心意，结果被孔甲杀死，埋尸荒野中。有一天，忽然风雨大作，这是为了迎接师门飞升。等到风雨停止，埋葬师门的山野树木也被烧光了。因此孔甲感到十分害怕，专门为师门修建祠堂进行祈祷，但他在返回的途中就死了。

# 崔文子学仙

## 王子乔赠予仙药

崔文子是泰山人,曾跟随王子乔(春秋周灵王太子晋,去世后为仙人)学习仙术。王子乔化身为白霓,前去赠予崔文子仙药。崔文子见了凭空出现的白霓惊惧交加,用戈攻向白霓,击中后,白霓中掉下了仙药。崔文子走过去一看,发现是王子乔的鞋子(一说尸体)。

崔文子将王子乔的鞋子拿进屋子里,用破筐盖住。过了一会儿,王子乔的鞋子变成一只大鸟。崔文子打开破筐,大鸟就飞走了。

# 葛　由

木羊活化入绥山

葛由，是西周时期蜀地羌人。周成王时，葛由喜爱雕刻木羊，并拿出去卖。有一天，他骑着木羊进入蜀中。蜀地王公贵族也追随他，跟着一起上了绥山。

绥山在峨眉山西南，高不见顶，山上有许多桃树。追随葛由前去的人没有一个返回，他们都得道成仙了。当地有一句谚语是这样说的："能得绥山一只桃，虽难成仙也自豪。"

绥山下有数十处祠堂，都是为葛由而修建。

# 琴 高

### 水仙已乘鲤鱼去

琴高是战国时期的赵国人,曾担任宋国国君宋康王的舍人(亲信或门客的通称)。他擅长鼓琴。琴高修行了涓子、彭祖两位仙人的道术,曾在冀州、涿郡一带游历,据说有两百余年之久。后来,琴高潜入涿水(一说砀水)中,得到了小龙。琴高和弟子们约定说:"明天你们要保持身心洁净,并进行斋戒,你们就在水边等候我,记得要设立一座祠堂。"

第二天,琴高乘鲤鱼出水,进入祠堂之中,有数万人来到这里瞻仰神迹。琴高在这里停留了一个月,再次潜入水中。

《列仙传》中也有对此事的记载,只是在与弟子约定地点上有所差异,《神仙传》称"琴高乘鲤于砀中"。在后世的记载中,琴高与鲤鱼的典故常被提起,李白《九日登山》有"赤鲤涌琴高",李商隐《板桥晓别》将远去的游子喻为"水仙欲上鲤鱼去"。

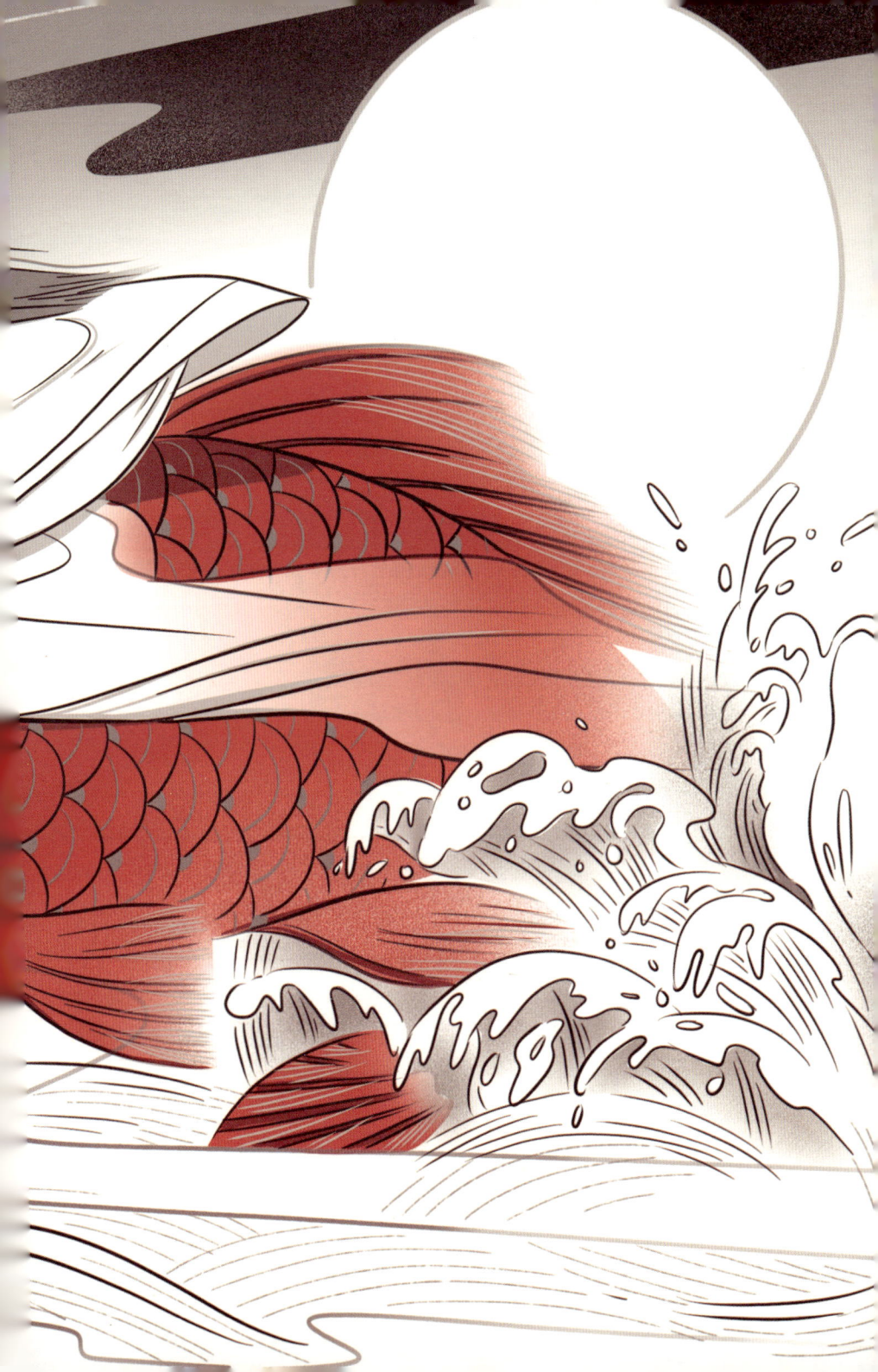

# 焦山老君

## 凿穿巨石终得道

有一个人曾进入焦山，在山中学习了七年道术。焦山老君送给他一把木钻，命他凿穿一块大约五尺厚的大石头。老君告诉这个人说："等到这块巨石被凿穿，也就是你得道的时候了！"于是，此人就坚持不懈凿巨石。一直过了四十年，终于凿穿，此人也如愿以偿得到了炼丹成仙之术。

# 淮南八公歌

## 八仙拜谒淮南王

西汉淮南王刘安喜好道术，特意聘请了厨师烹制美食，以迎候宾客。正月的上辛日（农历上旬的第一个辛日）这天，有八位老人前来拜谒。门吏前去禀告淮南王，淮南王让门吏为难他们。

门吏说道:"我们家大王喜好长生之术,可您几位先生看上去并没有驻颜长生之术,我不敢替你们通报。"

八位老人明白淮南王不肯见他们,于是变成了八个童子的模样,个个面若桃花、气色红润。于是,淮南王出来见了八公,以盛礼来款待他们。淮南王亲自抚琴,唱道:

"上天的光辉,照耀四方。祂(tā)知道我喜好道术,于是八公从天而降。八公将赐福于我,让我生出翅膀;腾上青云,遨游于梁甫山上。邂逅北斗七星,观日月星的光芒,乘风驭云,玉女侍奉一旁。"

# 介 琰

### 孙权学道被拒

介琰这个人，不知道是何方人士，只知他住在建安方山。介琰跟随白羊公杜必（古仙人名）学习"玄一"和"无为"的道术，能够变化和隐形。

介琰曾往来东海，途中在秣陵（今江苏南京）暂住，与吴王孙权有所来往。孙权挽留介琰，为他建造了宫殿庙宇，每天多次遣人关心他的生活起居。

介琰有时是童子的形象，有时又是老翁的形象，他不饮不食，也不接受孙权赠送、赏赐的礼物。孙权想向介琰学习道家的法术，介琰认为孙权的后宫妃嫔太多，一连几个月都不肯教授孙权。孙权大怒，下令将介琰抓起来绑住，吩咐甲士用弓箭射杀。甲士的箭刚射出，介琰就失去了踪迹，只留下捆绑他的绳子。

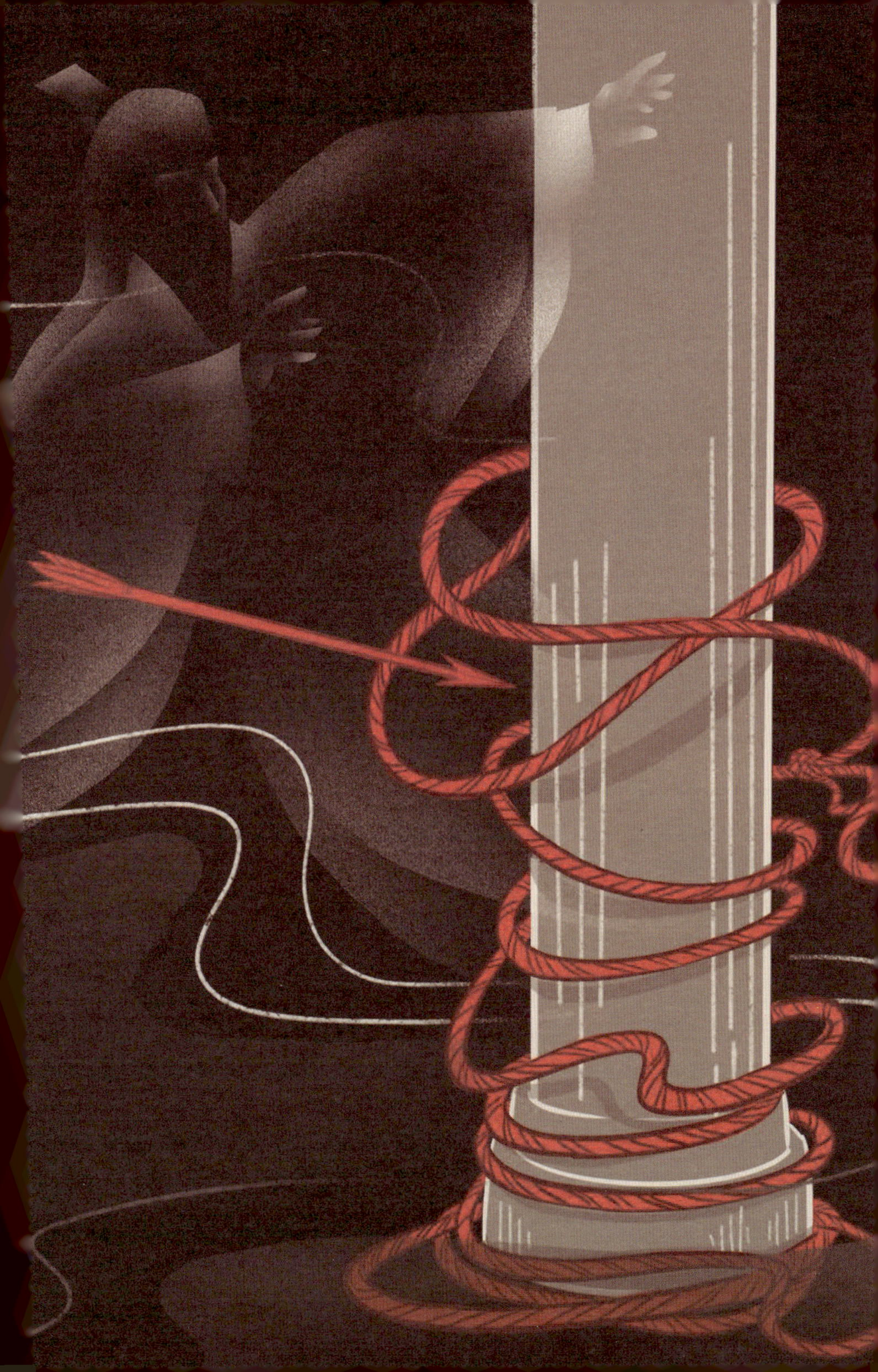

# 董 永

## 董永因孝得仙妻

董永是汉朝千乘县（今山东博兴、高青）人，因为母亲去世得早，自幼与父亲相依为命。他每次去田地做农活，都用鹿车（一种小车）载着父亲一起，便于照看。后来，董永的父亲去世，他无力安葬，于是卖身为奴，将卖身钱充作丧葬费用。他的主人了解到他是一位孝子，就送给他一万文钱，让他自己回家去了。

三年后，董永服丧期满，准备返回主人家，尽自己奴仆的职责。在返回的路上，董永遇见了一位女子，女子称愿意嫁给董永。于是她与董永一起返回了主人家中。

主人对董永说："那些钱是我赠送给你的。"董永回答道："承蒙您的照顾，我的父亲能够体面地下葬。我虽然地位低下，但我一定会勤勉努力地干活，用以回报您的深恩厚德。"主人问道："你的夫人有什么才能？"董永答道："她会织布。"主人说："既然如此，就让她帮我纺织一百匹细绢布吧。"

于是，董永的夫人开始进行织布，仅仅十日就完成了任务。当日，她离开家前对董永说道："我本是天上负责织布的仙女，只因你对自己的父亲非常孝顺，所以天帝让我来帮你还债啊！"说完后，织女就飞升上天，也不知去到了何处。

## 王乔飞鸟

**鞋子化为飞鸟赶路**

东汉明帝时期,尚书郎河东人王乔在邺城担任县令。王乔有神异的本领,每月初一都会从县里返回朝廷。汉明帝发现王乔多次来朝都没有骑乘车马,对此感到疑惑,便命令太史蹲候王乔,暗中观察。

太史向汉明帝报告道,王乔每次快到达的时候,都会有一对野鸭飞来。太史举起网去捕捉它们,最后捕到网里的却是一双鞋子。汉明帝命掌管器物的尚书令前来辨认,发现这双鞋是明帝在位第四年时赐给尚书郎的鞋子。

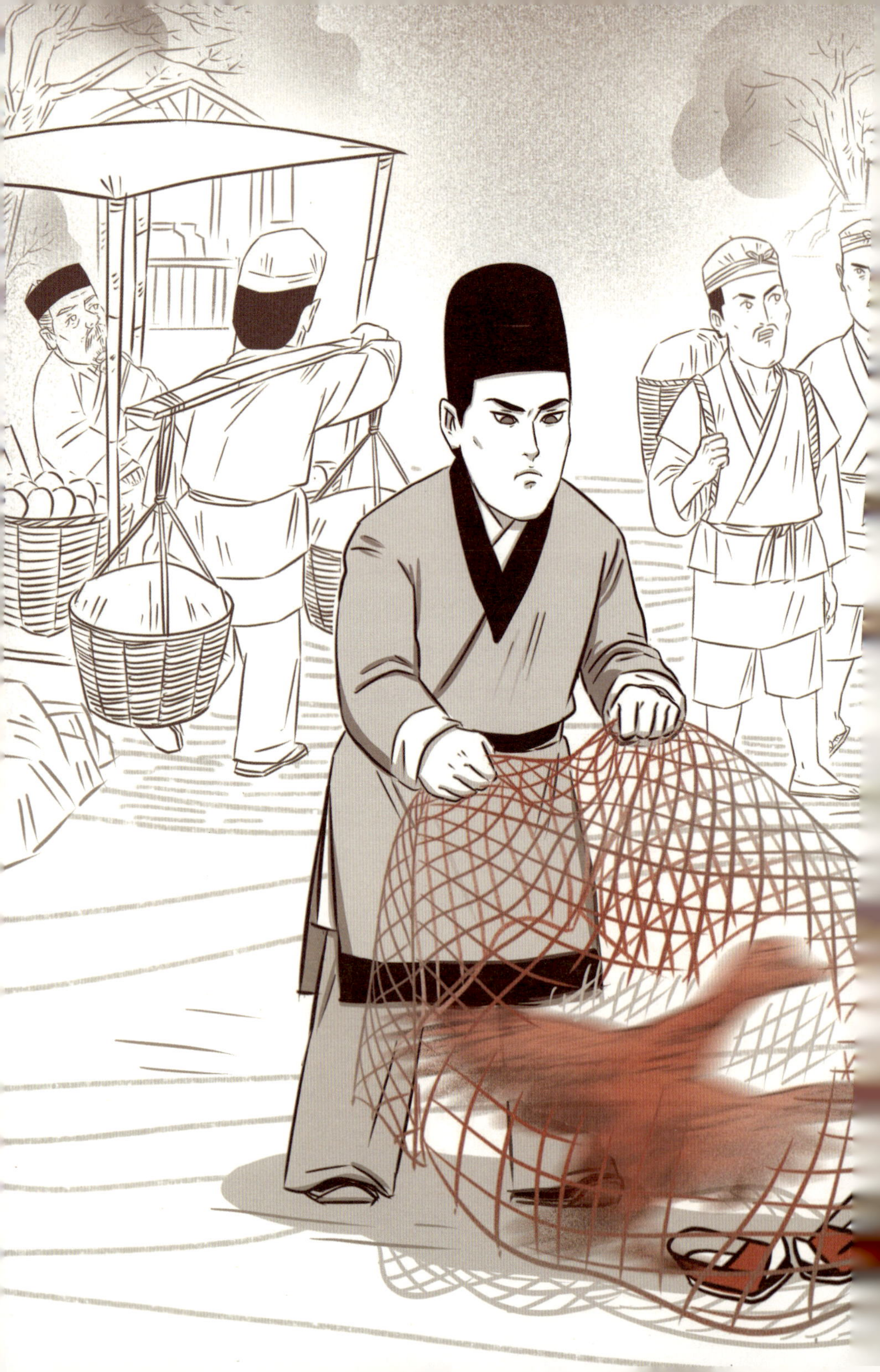

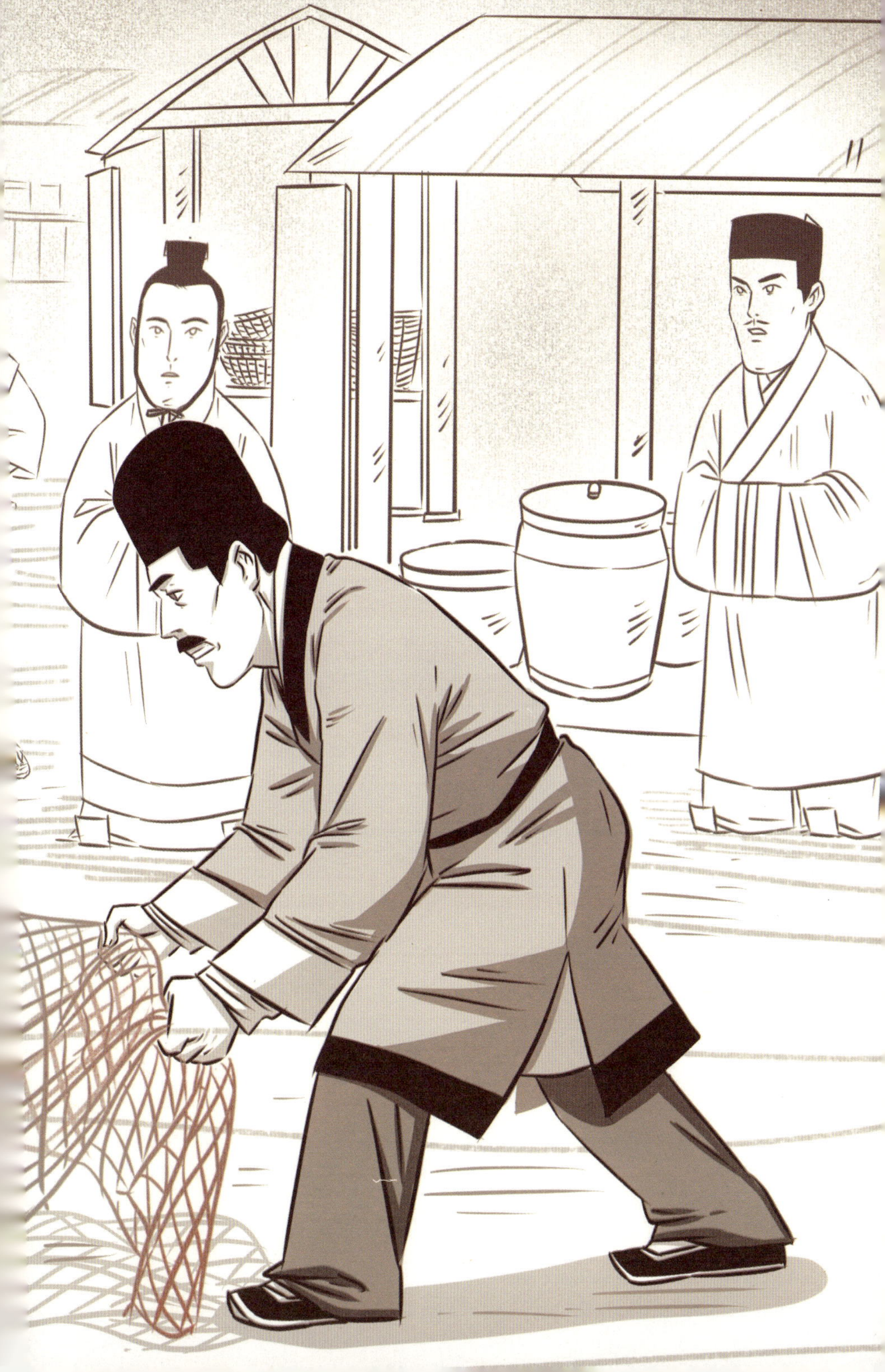

# 汉阴生

## 小乞儿本领神异

汉朝的阴生,是住在长安城渭桥下的一位小乞丐。他经常乞讨于街市,人们很厌恶他,把粪水泼洒在他的身上。过一会儿,小乞丐再次出现在街市上,衣服上毫无污渍秽物。长史知道了这件事,就将小乞丐拘捕起来,给他戴上手铐脚镣,但很快小乞丐又出现在街上乞讨。

于是,长史准备杀害小乞丐,小乞丐知道后便逃走了。他逃走后,当初拿粪水泼洒他的人,家中的房屋自行倒塌,十几个人遇难。因此,长安城中有了这样一句话:"见到小乞儿,要给予他美酒,以免遭受房屋塌毁之苦。"

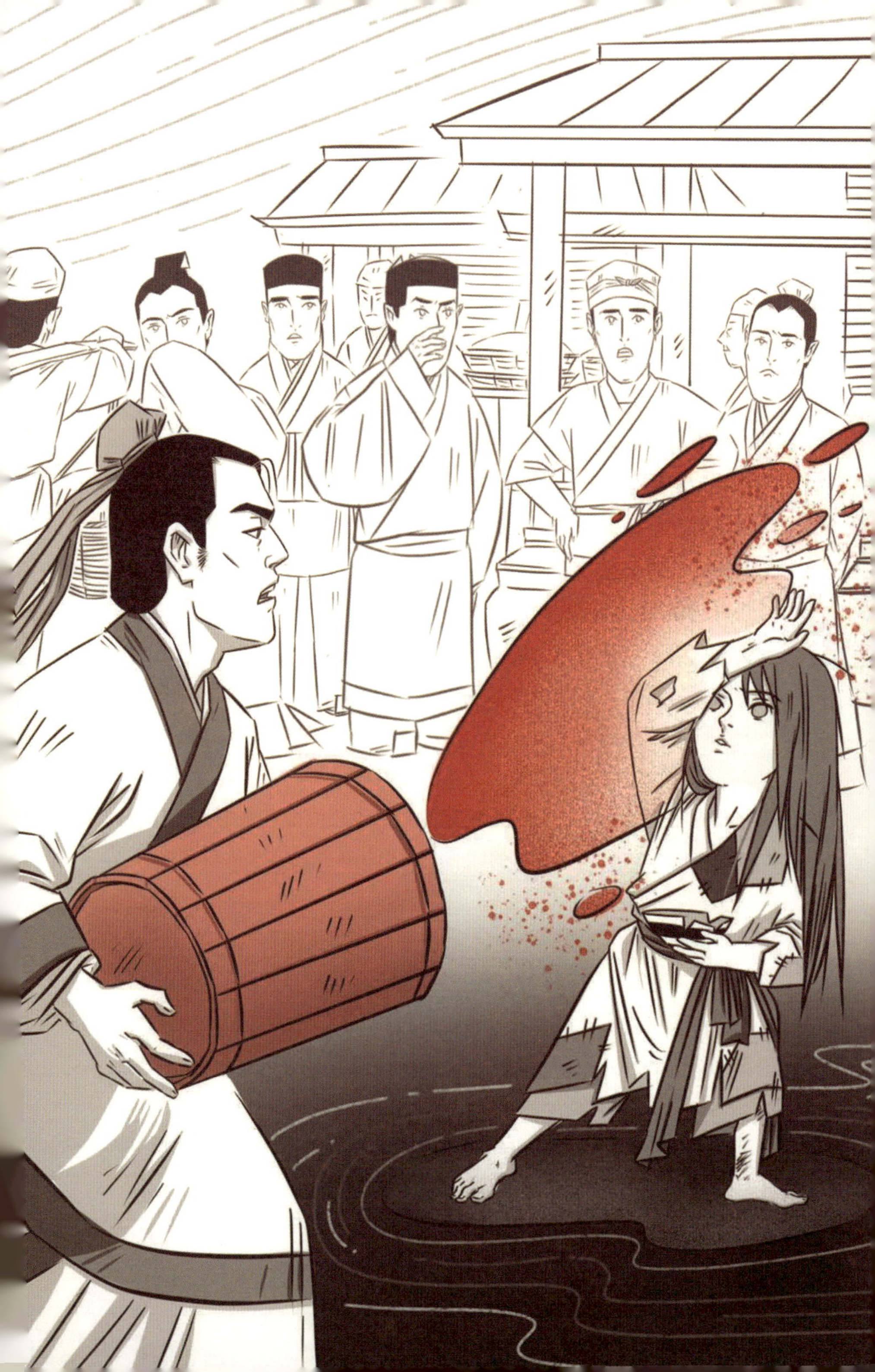

# 葛玄使法术

### 白米化为蜜蜂飞舞

葛玄，字孝先，曾经跟随仙人左慈学习《九丹液仙经》。有一天，葛玄与客人吃饭，讨论变化的道术。客人说道："等吃完饭，请您施展法术，演示给我看一下。"葛玄答道："您是不是现在就想看变化之术？"话音刚落，便将口中的饭粒吐了出来，这些饭粒化作了数百只蜜蜂，围绕在客人身边，却不蜇人。很久之后，葛玄张开嘴，蜜蜂飞入嘴中，葛玄将其嚼食，它们仍旧是刚才的饭粒。接着，葛玄又指挥蛤蟆、各类爬虫以及鸟雀跳舞，这些动物都跟随节拍舞动，和人类一般。

冬天时，葛玄能够为客人献上新鲜的瓜枣；而到夏天时，葛玄却又能呈上冰雪。葛玄曾经让人把数十枚钱投进井中，他自己站在井边，这时投入井中的钱一一飞出，落在葛玄拿的容器中。

葛玄设酒宴招待客人，并不需要他人传递酒杯，酒杯就能自己到客人跟前去。而要是客人不喝光杯中的酒，杯子就会逗留不走。

葛玄曾经与吴王一起坐在楼上，见到楼下有人在做泥人来祈祷天降雨水。吴王就说："百姓们祈祷下雨，你能够实现吗？"葛玄说很容易，然后他画了一道符，并放在土地庙里。过了一会儿，乌云密布，大雨如注。吴王又说道："不知道水中有没有鱼？"葛玄就又画了一道符，并将符扔到水里。又过了一会儿，水里居然出现几百条大鱼，吴王就派手下将鱼打捞起来。

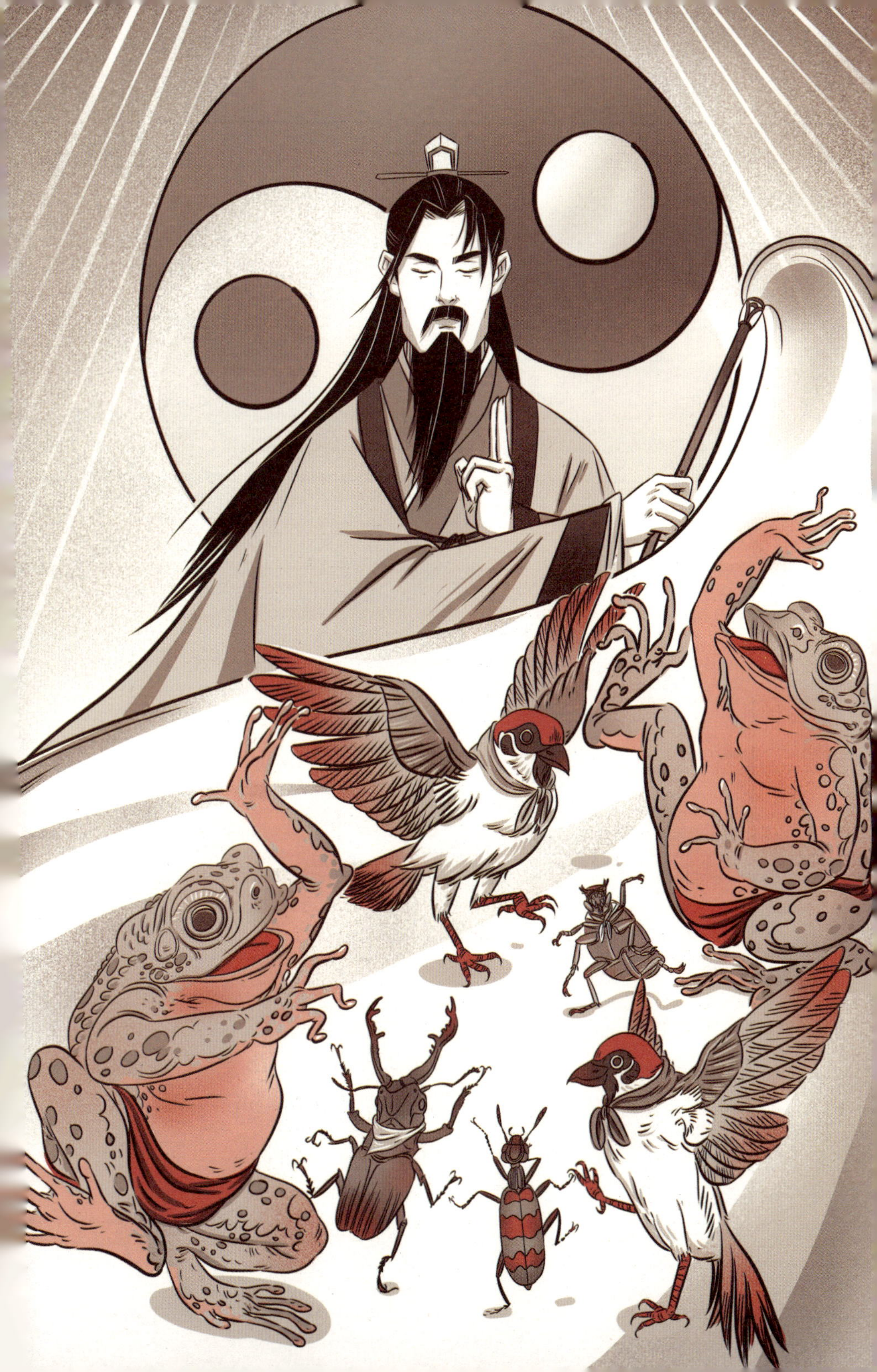

# 搜神记 卷二

# 寿光侯

## 寿光侯惩治鬼魅

寿光侯,是东汉章帝时人。他有捉拿鬼魅的本事,能够绑住它们,并让它们暴露外形。寿光侯之妻患病时,寿光侯就施法惩治了鬼魅,捕捉到了一条身长数丈的蛇,蛇死在了门外,此后他的妻子就恢复了健康。

有一棵大树成了精怪,如果有人从树下经过就会死去,鸟从树上飞过也会坠落。寿光侯施法进行了惩治,于是这棵树在盛夏时节树叶就开始枯落,一条七八丈的蛇,挂死在这棵树上。

汉章帝听说了他的故事,召见他进行询问,寿光侯回答道:"这些事情确实是有的。"汉章帝说道:"我这大殿之下有鬼怪作祟,夜半之后,常有数个穿着红色衣服、披着头发的人,举着烛火出现。你能捉拿它们吗?"寿光侯回答道:"这些都是小怪,很容易消除。"

汉章帝命三个人伪装成鬼怪的样子,按照他所描述的情形出现。寿光侯作法捉拿他们,三人立时倒地气绝。汉章帝大惊失色,赶紧说道:"他们并不是鬼魅,是我试探于你。"于是寿光侯就解除了法术。

这个故事有另外一种说法。据说西汉武帝时期,大殿下有鬼怪作祟,这些鬼怪身穿红衣,披头散发,手持烛火,来回行走。有一个叫刘凭的人,擅长捉鬼。汉武帝问他能否祛除这些妖邪,刘凭说能。然后他就扔了一道青符（道教徒用青藤纸画的符箓）过去，殿堂下面的"鬼"都纷纷倒在地上。汉武帝大吃一惊，说只是在试验他的法术罢了。原来这些"鬼"都是武帝手下扮演的。刘凭就收回了法术，众人也苏醒了过来。

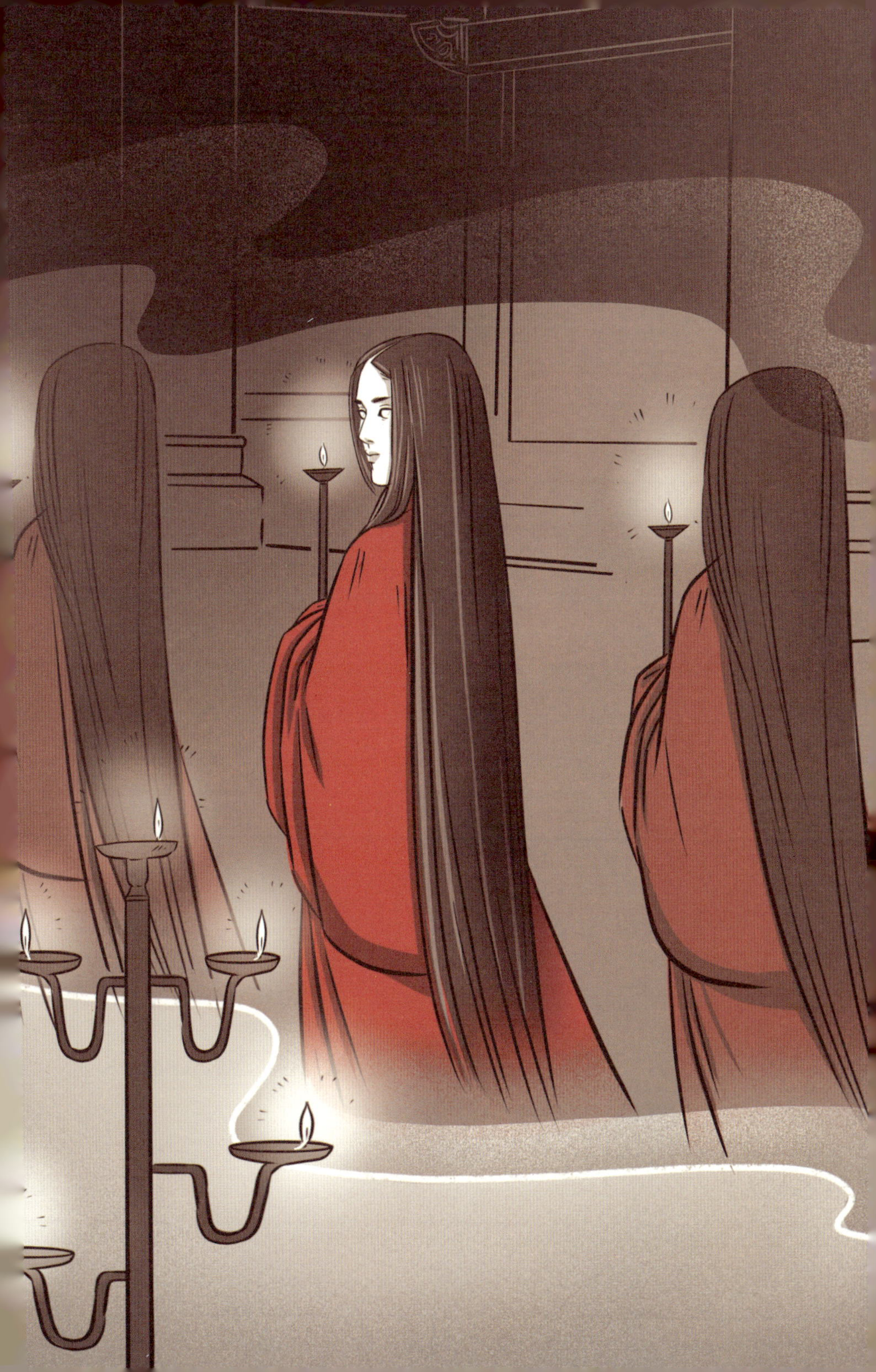

# 东海黄公

## 黄公施法失败

鞠道龙擅长幻术,他说:"东海有位叫黄公的,也很精通幻术,有降服蛇虎的本领。黄公身上带着一把赤金做的刀。黄公年老时,却经常酗酒。到秦朝末年,东海地区出现白虎,皇帝命令他带刀前去收服。黄公到了东海,却施行不出法术,于是为白虎所杀。"

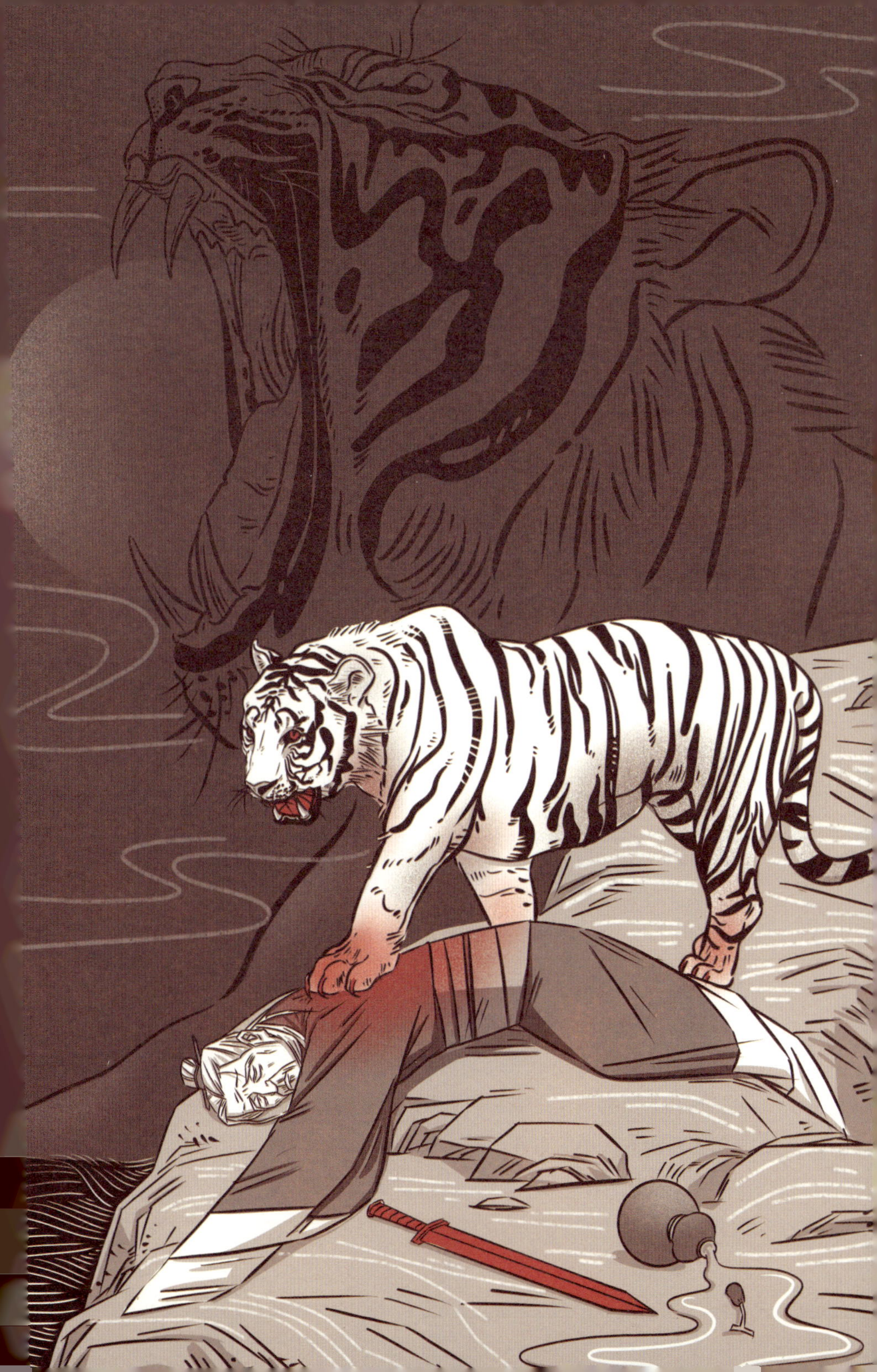

# 天竺胡人

## 胡人断舌复生

晋怀帝永嘉年间（307—312 年），有天竺胡人渡河来到江南。胡人有些法术，有续上断掉的舌头和吐火的本事。胡人所在的地方，都会引起围观。

胡人断舌之前，都会先将舌头伸出给众人看，然后用刀割断舌头，顿时血流满地。胡人将舌头放在器物中，传给众人确定真假。这时胡人口中的舌头，已经只有半截了。接着，胡人会将断舌取回含在嘴中。过一会儿，在座的人发现他的舌头已经恢复如常，完全看不出断裂。

胡人还擅长接续断裂的其他东西。他拿出一条绢布，让两人各自拉着一头，从中对剪，分成两半。胡人再将两条断裂的绢布合起，再一看，绢布已连成一片，恢复如初。当时人认为胡人用了幻术，暗中试探了他，发现绢布竟然真的是断裂开的。

胡人吐火前，会先将一种药放在容器中，再拿出一片火药与糖混合在一起。胡人对着混合物反复吹气。过一会儿，胡人张开口，口中满是火焰。胡人用口中之火做饭，证明这是真正的火。他又拿来书、纸、绳条之类的东西投入火中，让众人检验查看，只见这些东西都被焚烧成灰。胡人拨开灰烬，从中拿出一些东西，赫然正是投入火中的东西。

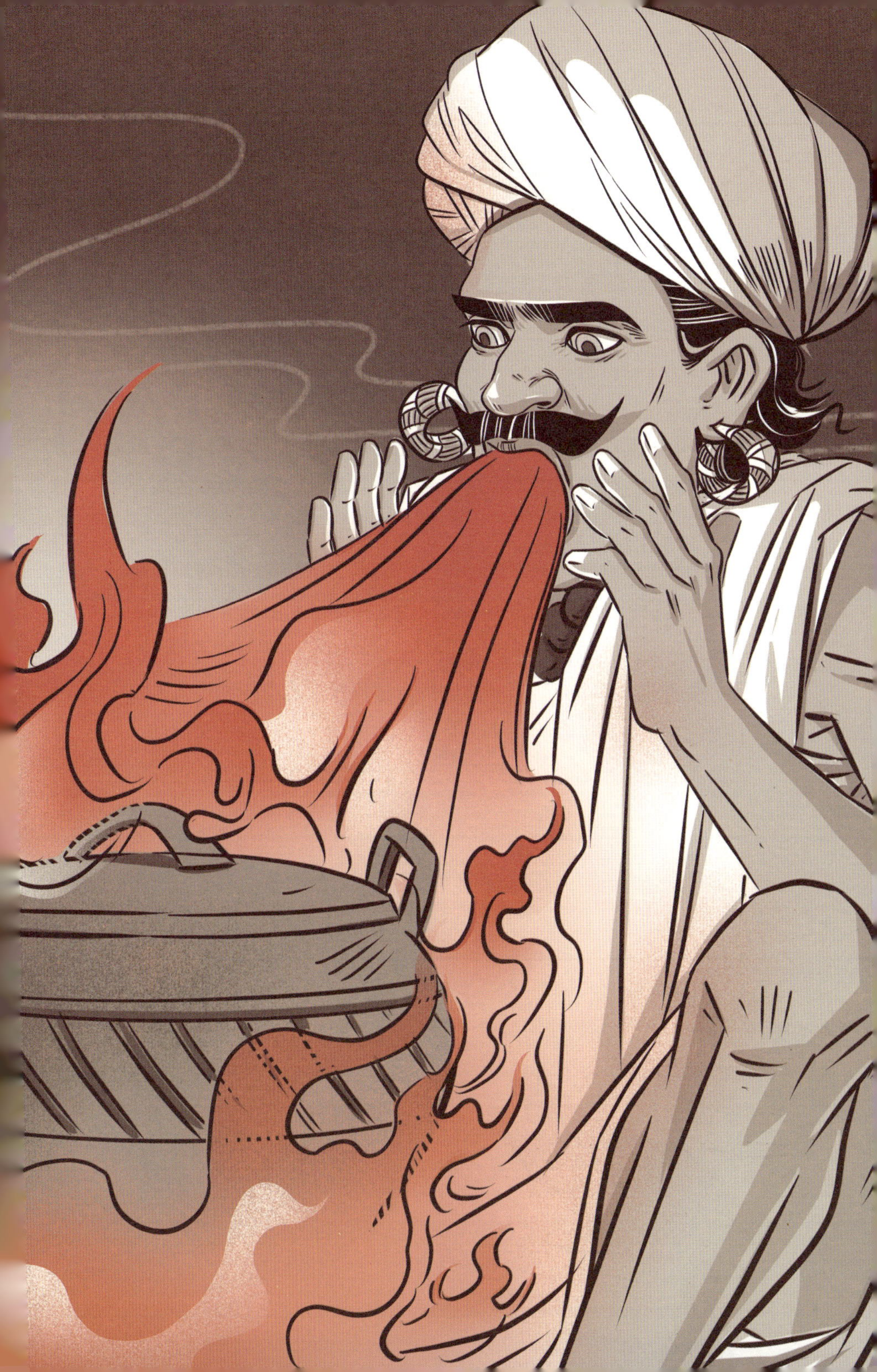

# 范寻养虎

## 扶南王养虎判人

扶南王范寻,曾在山中饲养老虎。那些犯了罪的人,就会被他扔给老虎。如果老虎不吃这个人,扶南王就会赦免他。因此,养虎的这座山,被称为大虫山,又被叫作大灵山。

扶南王还养了十头鳄鱼,将犯罪的人投给鳄鱼。鳄鱼如果不吃这个人,他就会赦免这个人,因为这些鳄鱼只吃有罪过的人,所以又有了一个鳄鱼池。

扶南王经常命人将水煮沸,将金指环投入水中,然后命人将手伸入沸水之中。如果那个人是正直清白的,他的手不会受伤;如果那个人是有罪的,他的手一入开水,立即就会被烫伤。

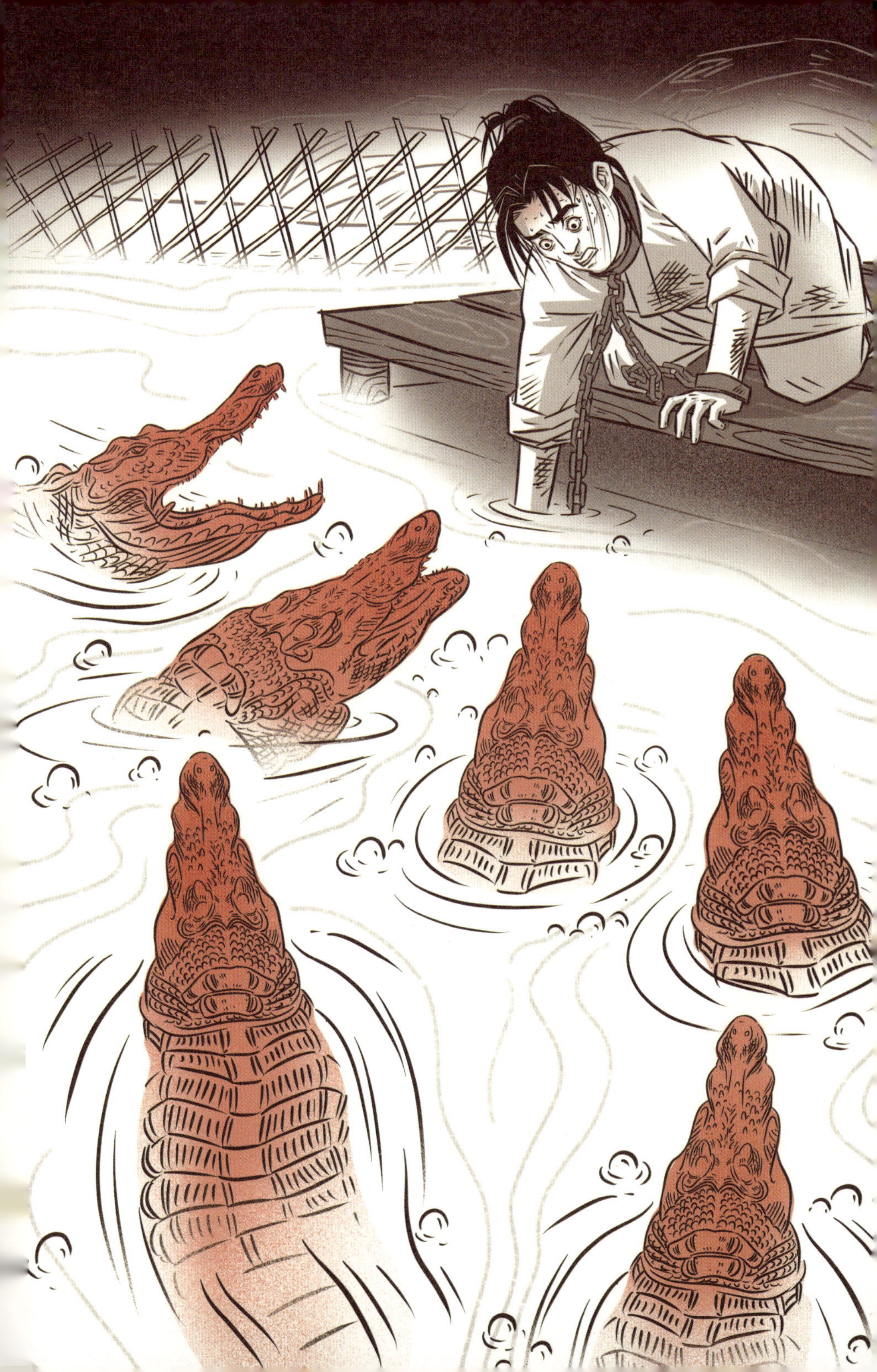

# 李少翁

### 刘彻为李夫人招魂

汉武帝非常宠爱李夫人。李夫人去世,汉武帝非常想念她。此时,齐国有一位方士李少翁,自称可以招来李夫人的魂魄。

李少翁在夜间设下帷幕,点起火烛,让武帝隔着帷幕远远观看。此时,帷幕中出现一位美女,看着就像是李夫人,她在帷帐中行走休息,可惜汉武帝不能凑近去看。汉武帝越发感到哀伤,写了一首诗:"是她吗?不是她吗?站在这里遥望,看她身姿蹁跹,她为何姗姗来迟不回家?"汉武帝命乐府擅长音律的人演唱了这首诗。

# 营陵道人

### 丈夫通灵见亡妻

汉朝北海郡营陵县（今山东昌乐）有一个道人，有让生人和亡者相见的本事。北海郡有一个人，妻子已逝去多年，他听说了道人的本事前去求见，说道："我希望能够见一见我死去的妻子，即便死了也没有怨言。"道人回答道："你可以见她，但如果听到鼓声，就马上出来，一定别逗留！"接着，道人告诉了男子相见的方法。

过了一会儿，男子见到了死去的妻子，与她交谈，悲喜交加，如同活着的时候一样恩爱。很久之后，阵阵鼓声传来，男子必须离开。正出门时，男子的衣服被卡在了门缝中，只能扯断衣服离去。

过了一年多，男子死去。家人将他与妻子合葬，打开坟墓后发现，妻子的棺木下压着男子当时断裂的衣服碎片。

# 白头鹅

## 孙休白鹅试巫师

东吴景帝孙休生了病，寻找男巫来为他看病。后来，他找到了一个男巫，想先试验一下他的本事。孙休命人杀了一只鹅，将鹅埋在园中，又在园中筑造了一座小屋，屋中摆放了床、茶几，以及妇人的衣服鞋子。

孙休命人将巫师带去小屋，说道："如果你能说出这鬼屋中妇人的样子，就厚厚赏赐你，也会相信你。"很多天后，巫师都没有给出答复。孙休催问巫师，巫师回答道："实在是没有在屋子里看见鬼，也就看见一只头部白色的鹅，站立在坟墓之上。所以没有马上告诉您，因为怕鹅是鬼变的。我一直在等鹅变化出真身，不知道为什么它一直没有变。这就是我见到的实际情况。"

# 夏侯弘见鬼

## 夏侯弘靠鬼治病

夏侯弘说自己曾见到鬼,并与鬼交谈过。镇西将军谢尚所乘的马暴毙,他为此感到烦恼。谢尚对夏侯弘说道:"你如果能让这匹马复生,我就信你真的见过鬼。"夏侯弘听后就离开了,很久后才返回,他说道:"庙神看中了你的马,所以把你的马带走了。现在你的马应该已经复活了。"谢尚对着马的尸身坐着,过了一会儿,只见他的马的灵魂从门外走进,走到尸体旁时忽然消失,地上的死马当即复活,能动能走了。

谢尚又说道:"我无子,难道是上天惩罚我的罪恶?"夏侯弘停了好一阵子,然后才说道:"近来我遇见的都是小鬼,他们搞不清你问题的答案。"后来,夏侯弘忽然遇见了一个大鬼,大鬼乘坐新车,周围有数十人陪从,身着青丝衣袍。

夏侯弘走上前,拉住牛鼻子,不让车子往前行进。大鬼问他为什么要拦住自己。夏侯弘就说:"我想请教您,镇西将军谢尚为什么至今没有儿子?他为人风流雅望,不应该让他绝嗣!"鬼脸上露出感动的表情,说:"你说的谢尚,就是我的儿子啊!我年轻时与家里的婢女私通,向她承诺不会再婚,最后却违背了约定。这个婢女死后,向天告状申诉,因此谢尚还没有子嗣。"夏侯弘将打听到的事如实告诉谢尚。谢尚说道:"我记得小时候,确实有这样一件事。"

夏侯弘在江陵（今湖北荆州）时又看到一个大鬼。这个大鬼手上拿着长矛和长戟，身边跟着好些小鬼。夏侯弘很怕大鬼，就躲在路边。等到大鬼离开，夏侯弘捉到了一个小鬼，就问大鬼的兵器是做什么用的。小鬼说："如果它们刺中人的心腹，这人很快就会病死，所以是用来杀人的。"夏侯弘又问道："有什么办法治这个病？"小鬼答道："用乌鸡制成的药敷在心腹处，就能痊愈。"夏侯弘说道："你们这是要去哪里？"小鬼答道："前往荆州、扬州。"这段时间，江陵很多人都得了心腹疾病，十死无生，夏侯弘便教这些人用乌鸡敷贴，几乎都能治好。现在治疗突发恶疾，也会用乌鸡敷贴，这也是源自夏侯弘。

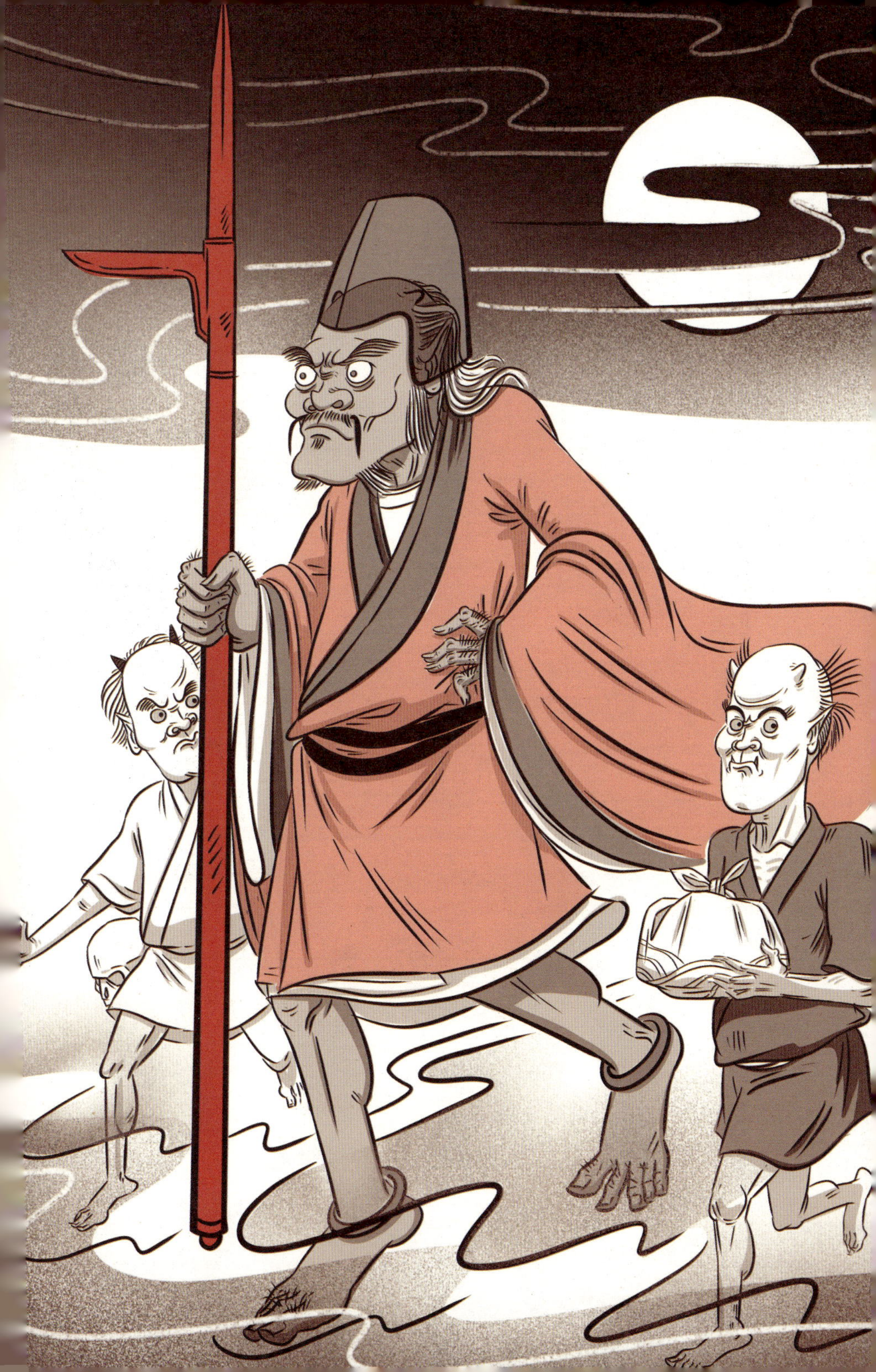

搜神记 卷三

# 臧仲英

## 青狗变异作祟

右扶风人臧仲英,在朝廷担任侍御史一职。他家中发生了一些怪事。家人做好饭,刚摆上案几,就有不明的尘土被扔进碗中,污染食物。饭快煮熟了,煮饭的锅却不知所踪。家里的兵器会自己移动,竹箱会自燃起火,箱内衣物燃烧殆尽,但箱子却完好无损。

一天,臧仲英妻女和婢女使用的镜子神秘消失,几天后,镜子从堂下被扔了出来,一个声音说道:"还你们的镜子。"臧仲英的孙女三四岁,突然不知所踪,到处都找不到。两三天后,发现小姑娘正站在厕所粪土中啼哭。

这样的事情发生了很多次。汝南人许季山,素来擅长占卜解卦,他为臧仲英占了一卦,说道:"你家中有一条老青狗,内院里有一个侍者名叫益喜,正是这一人一狗联合作怪。如果要消除家中怪事,只需要杀掉这条狗,再将益喜遣返回乡。"臧仲英听从了许季山的建议,从此家中再无怪事发生。

后来,臧仲英改任为太尉长史,之后又升为了鲁相。

# 乔玄见白光

## 董彦兴预言应验

东汉太尉乔玄,字公祖,是梁国人。乔玄一开始的官职是司徒长史。五月末的一天,乔玄在中门休息,夜半后,他看见东边的墙壁发出白光,和开了门一样明亮。乔玄唤周围人来看,周围人都看不到。于是,乔玄自己走上前去,用手抚摸墙壁,发现墙壁并无异样,但是他一回到床上,又看到墙上再次发出白光。乔玄感到十分害怕。正好,乔玄的朋友应劭前来拜访他,他便将这件怪事告诉了应劭。应劭说道:"我有个同乡,名叫董彦兴,是许季山的外孙。他能通过占卜,探明那些神秘的事情,也了解玄奥变化的道理,即便是眭孟、京房(两人为西汉儒生,以通晓灾异闻名)也不能与他相比。但是他天性古怪内向,羞于给人占卜。"

董彦兴前来拜访他的老师王叔茂,应劭将他请了过来。乔玄准备了丰盛的酒席宴请董彦兴,亲自向他敬酒。董彦兴说道:"我只是一个普通的儒生,没有什么特殊的本事,您如此厚待我,我实在是惶恐。我有些断人吉凶的本事,愿意为您效劳。"乔玄推辞再三,最后还是将看见白光的怪事告诉了他。

董彦兴说道:"您家里确实有怪事。墙上发出白光如同白日,但对您也没有什么妨害。到六月上旬,鸡鸣天亮之时,如果听到南边人家传来哭声,就是吉兆。到了秋天,您会调任到北方,调任的地方名字中有一个'金'字。以后您会当上将军,位列三公。"

乔玄说道："遇到这样的怪事，想拯救家人都来不及，又怎敢寄希望于这些不敢指望之事。您只是安慰我罢了。"

到了六月九日，天还未亮，太尉杨秉暴毙。七月七日，乔玄调任为钜鹿太守，钜鹿的"钜"字正好是金字部首。后来，乔玄又被封为度辽将军，位列三公。

# 管辂（lù）教颜超延命

## 北斗替人改命

曹魏人管辂到了平原郡，发现颜超有夭亡的面相。颜超的父亲请求管辂为儿子延长寿命。管辂对颜超说道："你先回去，准备一榼（kē，盛酒的器具）清酒、一斤鹿肉。到了卯日这一天，你去麦子地南方的大桑树下，树下有两人在下围棋，你要为他们奉酒添肉，喝完了要不停地倒酒，直到酒水倒完。如果他们问你有什么请求，你只需要下拜，不要说话。这样一定会有人来救你。"

颜超按照管辂所说，前往大桑树下，果然见到树下有二人在下棋。颜超拿出鹿肉，为二人倒上酒水。二人沉迷于下棋，只管喝酒吃肉，也不理会颜超。酒过数巡，坐在北边位的人忽然看见了颜超，他大声问道："你怎么在这里？"颜超躬身下拜。南边坐着的人开口说道："刚才喝了他的酒，吃了他的肉，哪能没点人情呢？"北边人说道："文书已经写定了。"南边人说道："借你的文书看看。"只见文书上记着，颜超寿命到十九岁，南边人取来笔，将九字勾到十字前面，对颜超说道："我救你一命，让你有九十年可活。"颜超拜谢后回家。

管辂对颜超说："他们可是帮了你的大忙，恭喜你增添寿命。那个坐在北边的人是北斗，坐在南边的人是南斗。南斗掌管生，北斗掌管死。凡人从出生开始，就从南斗往北斗移动。所有和寿命有关的事情，都要祈求北斗。"

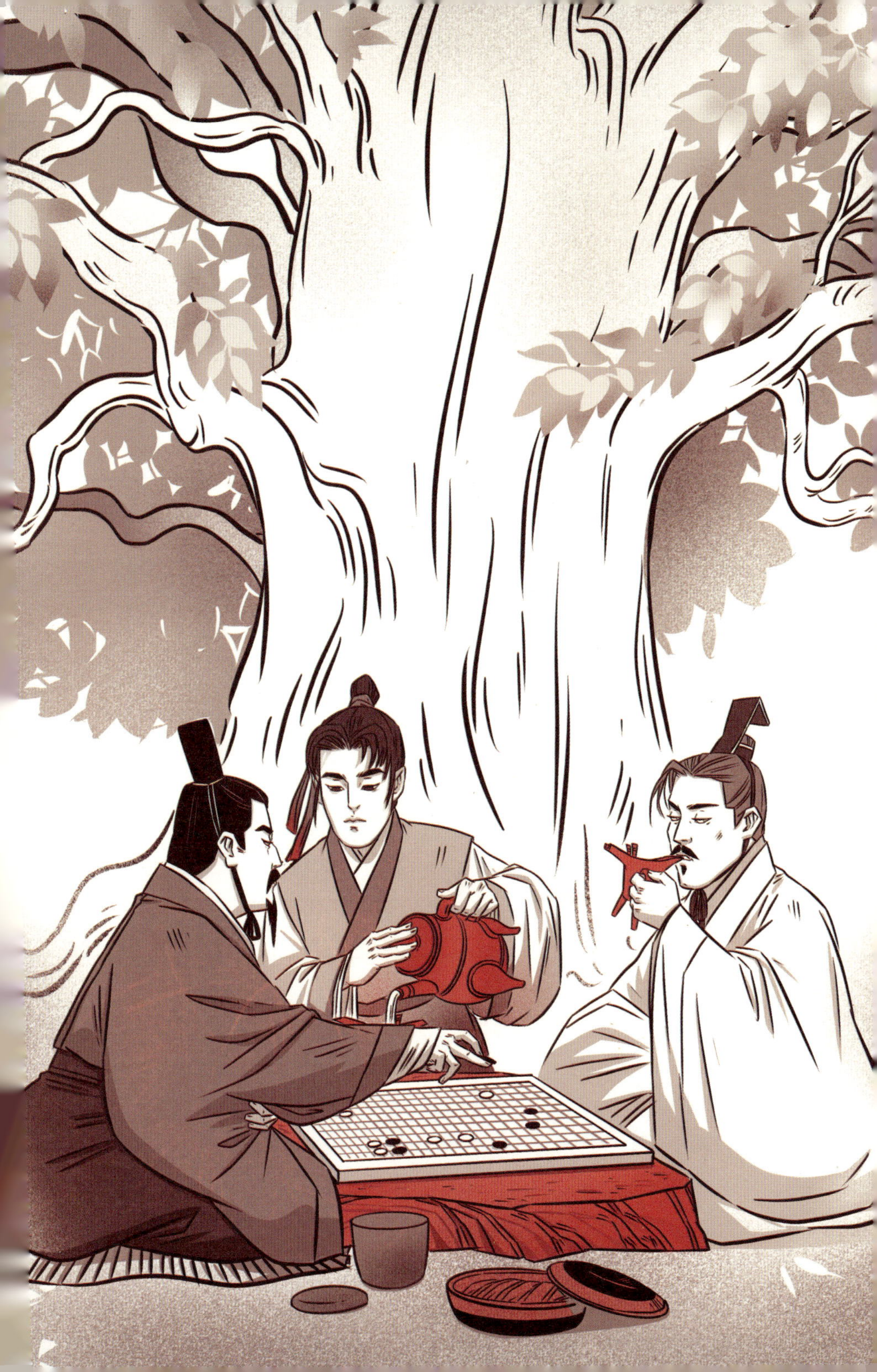

## 管辂筮郭恩

### 兄弟作孽遭报应

利漕渠有一个人名叫郭恩,字义博。郭恩兄弟三人,都患有瘸病,他们寻找管辂,想要通过占卜知道生病的缘由。管辂对他们说道:"卦象指向你们家的墓地,墓地中有一个女鬼,不是你们的伯母,便是叔母。当年饥荒之时,有人贪图她的几升米,将她推入水井之中,还发出了'啧啧'的声音。害她的人推了大石头入井,砸破了她的头。她一个孤魂,饱含冤屈,已经上告天帝了。"

## 淳于智卜宅

### 淳于智助人暴富

上党人鲍瑗,家中常有人死亡或生病,很是贫苦。淳于智为他卜算,说道:"你们家的宅子不吉利,所以你们家才多灾多难。你房子东北有一棵大桑树,你直接前往街市,进了街市几十步,你会遇到一个人在卖一条新的鞭子,你将这条鞭子买回,挂在大桑树上。如此三年,你会暴富。"

鲍瑗按照淳于智的指引前往街市,果然买到了马鞭。他将鞭子在树上挂了三年。三年后的一天,鲍瑗在挖井时,挖到了数十万的钱财,两万余件铜器、铁器。从此,鲍瑗生活和家业都蒸蒸日上,家中病人也恢复健康。

# 淳于智筮病

## 淳于智助人治病

护军张劭的母亲病重,淳于智为他占卜。淳于智让张劭去西边街市买来一只猴子,将猴子拴在他母亲手臂上,让他在旁边拍打猴子,使猴子发出叫声,三天后再将猴子放走。

张劭按照淳于智的说法做了。猴子刚一放出门,就被狗咬死了。张劭母亲也病愈了。

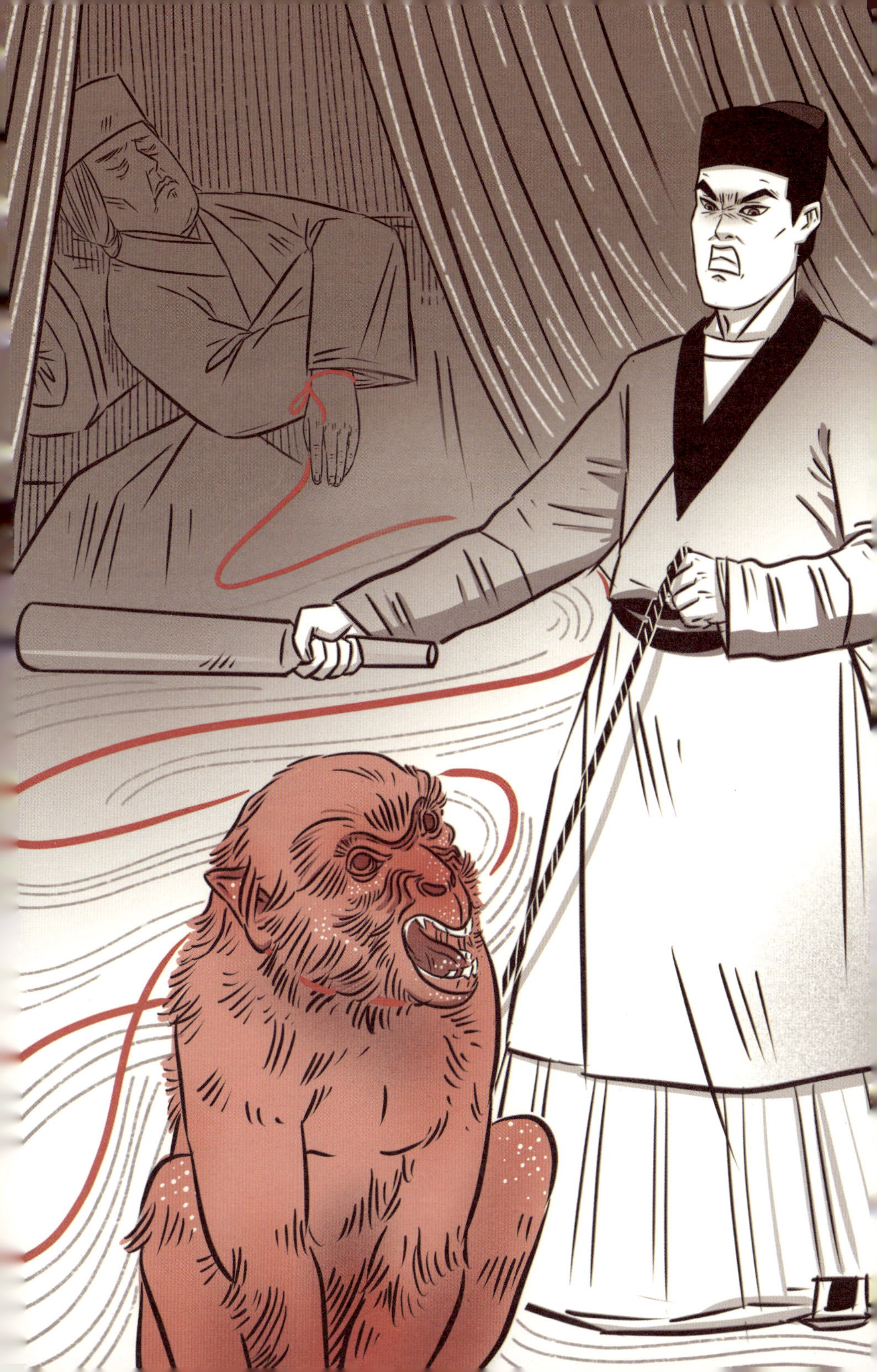

# 郭璞撒豆成兵

## 郭璞智得婢女

郭璞,字景纯。有次,他来到庐江,劝说庐江太守胡孟康赶紧回南方,胡孟康没有听从。郭璞收拾行装离开,他喜爱主人家的婢女,却没有办法得到,于是郭璞取了三斗小豆,绕着主人的屋子撒下去。

主人早上起来,发现数千个红衣人围着自己家,他一走近却又看不到这些红衣人,主人为此很心烦,于是请郭璞为他卜卦。郭璞对主人说道:"你的家中不应该有这个婢女,可以在东南方向二十里处将这个婢女卖掉,切记:千万不要讲价。这样,你家中的妖物就可以被消除。"

郭璞暗中命人以极低的价格买下这个婢女,然后将符纸投入井水之中,只见数千个红衣人排着队一一投入井中,主人很高兴。郭璞就这样带着婢女离开了,几十天以后,庐江失守,被敌人攻陷。

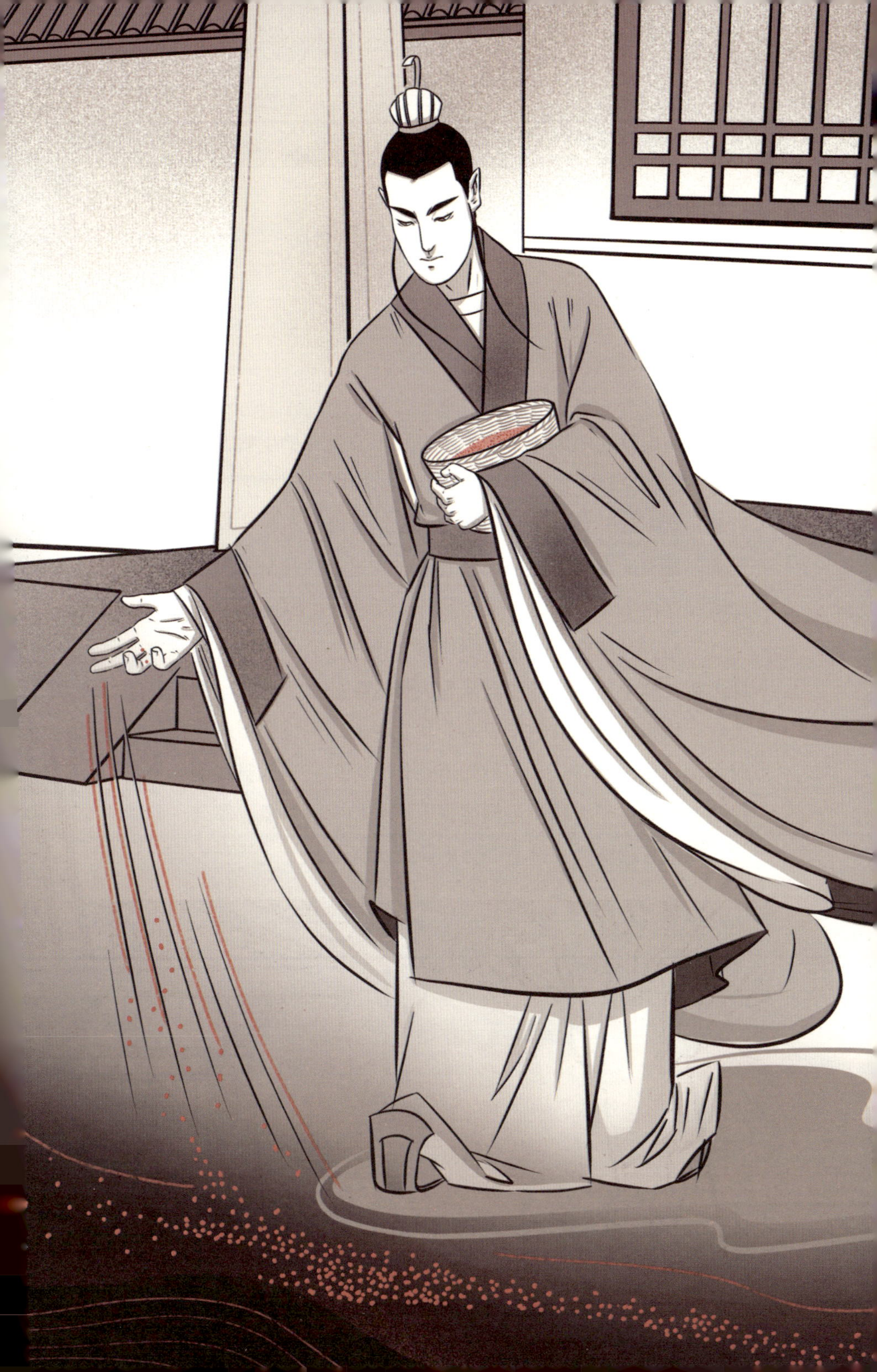

# 郭璞筮病

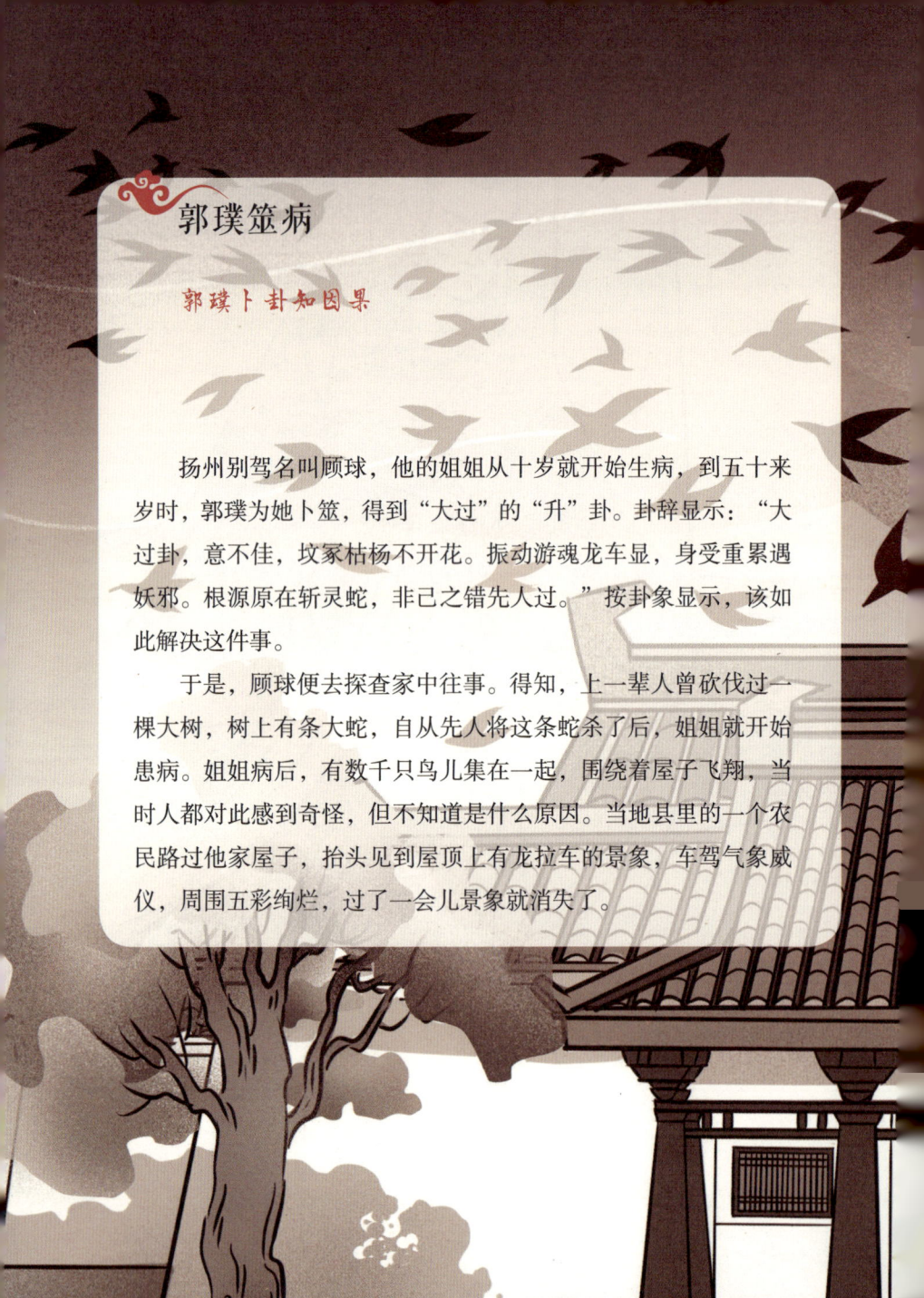

## 郭璞卜卦知因果

扬州别驾名叫顾球,他的姐姐从十岁就开始生病,到五十来岁时,郭璞为她卜筮,得到"大过"的"升"卦。卦辞显示:"大过卦,意不佳,坟冢枯杨不开花。振动游魂龙车显,身受重累遇妖邪。根源原在斩灵蛇,非己之错先人过。"按卦象显示,该如此解决这件事。

于是,顾球便去探查家中往事。得知,上一辈人曾砍伐过一棵大树,树上有条大蛇,自从先人将这条蛇杀了后,姐姐就开始患病。姐姐病后,有数千只鸟儿集在一起,围绕着屋子飞翔,当时人都对此感到奇怪,但不知道是什么原因。当地县里的一个农民路过他家屋子,抬头见到屋顶上有龙拉车的景象,车驾气象威仪,周围五彩绚烂,过了一会儿景象就消失了。

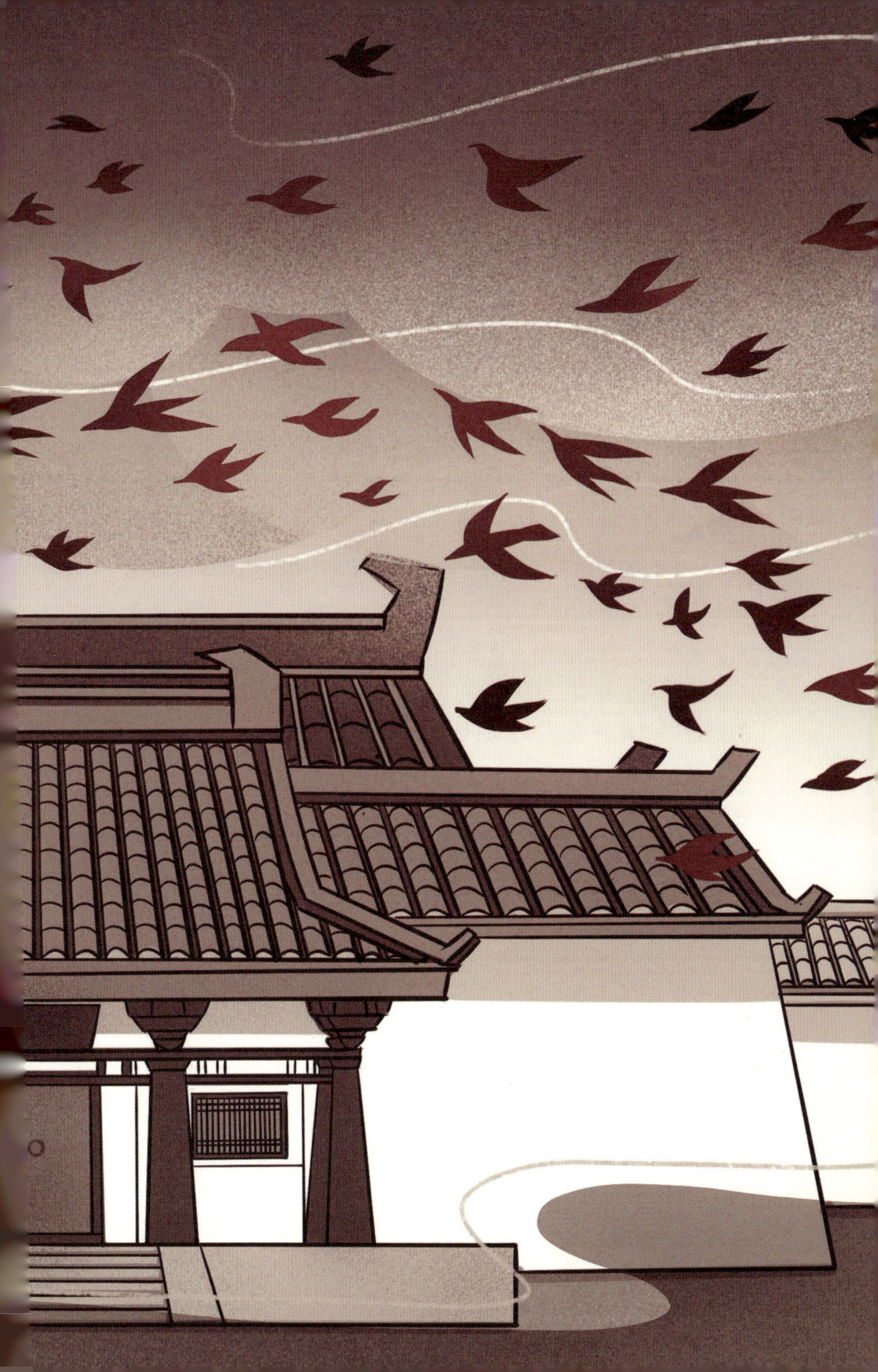

# 严卿禳灾

### 严卿替友消灾

会稽人严卿,擅长卜筮。他的同乡魏序想要前往东边,当时是荒年,强盗很多,于是魏序请严卿为他占卜。严卿对他说:"你要小心一些,千万不要往东边去,如果去了必然遭受大祸患,而且不是因为抢劫。"魏序没有相信严卿,严卿说道:"既然你非去不可,最好还是作法消除一下灾祸,你可以去城外的孤寡老太家寻一条白色的公狗,将狗系在船前面。"

魏序前去找寻,只找到一条杂色花狗,没有找到白狗。严卿说道:"花狗也可以,只是因为它颜色不够纯净,会遗留一些小毒,不过这些毒只会伤害牲畜动物,害不了人。你不必担心。"魏序一路东行,行至半路,忽然听到狗急促地叫了起来,如同被人打了一般。魏序走过去一看,只见狗已经死掉,吐出了很多黑血。这天晚上,魏序田庄上的数头白鹅,无缘无故地死去,好在魏序家里没有出现什么变故。

搜神记 卷四

## 张宽说女宿

### 张宽识别星宿化身

蜀郡人张宽,字叔文。汉武帝时期担任侍中,曾陪同汉武帝一起前去甘泉。武帝到了渭桥,见到有一个女子在渭水中洗澡,这个女子的胸有七尺长。武帝对此感到诧异,派人去询问。女子说:"皇帝身后第七辆车里的人,知道我的来历。"当时张宽就在第七辆车中。张宽奏对道:"那女子是天上掌管祭祀的星宿,如果祭祀的人斋戒不够洁净,女宿就会现形。"

# 灌坛令

### 姜子牙阻路龙女

周文王曾让姜太公担任灌坛令一职,他任职的这一年,风调雨顺,没有灾难发生。一天晚上,周文王梦见了一个妇人,妇人容色美丽,在路上哭泣不止。周文王问她为何哭泣,妇人回答道:"我是泰山神的女儿,嫁到了东海(一说西海),现在我想要回家,但是灌坛令德行深厚,我被他挡住了道。我路过哪里,哪里必定会有大风骤雨,风雨会有损灌坛令的德政。"

文王醒来以后,召姜太公过来询问。太公过来那一日,果然有疾风骤雨,风雨沿着灌坛地界外围掠过。于是周文王任命太公为大司马。

# 华山使

### 使者替神传信

秦始皇三十六年（前211年），有一个叫郑容的使者从关东回来，准备进入函谷关。往西走到华山北面，望见一驾白色车马从华山上下来。郑容怀疑这驾车马并非凡人，便停留在路上，等车马驶来。

很快，白色车马就到了身前。车马上的人问郑容："你这是要去哪里？"郑容答道："我前往咸阳。"车上人说道："我是华山的使者，想要托付你送一封信给镐池君。你去咸阳会路过镐池，在路上你会见到一棵很大的梓树，梓树下有一块五色石头，你用这块石头敲击梓树，会有人回应你，你把信给这个人就可以了。"

郑容一路行去，果然如华山使者所说，见到了梓树和彩石。他敲击之后果然有人出来取信。第二年，秦始皇驾崩。

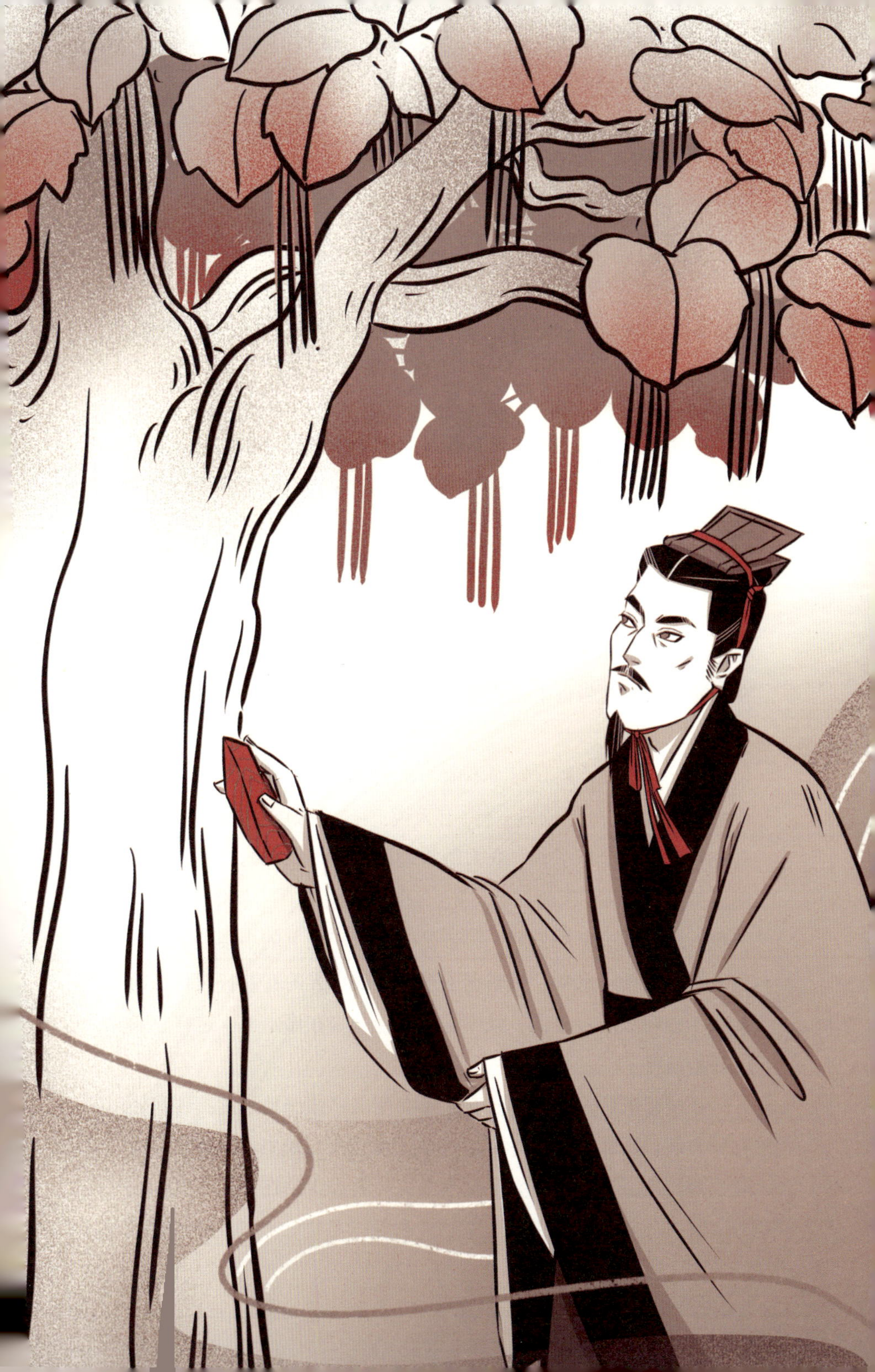

# 庐君致聘

## 庐山君替子求亲

张璞,字公直,不知道是哪里的人。张璞是吴郡太守,朝廷征召张璞回京,他途经庐山。张璞女儿前往庐山神庙游玩,她的婢女指着神像开玩笑说道:"这位可以和你做一对。"

这天夜里,张璞的妻子梦见庐山君前来下聘,他说道:"我的儿子不成器,我很感谢你们选他做女婿,我特意来送上一些薄礼,以表心意。"张璞妻子醒来后,感觉很奇怪。婢女便将当时在祠庙中的戏言告诉了张璞妻子,张璞妻子很害怕,催促张璞赶紧离开。

到了河中央,船只停滞不前,整船的人都感到很惊恐。他们将物件投入水中,船依旧不行。有人说道:"将张璞女儿投入水中,或许船就可以前行了。"众人纷纷劝说:"现在神的意思已经很明显了,难道你要因为一个女儿,而害死全家人吗?"张璞说道:"我不忍看到这样的景象。"于是走到了船舱上的小楼躺下,让妻子将女儿投入水中。张璞妻子想让张璞亡兄的女儿替代自己的女儿,她在水面上放了一张席子,让侄女坐在席子上。这样,船就开始前行了。

张璞起来后,见到自己女儿还在船上,愤怒地说道:"我还有什么面目活在世上!"于是将自己女儿投入水中。快要渡过河时,他们遥遥看见两个女子在水下方。有小吏站在岸边,对张璞

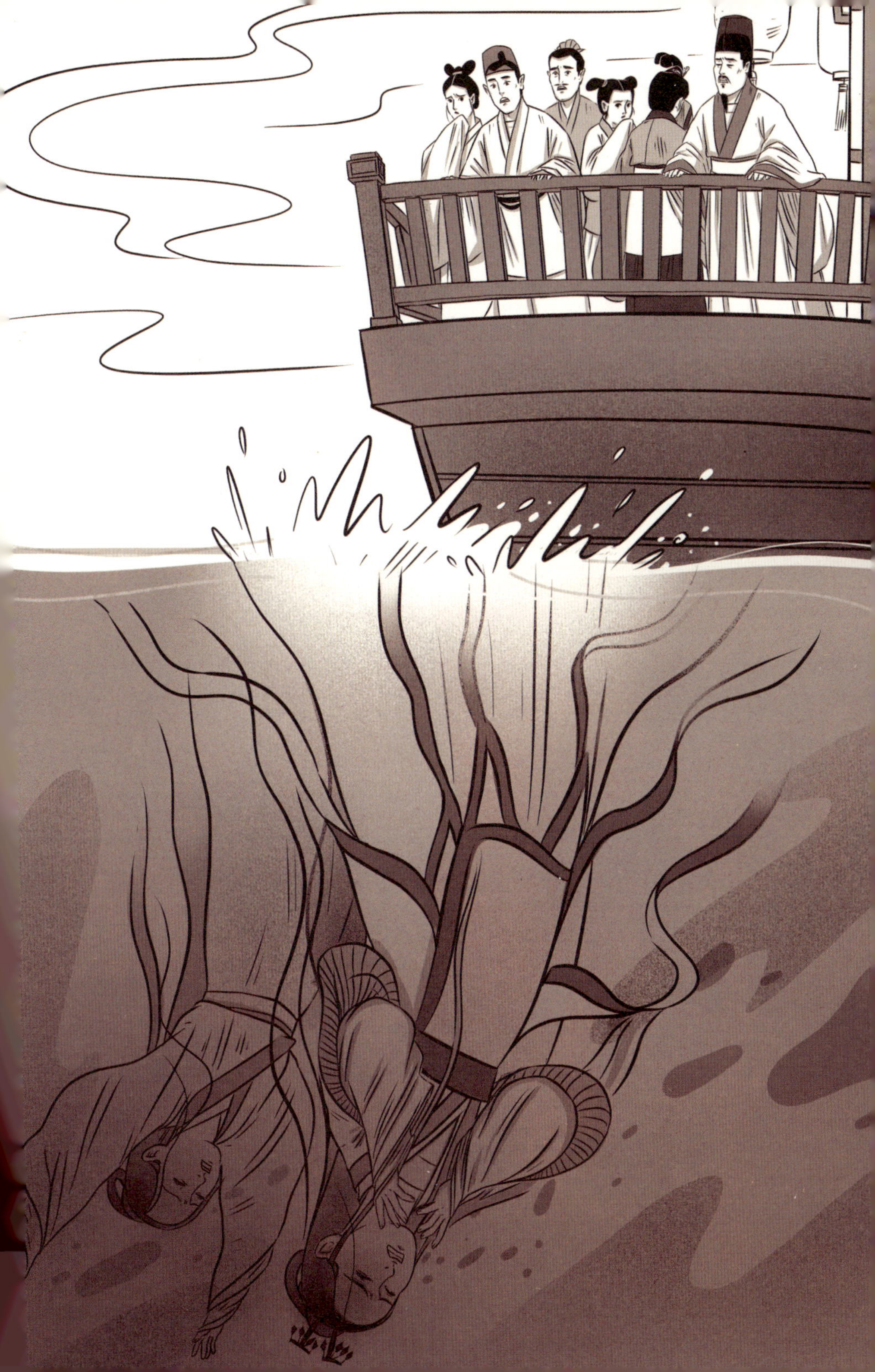

说道:"我是庐山神的主簿,庐山神向您表示歉意,他已经醒悟神与人不可以通婚,又敬佩你的义气,因此归还两个姑娘。"后来,询问二女的遭遇,她们说:"只看见了很气派的房屋和一些小兵、小吏,丝毫不觉得自己在水中。"

# 宫亭湖二女

## 神女显灵见客商

宫亭湖有一座孤石庙,曾经有一位客商前往京城,路过此地。客商见到了两个女子,女子对他说道:"请您为我们买两双丝鞋,我们一定会重重地报答您。"客商到了京城后,在街市上买了丝鞋,用箱子装了起来。他还买了一把书刀,也放在了箱子中。

到了孤石庙,客商将箱子放在庙中离去,却忘记取出放在箱中的书刀。船行至湖中央,忽然有鲤鱼跳入船中,客商剖开鱼腹,发现自己的书刀正在其中。

# 犀角簪

### 神女显灵索犀簪

南州地区当地官员派遣小吏去给吴主孙权敬献犀角簪,船行经宫亭庙,使者停留下来向神灵祈祷。神灵忽然开口说道:"我要你带的犀角簪。"小吏惊慌失措,不敢回应。过了一会儿,发现犀角簪已经出现在神龛前方。神灵再次开口说道:"等你到了石头城,我会把簪子还给你。"小吏迫不得已,只能继续前行,他猜想,自己失去了犀角簪,恐怕会被判死罪。刚到石头城,忽然有一条三尺长的大鲤鱼跃入船中。小吏剖开鱼腹,从中找到了犀角簪。

# 黄 公

### 黄公石室应祈祷

益州西边,云南东边,有一处神祠,还有一处石山开凿而成的石室。祠中有神像,百姓供奉祭祀祠神。此神自称黄公,人们都说这个黄公是当初教导张良的黄石公之灵魂。

黄公喜好清净,不喜宰杀祭祀。向他祈祷的人,需要带着一百张纸、一双笔、一丸墨,将其放在石室之中,再进行祈祷。东西放好后,会听到石室中传出声音,过一会儿,会有人问来人有何祈求。祈求的人告知愿望后,黄公会告诉他所求之事的吉凶,人们只闻其声,却见不到黄公的形态面容。这个习俗,至今犹在。

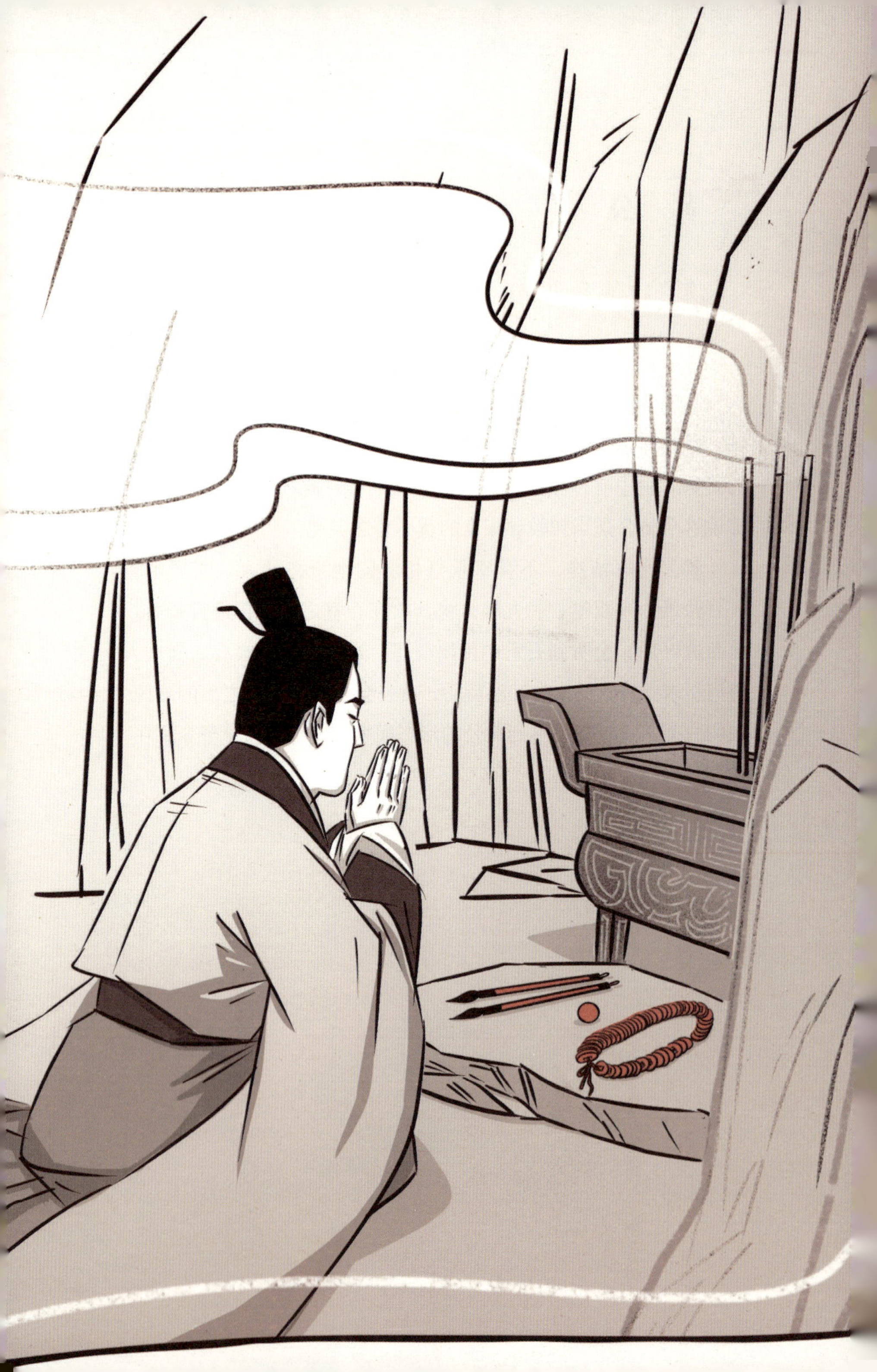

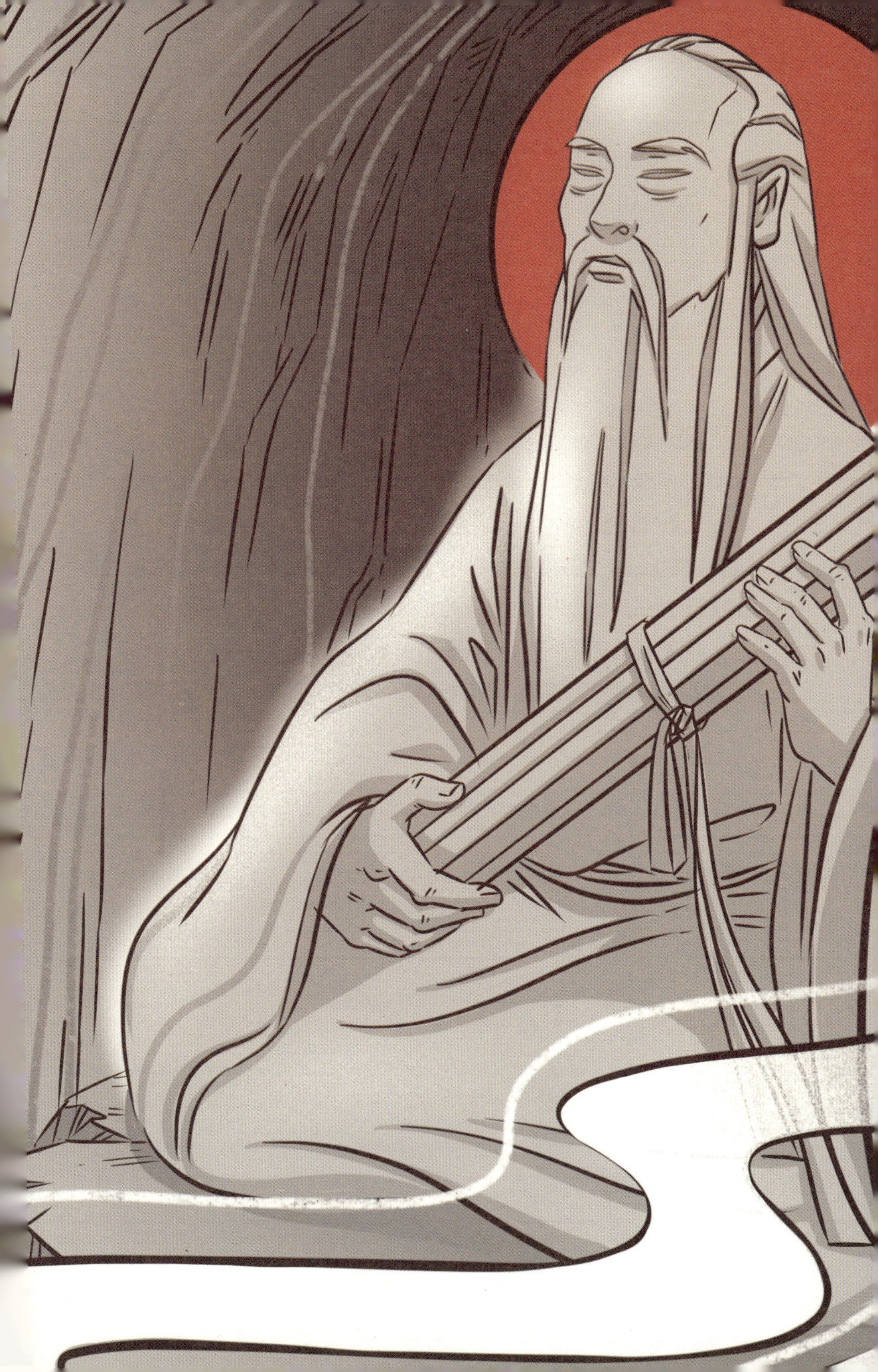

# 戴文谋疑神

### 戴文谋疑神是妖

沛国人戴文谋,隐居在阳城山中。一次,他在客堂吃饭,忽然听到有神呼唤道:"我是天帝使者,想下凡依附于你,你愿意吗?"戴文谋很惊诧。这声音又说道:"你是在怀疑我吗?"戴文谋跪着回道:"我家中贫困,恐怕不配让尊神下降依附。"说完,戴文谋洒扫家中,设下神龛牌位,朝夕供奉此神,行为十分恭谨。

后来,戴文谋在屋后和妻子悄悄地说起这件事。妻子说道:"这恐怕是个妖怪鬼魅,附身在此。"戴文谋说:"我也是这

样怀疑的。"等到再次奉上食物的时候，神开口说道："我依附于你，本准备给你一些好处，没想到你对我产生怀疑。"戴文谋再三请罪，忽然客堂上传出数十人的呼声，他走出一看，发现一只五色大鸟在空中飞翔，数十只白鸠追随着它。五色鸟向东北方向飞去，遁入云中，不见踪迹。

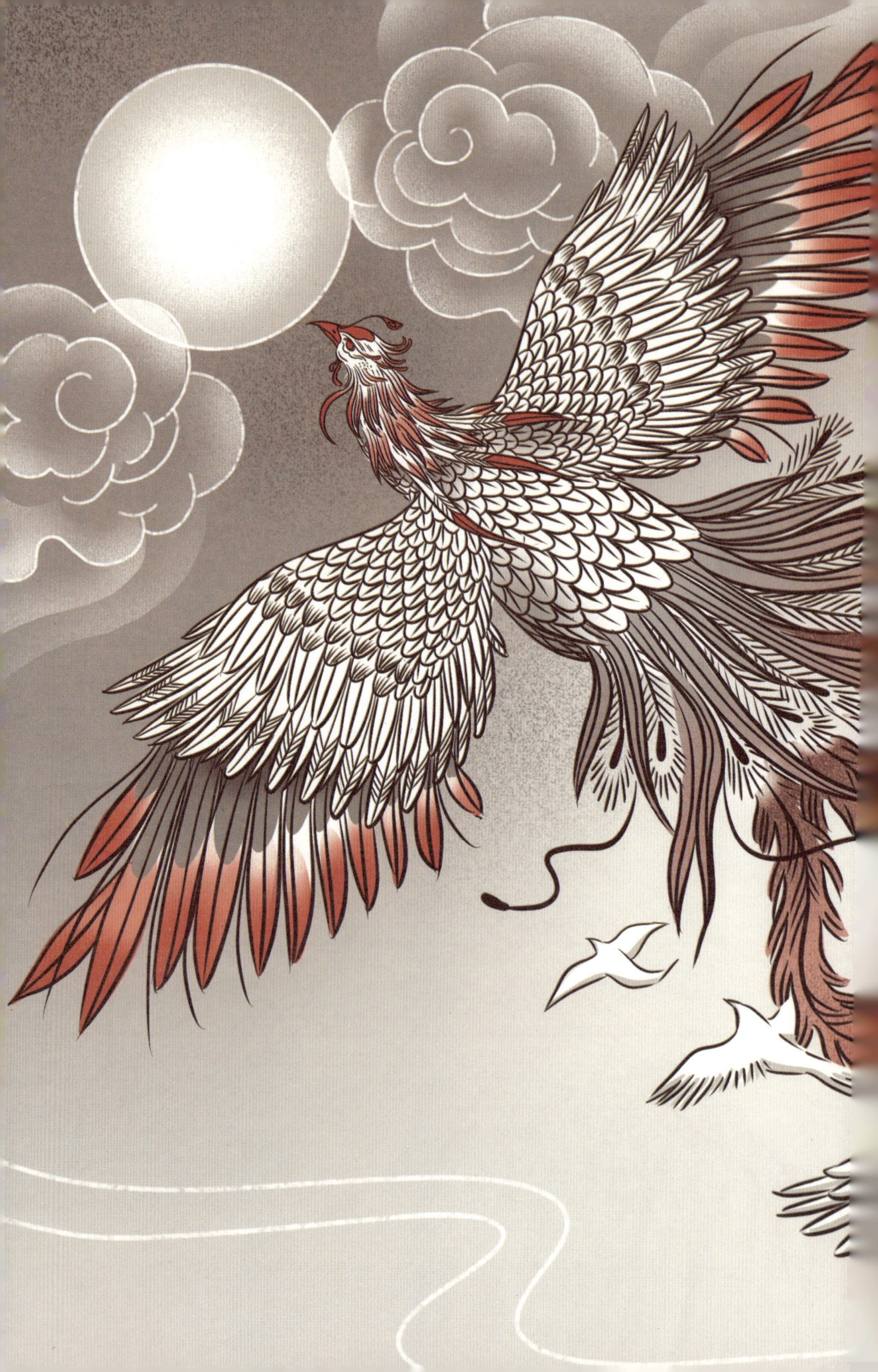

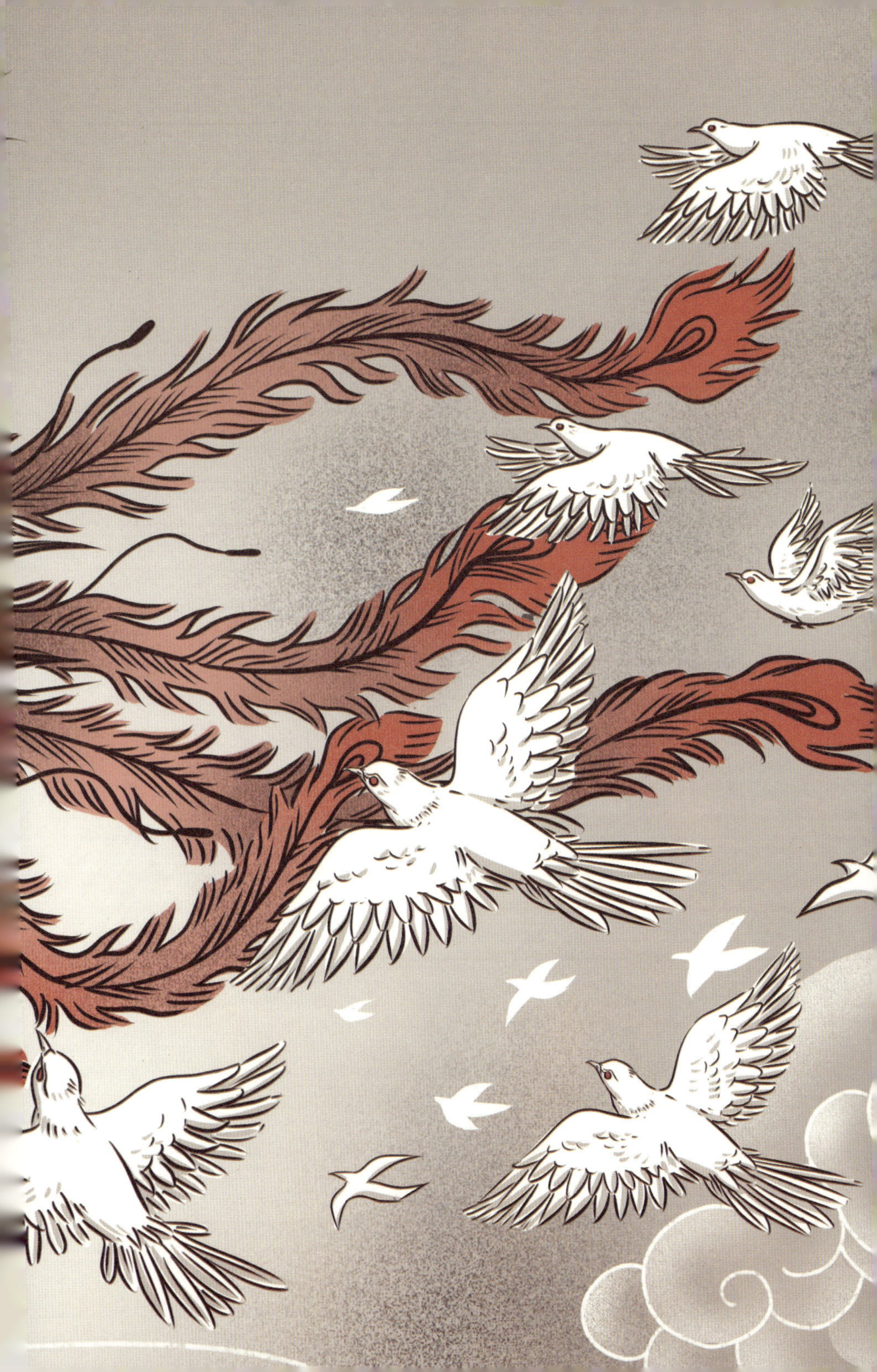

## 阴子方祭神

### 阴子方祭神暴富

汉宣帝时期,南阳郡有一个名叫阴子方的人。阴子方为人孝顺、乐善好施,还喜欢祭祀灶神。腊日的早上,阴子方晨起做饭时,灶神忽然出现,阴子方赶紧再次进行祭祀。

阴子方家中有一黄狗,他便将狗宰杀了用以祭祀。从此以后,阴子方暴富,家中田地有百余顷,车马仆从的数量,可与地方长官相比。阴子方曾经说过:"我的子孙一定会很强盛。"到了阴子方子孙阴识(汉光武帝皇后阴丽华异母兄)这一代,阴家变得非常繁荣昌盛,家中有四人封侯,有数十人担任地方长官。从这以后,阴家子孙总会在腊日这一天用黄狗祭祀灶神。

搜神记 卷五

## 蒋山庙戏婚

### 蒋侯惩戒登徒子

晋武帝咸宁年间（275—280 年），太常卿韩伯的儿子，和会稽内史王蕴的儿子、光禄大夫刘耽的儿子，一起前往蒋山庙游玩。

蒋山庙中有数座妇女的神像，相貌气度都很端正。韩某等三人此时已经醉了，他们指着这些妇女的神像开玩笑，说这些神像可以和自己结为夫妻。这天晚上，韩某等三人都梦见了蒋侯派人来宣达旨意，蒋侯让使者传达："我家女儿相貌都很丑陋，既然你们都看得上她们，那么我会找一个日子，来接你们。"

韩某等人醒来以后，都觉得这个梦很奇怪。他们互相询问，发现三人都做了相同的梦。三人大惊失色，急忙准备三牲前往蒋山庙祭祀，请求蒋侯的谅解饶恕。这天夜里，三人又梦到了蒋侯，这次蒋侯亲自过来，对他们说道："你们既然这么喜欢我的女儿，想来应该期待尽快见到她们。现在日期已经到了，难道我还允许你们中途反悔？"过了一会儿，三人一齐死了。

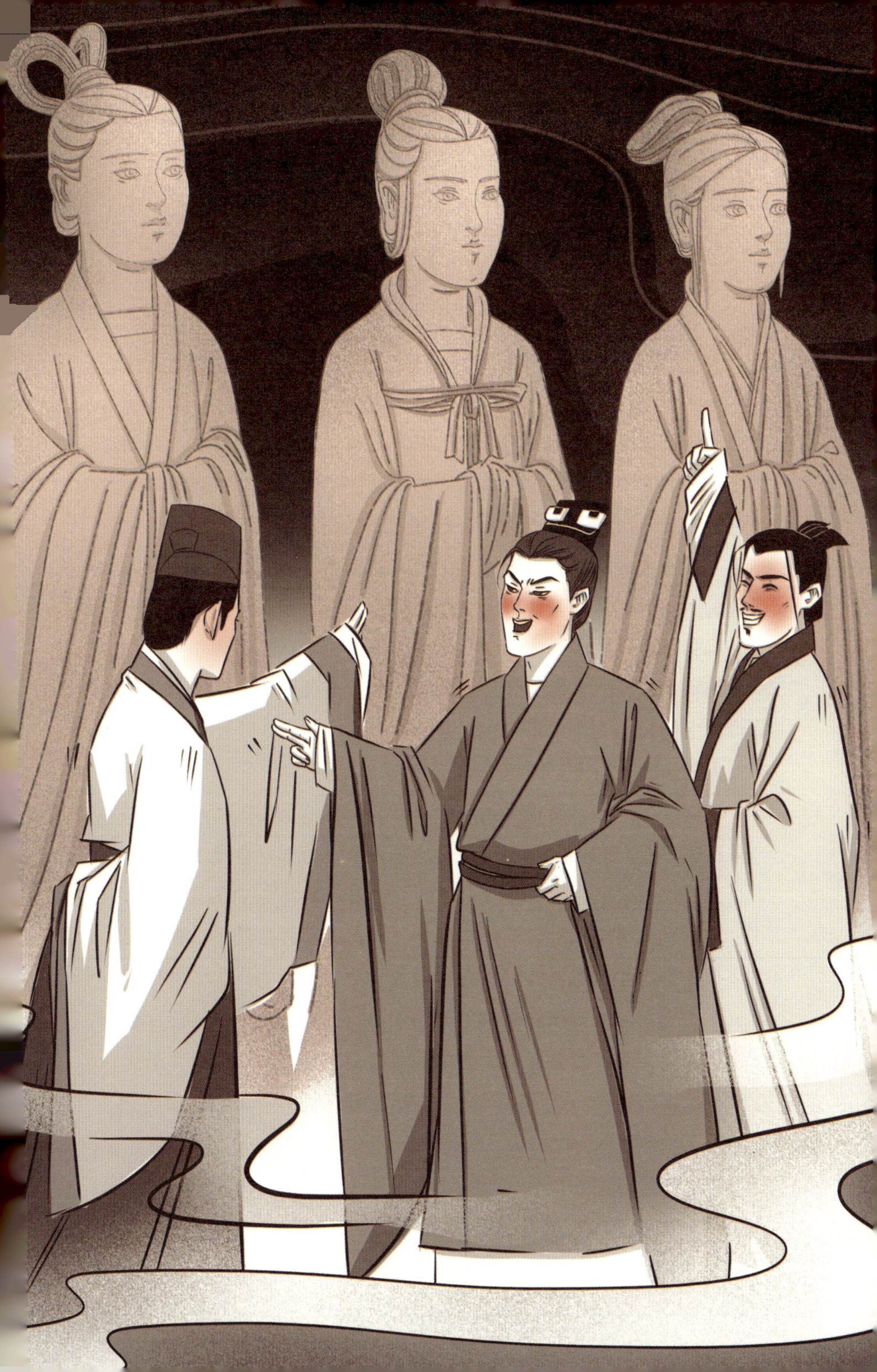

# 吴望子

## 蒋侯相交吴望子

会稽郡鄮县（今浙江宁波）东郊，有一个姓吴的女子，名叫望子。吴望子年纪十六岁，长得美丽可爱。乡里的邻居要击鼓跳舞，进行娱神的活动，邀请吴望子一同前去。

吴望子沿着池塘边行走，半路上遇见了一个看上去很高贵的人物，长得非常英俊。贵人乘船而来，身边有十几个仆从，看上去都很体面。贵人派人问吴望子："你这是要往哪里去？"吴望子如实相告。贵人说道："我现在也是要前往你要去的地方，你可以上船来，我们一同前去。"吴望子推辞一番，不肯上船。这时，贵人的船忽然消失了。

到了目的地，吴望子到庙中敬拜，发现端坐在上的神像，与自己途中所遇的贵人一模一样，原来这个贵人就是蒋侯。蒋侯问道："你怎么来迟了？"说完，扔了两颗橘子给吴望子。

此后，蒋侯总是与吴望子相见，二人感情日益深厚。但凡吴望子心中有什么想要的，这些东西都会从天而降。一次，吴望子忽然想吃鱼，一对新鲜的鲤鱼就出现了。吴望子的神通异能，很快就流传开来，非常灵验，城中的百姓都供奉她。三年后，吴望子起了别的心思，蒋神便断绝了和她的往来。

# 谢玉杀虎

### 蒋侯助信徒杀虎

陈郡有一人，名为谢玉，担任琅琊内史，居住在京城之中。京城一带，虎祸横行，许多人葬身虎口。这天，谢玉驾着一条小船，船上插着一柄大刀，他年轻的妻子也在船上。傍晚时候，谢玉赶路到了巡逻地点。巡逻的将士对他说道："这段时间，这里有老虎作乱，你带着家人还敢轻率出门，实在不可取，你们就在巡逻的哨所过夜好了。"

问询完毕，将士便离开了。这时谢玉的妻子下船上岸，被老虎掳走了。谢玉拔出刀，大声呼唤，一路追了过去。他想起自己一直供奉蒋侯，便开口请求蒋侯帮助。又往前走了大约十里路，忽然出现了一个黑衣人，黑衣人为他领路。他跟随黑衣人又走了二十里，见到了一棵大树，又见到了一个洞穴。

洞中有一幼虎，幼虎听到声音，以为是母虎归来，从洞中爬出。谢玉挥刀杀掉了幼虎，拔出刀躲在树后。很久之后，母虎回来了。母虎将他妻子放在地上，准备拖入洞中。谢玉从旁跃出，将母虎拦腰斩杀。母虎已经死了，他的妻子仍然活着，渐渐地能说出话来。

谢玉问妻子发生了什么事，妻子说道："老虎抓住我后，便将我背在背上，到了这里才把我放下来。我的身体没受什么伤，只是被草木刮伤了。"之后，谢玉扶着妻子回到船上。

第二天夜里，谢玉梦见一个人对他说："我是蒋侯派来帮助你的，你知道了吗？"谢玉到家之后，杀猪祭祀了蒋侯。

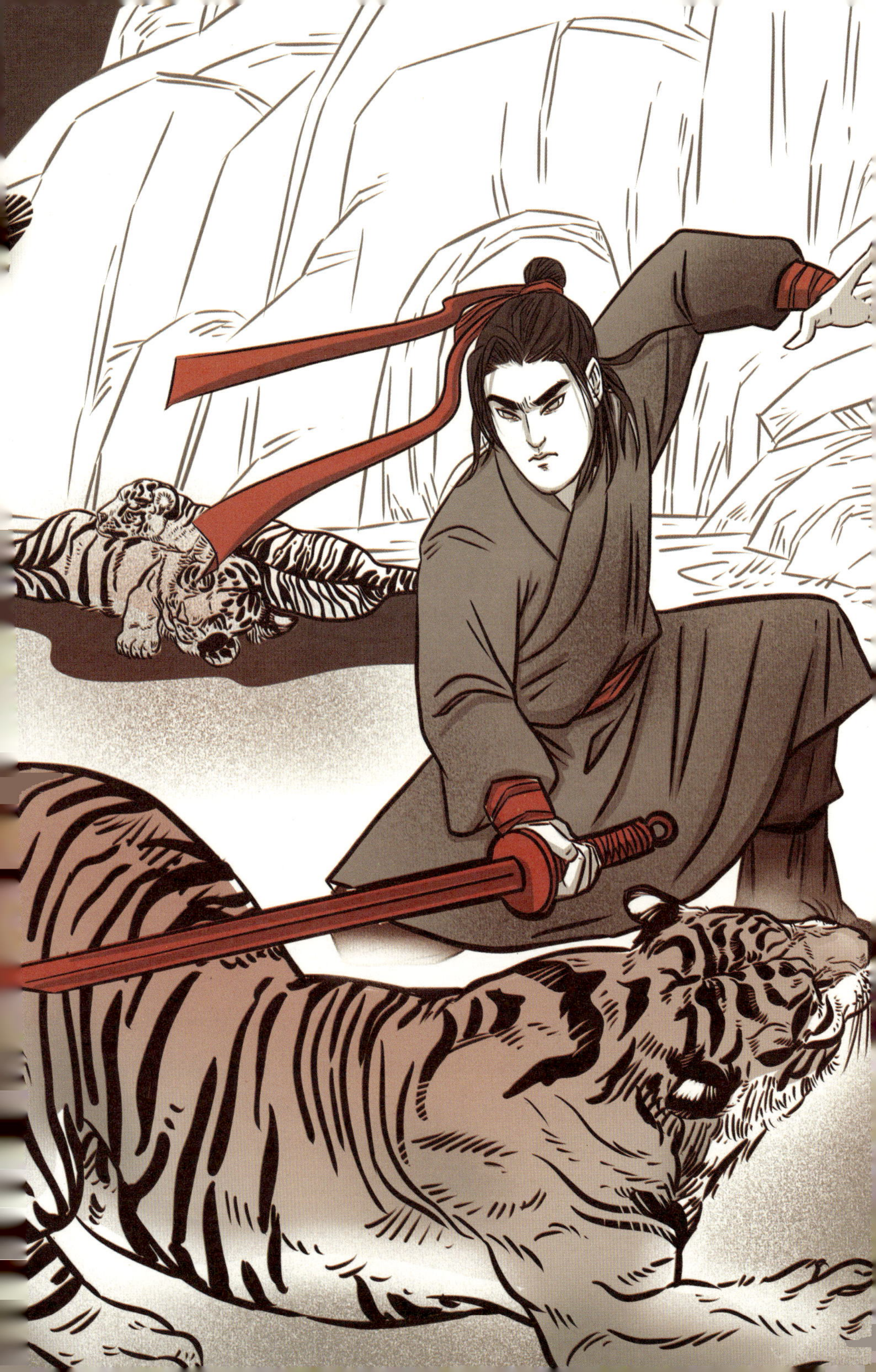

# 丁姑渡江

## 丁姑为女子制定假期

淮南郡全椒县（今安徽全椒）有一个姓丁的新妇，本是丹阳县丁家的女儿。她十六岁时，嫁到了全椒县谢家。她的婆婆冷酷凶恶，给她规定了干活的数量，做不完就用鞭子抽打她，丁氏不能忍受，在九月九日这一天，上吊身亡。

丁氏死后，显现出一些神异的迹象，渐渐在民间流传。丁妇借由巫祝之口说了这样一段话："念及嫁出去的女子，总是干活不得休息，以后九月九日这一天应让她们休息，免于劳作。"

一次，丁氏现出了模样，她身着月白色的衣裳，头戴青色布巾，带着一个婢女出现在了牛渚津渡口，请求路过的船只搭载。丁氏见到有两个男子正在船上捕鱼，便出声请求搭载。两个男子发笑，出言调戏丁氏，说道："你要是愿意做我媳妇，我就让你上船。"丁氏说道："还以为你们是好人，没想到一点都不明事理，如果你们是人，那么你们会死在泥土中；如果你们是鬼，会死在水中。"说完，丁氏便隐入草中。

过了一会儿，一个老翁载着一船芦苇出现了。丁氏再次请求搭载。老翁说道："我的船没有篷盖，怎么好让你抛头露面呢？恐怕不适合搭载你们。"丁氏说，不用担心。老翁便挪动了一些芦苇，匀出一点位置让她们上船，一直将她们送到了南岸。

丁氏要离开时，对老翁说道："我是鬼神，并不是人，自然是可以自己渡河的。为了使民间知道我的事迹，才求搭载。老人家你一番厚意，愿意挪动芦苇，匀出位置让我上船，我非常感激，一定会感谢你。你赶紧回去，回去后你会看到一些事情，也会有所收获。"老翁说道："我照顾不周，哪里还需要感谢。"

老翁渡船回到西岸，看见两个男子落入了水中。他又驶船前行了数里，看见数以千计的鱼在水面跳动，风将这些鱼都吹到了岸上。老翁将船上的芦苇扔掉，载着一船鱼回去了。

丁氏就回到了丹阳，江南人称她为丁姑。每年九月九日这一天，妇人不用劳作，有一整日休息。后来，很多人祭祀丁氏。

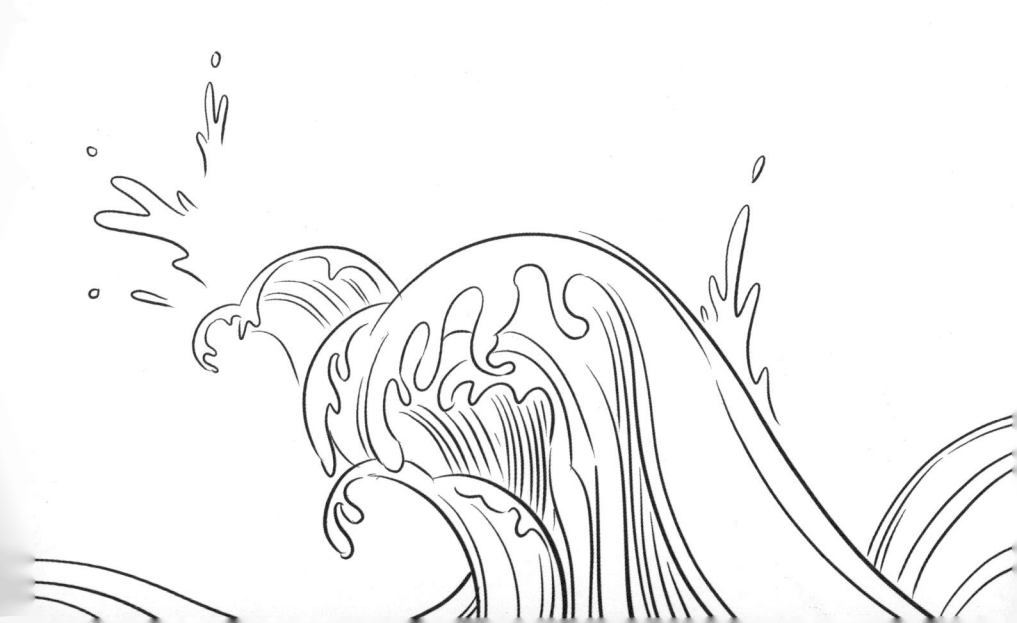

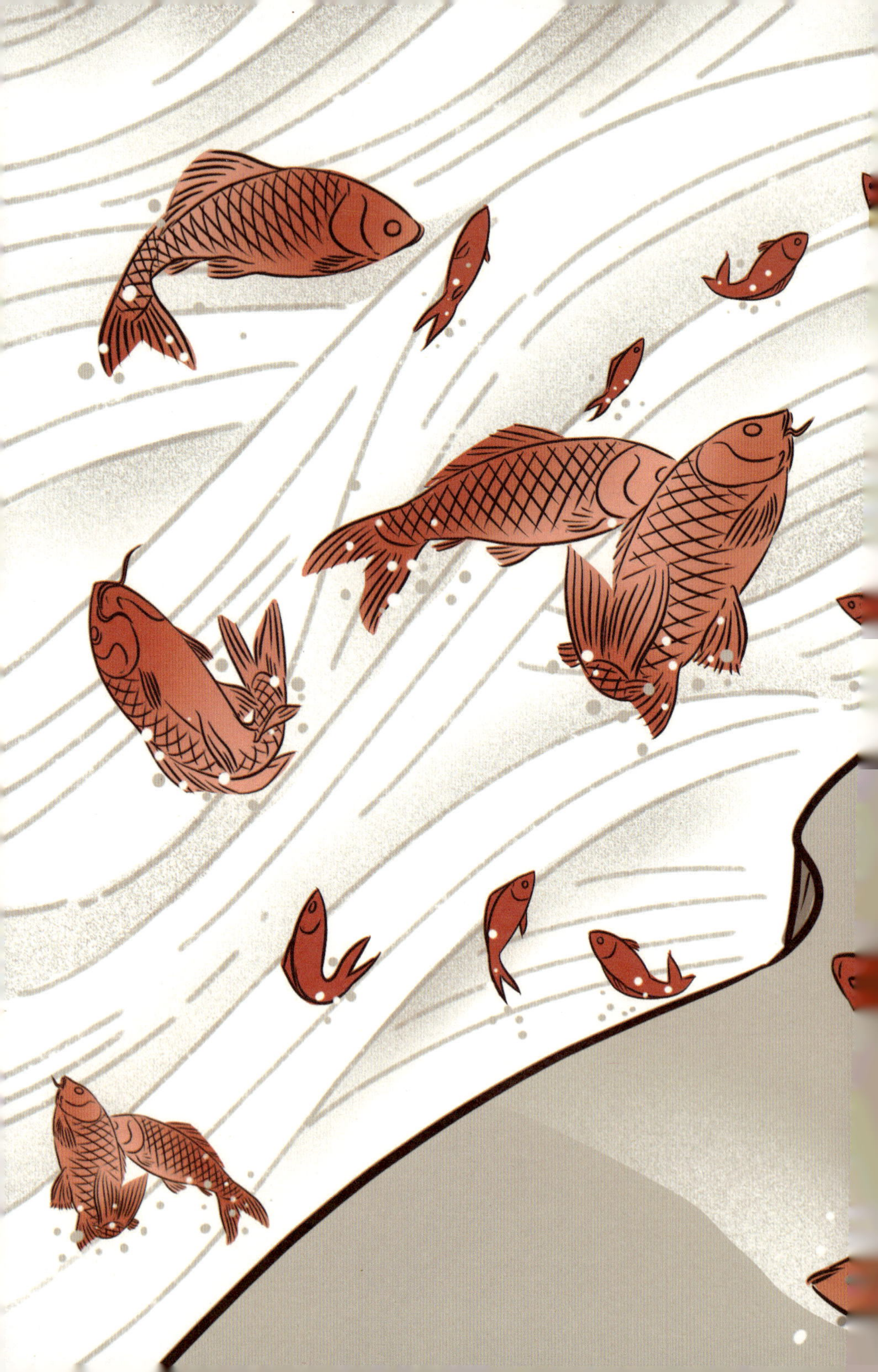

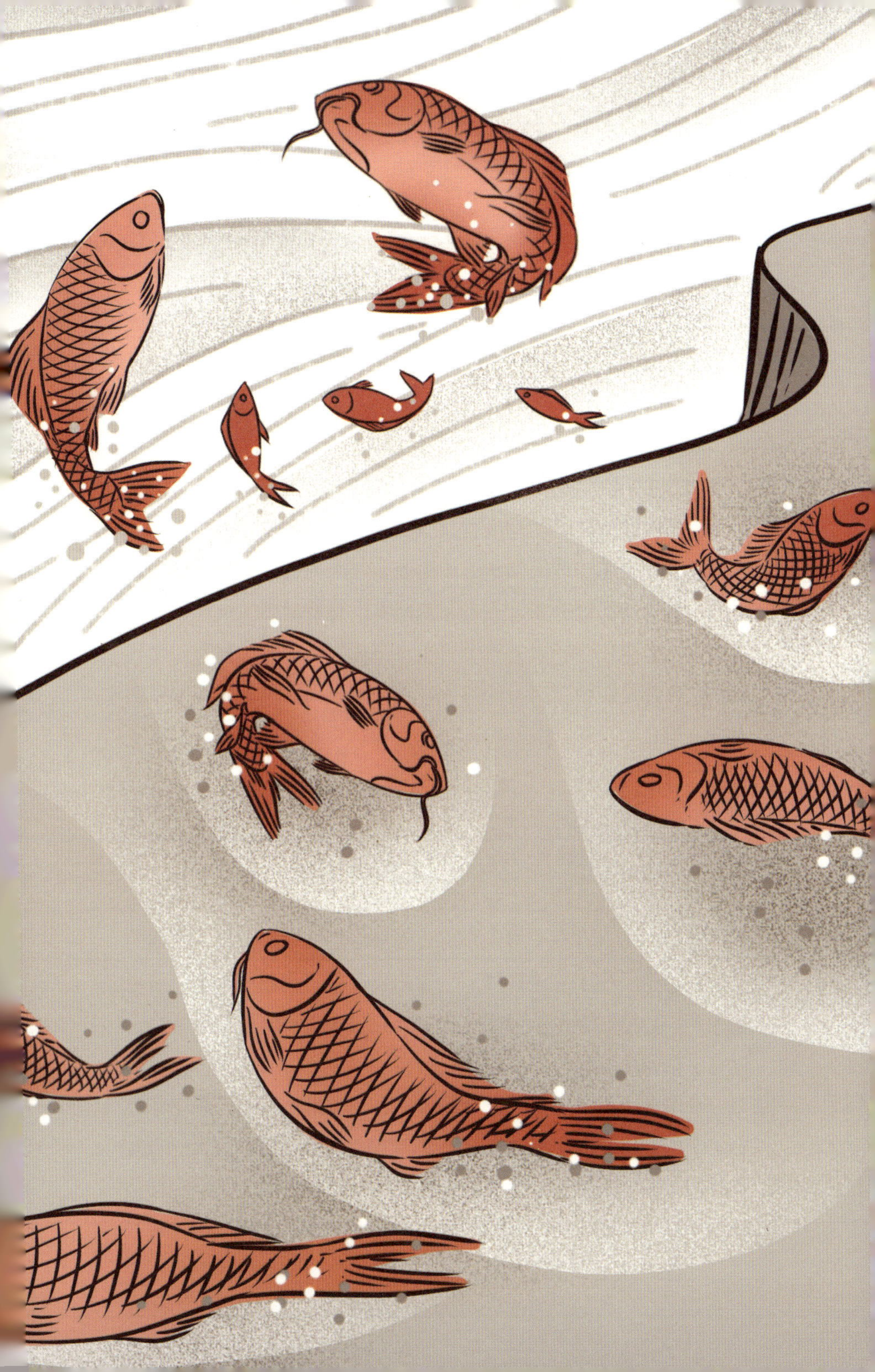

# 王祐病困

### 赵将军助人渡死劫

散骑侍郎王祐,病得快要死了,和自己母亲一番诀别。过了一会儿,听说有客人前来拜访他,客人说道:"我是某郡某里的某某,曾经担任别驾一职。"王祐也想起来,曾经听说过这个人。

过了一会儿,这人到了王祐面前,对他说道:"我与你都是士人,有天然的情分在,加上又是同乡,感情就更加真挚。今年国家会有大事发生,会有三个将军出来征集人员。我和我的十几个队友,都是赵公明府上的参佐,仓促间来到这里,见你家高门大户,特意来投靠。我们与你很谈得来,相处愉快,没有什么不可以说的。"

王祐知道他们是鬼神,说道:"我不幸病重,命在旦夕。现在遇到了您,我就将性命托付给您。"参佐说道:"人总有一死,这是必然发生的事情。人死后的身份贵贱,和活着的时候没有关联。我现在手下有三千将士,需要你来掌管文书的工作,这样的位置很难得,你不应该推辞。"王祐说道:"我的母亲年纪已经很大了,我也没有兄弟,我要是死了,我的母亲就没有人供养了。"说完王祐便哭了起来,不能自控。

参佐听了后,怆然地说道:"您官职做到了常伯,家中却没有多余的钱财。刚才听到您与您母亲诀别,言辞哀婉悲苦。不过,您是国家的有德之士,怎么可以让您就这样死去呢?我一定会帮助您。"参佐起身离去，说道："我明天会再来。"

第二天，参佐又来到王祐家中。王祐对他说道："您承诺救我一命，真的能做到吗？"参佐回答道："我既然已经答应你了，难道还会反悔欺骗你吗？"

参佐这次带了数百随从来，他们身高约二尺，穿着黑色军服，军服上染了红油作为标志。王祐在家击鼓祭祀，众鬼听到鼓声纷纷跟着节拍起舞，衣袖振荡发出"飒飒"声。王祐为他们准备了酒水食物，参佐说道："不需要。"说完便准备告辞，他对王祐说道："病在人的身体里，如同火一样，应当用水消灭它。"

参佐便取了一杯水，揭开被子倒了进去，说道："我为你留下了十几支红笔，在枕头下方，你可以让人簪着它，这样可保出入平安，做事情不会有灾祸。"参佐又说道："这样的红笔，我还给了王甲、李乙二人。"他拉着王祐的手和他辞别。这一晚，王祐得以安然入睡。

夜间醒来，王祐叫来周围的人，让他们揭开被子，说道："神用水浇灌了我，我已经得到了滋养。"被子揭开后，两床被子中间果然有水滴，如同露珠在荷叶上一般。奇怪的是，被子竟然没有打湿。这些水滴收集起来大约有三升七合（一合为十分之一升）。就这样，王祐的病了好了三分之二，数日之后痊愈。

王祐后来发现，参佐给予了红笔的人，他们历经疾病、战乱，都平安无事。当初有一卷怪异的文书记载："天帝命令三个将军各自在人间征集几万个鬼，其中的两个将军是赵公明、钟士季。"不知道书上说的是哪里发生的事。王祐病愈之后，读到了这本书，他的经历与书上所提到的赵公明事迹符合。

# 周 式

### 周式躲避鬼吏索命

周式是汉代下邳（今江苏睢宁）人，他曾经前往东海。途中遇到一个小吏，小吏手持一卷书，请求周式搭载一程。二人一起前行了十余里，小吏对周式说道："我要在这里稍作停留，这卷书就暂且存在你这里，你千万不要去翻看。"

小吏离开后，周式偷偷打开了他的书，发现这本书上面写着几个死人的名字，周式两个字也列在其中。过了一会儿，小吏回来了，周式还在看着这本书。小吏愤怒地说道："我都特意告诉你不能翻看了，怎么不肯听从，还这样做？"周式跪在地上向他磕头，流出血来。

很久之后，小吏说道："我感激你一路搭载我，但是这本书不可以抹掉你的名字。从今天开始，你回到家中，三年不可以离开家门，这样就可以躲过一死。也千万不要告诉别人见过我的这本书。"

周式回到家后，两年多都没有出门，家人对这件事感到奇怪。这天，周式邻居过世，周式的父亲对周式不出门感到很生气，希望周式能出门前去凭吊。周式不得已之下离开家门，刚一出门他便遇见了两年前的鬼吏。鬼吏对他说道："我特意嘱咐你三年不得出门，你今天既然出了门，这可没办法帮你了。我因为一直见不到你，还遭受了鞭打的惩罚，今天既然见到你了，我也没办法。

三天之后,我会来带你走。"

周式回到家中,哭泣着将自己身上发生的事情告诉家人,他的父亲还是不相信他说的话,周式的母亲日夜都陪着周式。第三天中午时分,鬼吏果然来带走周式。周式就这样死去了。

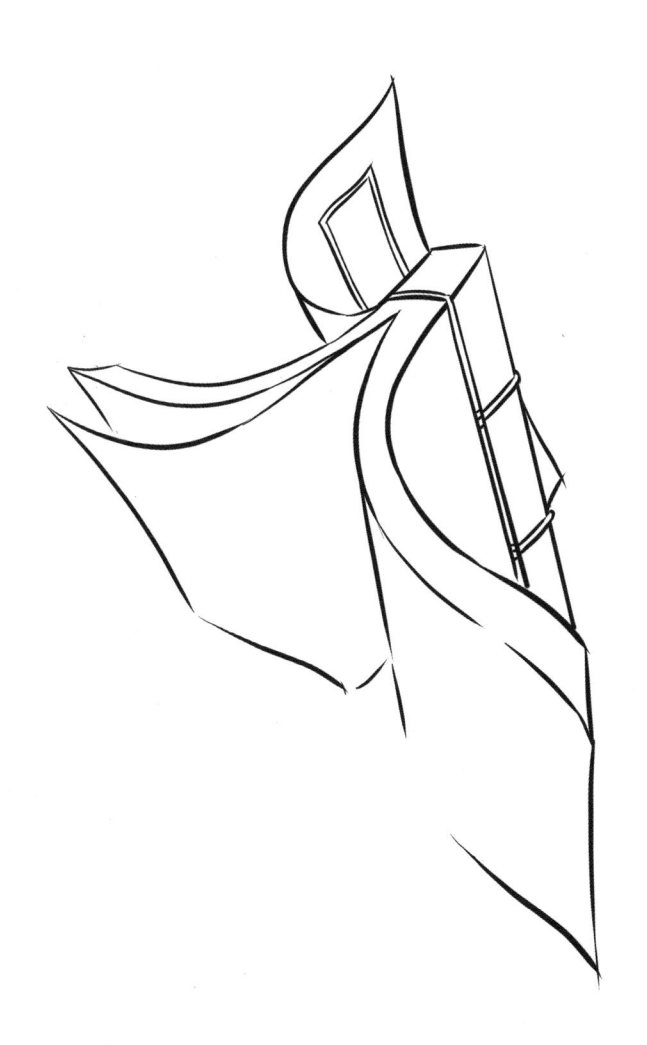

# 张助斫（zhuó）李

### 桑树生李成神迹

南顿县有一人，名叫张助。一次，张助在田中劳作，见到了一颗李核，正准备扔掉。这时，他看到了旁边有一棵空心的桑树，树洞中有土，张助便将李核扔进桑树中，用剩余的水进行了浇灌。

后来，有人发现桑树中长出了一棵李树，争相转告。有一个得了眼疾的人在桑树下乘凉，说道："李君如果能让我眼睛恢复健康，我就拿一头猪来酬谢你。"这人的眼疾本是小病，不久之后自行痊愈了。俗语说"一犬吠影，众犬吠声"，李树让盲人重见天日的传闻，传得沸沸扬扬。从此以后，桑树下常常车马喧嚣，有成百上千辆之多，祭祀李子君的酒肉多不胜数，如同雨点一样密密麻麻。

这样过了一年多，张助远行归来，看到这样的景象惊讶地说道："这里哪有什么神明？这棵李树是我种在里面的。"于是就将李树砍掉了。

搜神记 卷六

# 泰山石立

## 泰山巨石成祥瑞

汉昭帝元凤三年（前78年）正月，泰山莱芜山南边，人声喧哗，如同数千人在吵闹一般。当地百姓前去查看，发现一块大石头自己立了起来。这石头高五尺，周长四十八围，入地八尺深，有三只石脚。石头自己立起来后，有白颈乌鸦群在旁飞行环绕。这是汉宣帝中兴的祥瑞之兆。

## 龟毛兔角

**龟背生毛兔生角**

商纣王时,一只大龟背上长出了毛,一只兔子头上生出了角。这是即将发生战争的预兆。

## 公子彭生

### 彭生化身野猪吓仇人

春秋鲁庄公八年（前686年），齐襄公在贝丘这个地方打猎，看见一头猪。随行的人告诉齐襄公："这头猪是公子彭生变化而成。"齐襄公听了后很愤怒，拉弓一箭射了过去。这头猪忽然像人一样站起来，大声呼号。齐襄公心中害怕，从车上掉了下来伤到了脚，鞋子也丢了。

汉代的经学家刘向认为，这是猪惹出的灾祸。

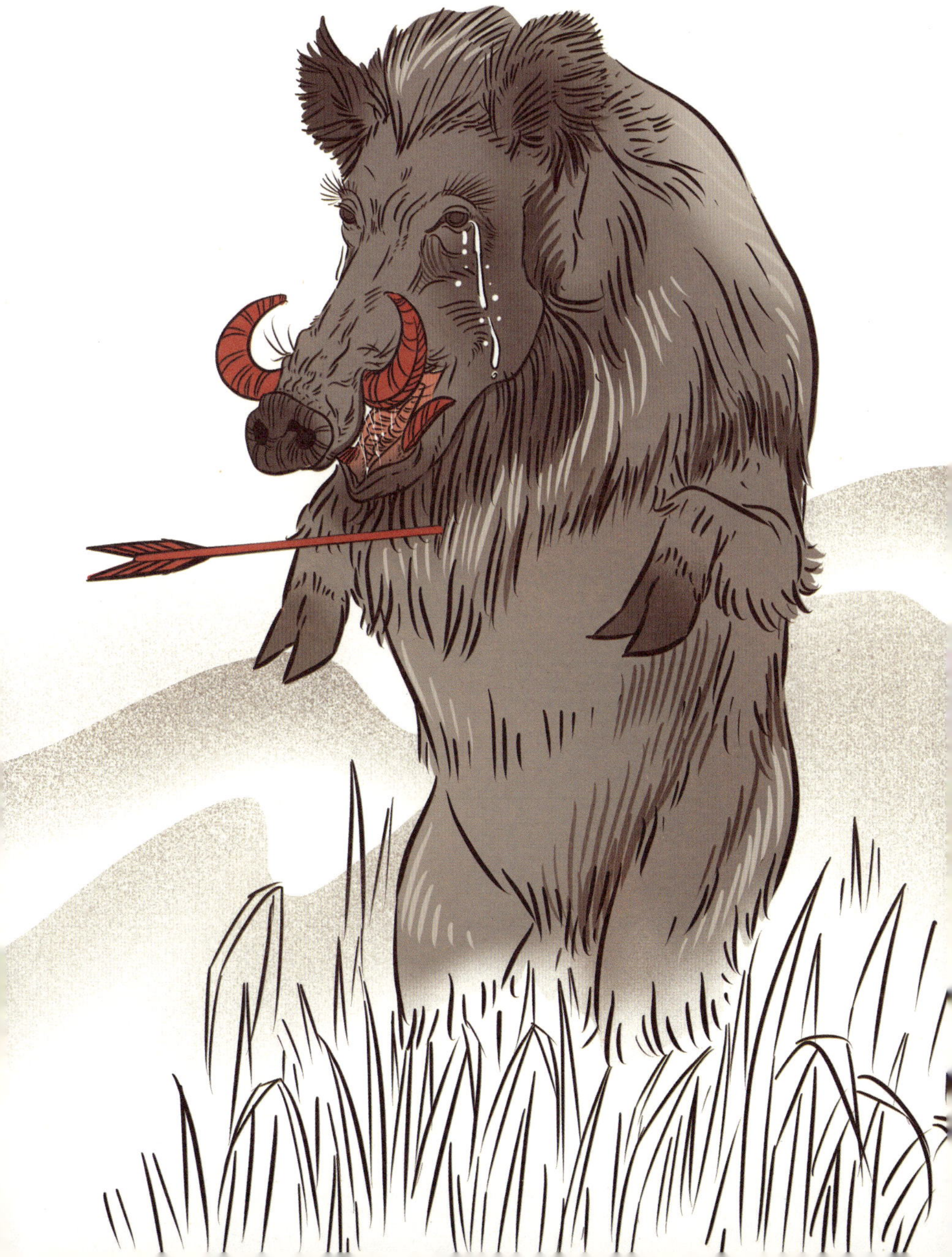

# 两龙现井中

## 君子受害生异象

汉惠帝即位第二年,正月癸酉日这一天,兰陵县(今山东兰陵)延东里的温陵井中,出现了两条龙。到了乙亥日的夜里,两条龙才消失。京房《易传》里记载:"有德之人遭受了迫害,就会有妖龙出现在井中。"又有记载:"如果刑罚太过残暴,会有黑龙出现在井中。"

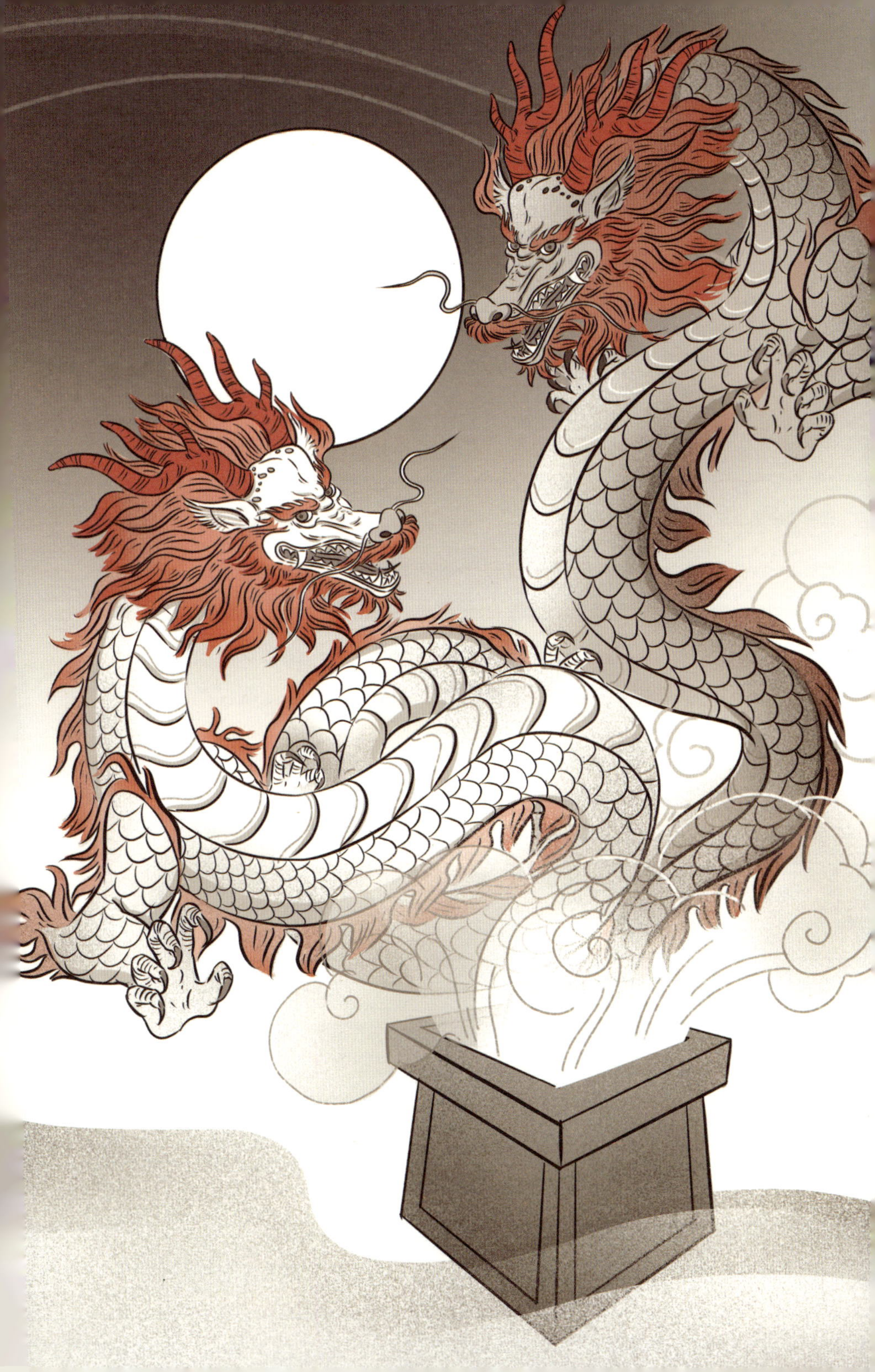

# 马生角

## 吴国谋反生异象

汉文帝在位第十二年，吴国地区有马头上生出了角，角竖立在马耳前方，其中右边的角长三寸，左边的角长二寸，宽度都是二寸。

刘向认为，马是不应该生出角的。出现这样的情况，预示着吴国会兴兵犯上，吴国的将领会做出谋反之事。京房《易传》记载："臣子轻视主上，政事施行不顺，就会出现妖马头上生角的状况。这也意味着朝中贤能之士不足。"又有记载说："天子亲征讨伐，马会生角。"

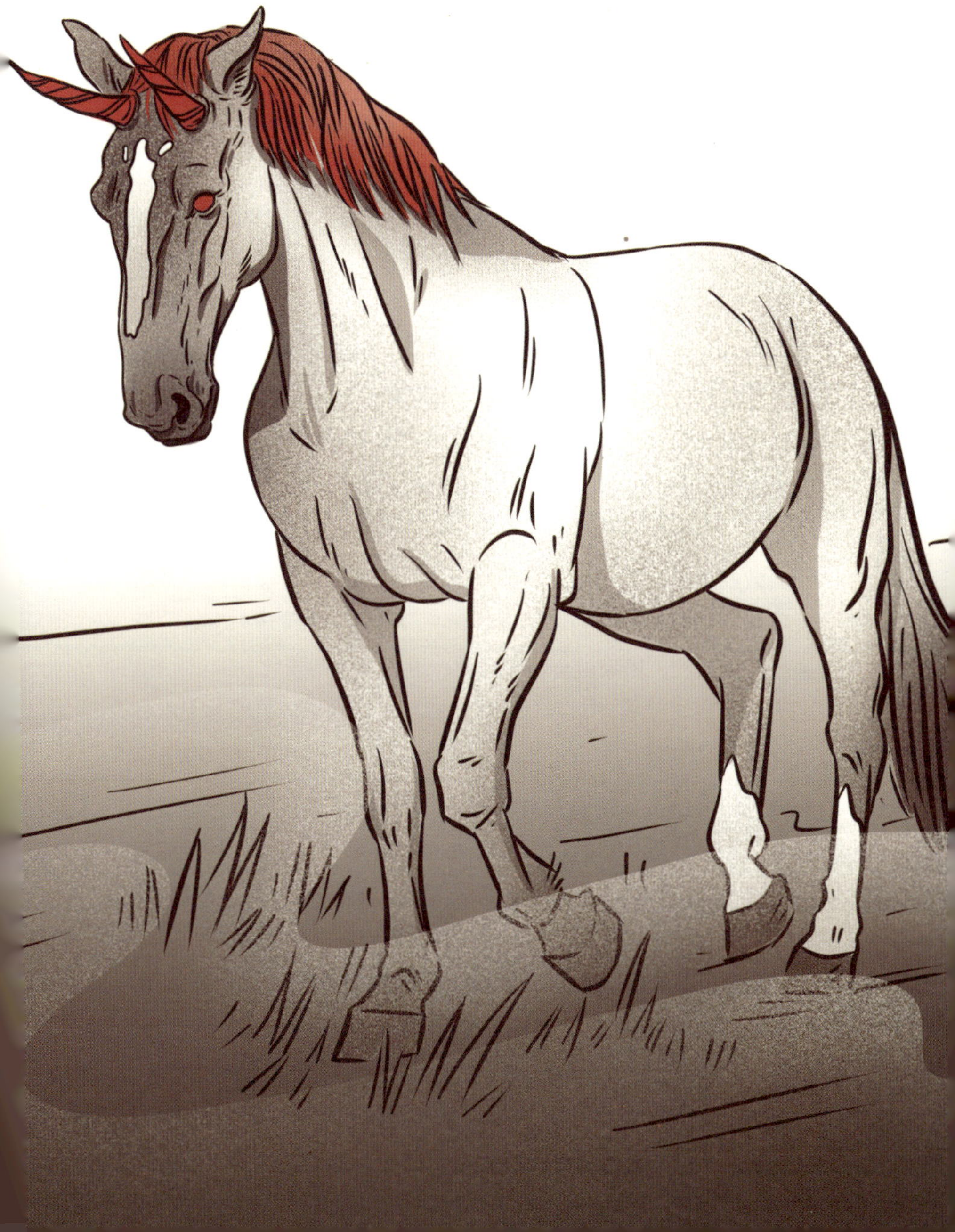

# 白黑乌斗

### 两色乌鸦激烈争斗

汉景帝三年（前154年）十月，有白色脖颈的乌鸦和黑色乌鸦，在楚国吕县（今江苏徐州铜山区）上空争斗。白颈鸦斗不过黑色乌鸦，坠入了泗水之中，死了数千只。

刘向认为这件事是白黑之兆。当时，楚王刘戊暴虐无道，用刑罚去折磨侮辱申公，还参与了吴国的谋反。乌鸦群体互相争斗，这是战争的预兆。白颈乌鸦体形更小，说明小的那一方会战败。白鸦坠入水中，说明即将死在有水的地方。

楚王刘戊执迷不悟，仍旧举兵响应吴国，与汉朝廷交战。楚国兵败刘戊逃跑，一路逃到了丹徒（今江苏镇江丹徒区），被越人所杀。这也验证了白鸦坠入泗水的征兆。京房《易传》记载："悖逆自己的亲族，国家就会出现白鸦、黑鸦争斗的景象。"

燕王刘旦谋反，有一只乌鸦和一只喜鹊在燕国宫殿池塘上方争斗，最后乌鸦坠入池水。《五行志》认为，楚国、燕国都是汉室骨肉一方藩王，他们为人骄纵，图谋不轨，都有乌鸦喜鹊争斗而死的预兆。行为相似，预兆相同，这是天人交应的明确表现。

燕国的阴谋还没有发动，燕王就在宫中自杀，有一只乌鸦落水而亡。楚国凌虐百姓，一心举兵造反，他们的军队在郊外大败，有一群白颈乌鸦死去。这些都说明了天道的精妙细微。京房《易传》记载："出现战争杀伐，会有乌鸦喜鹊发生争斗。"

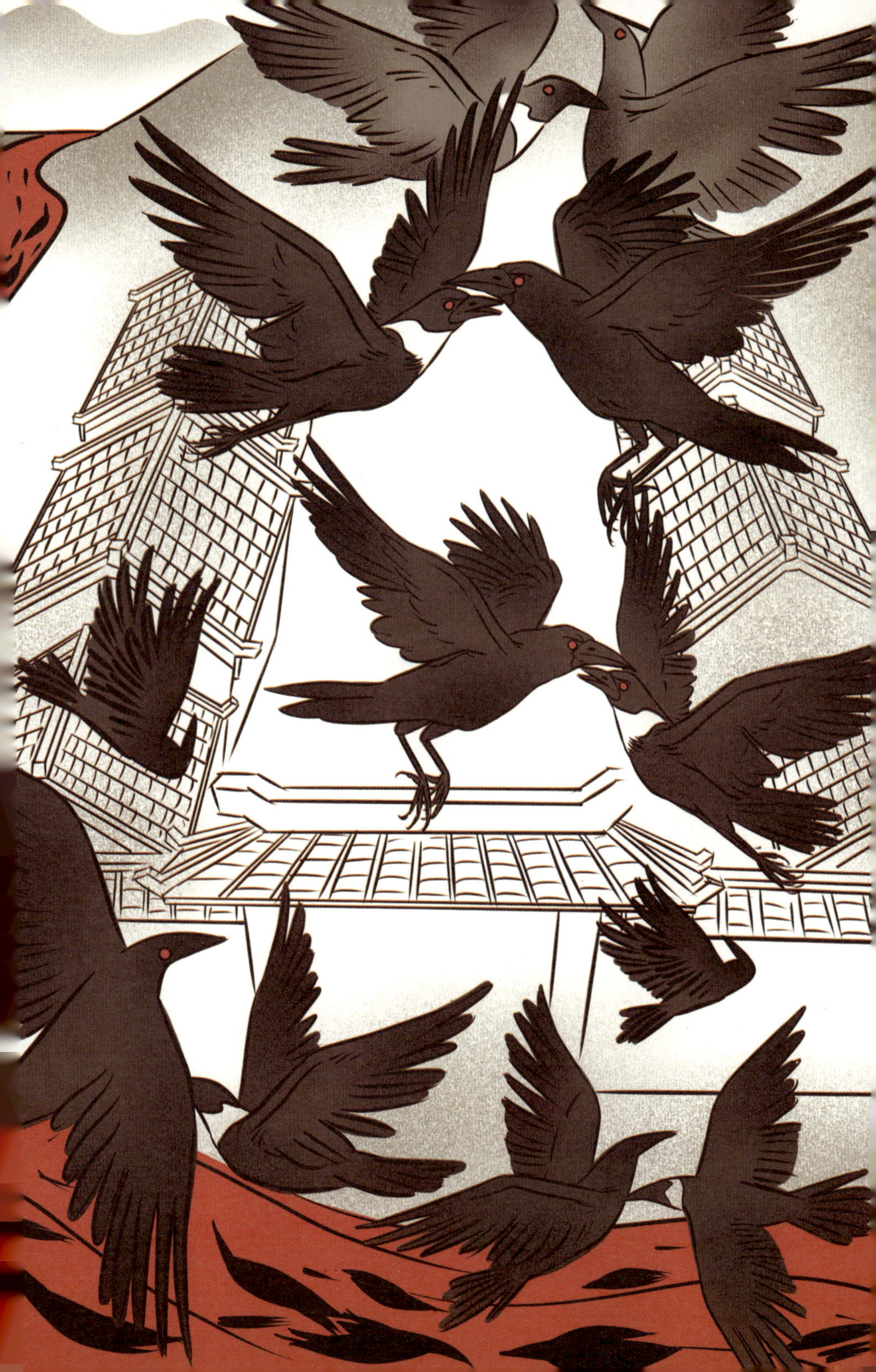

## 鼠舞门

*老鼠跳舞一天一夜*

汉昭帝元凤元年（前80年）九月，燕国的一只老鼠，叼着自己的尾巴，在燕王宫端门外跳舞。燕王前去察看，老鼠依旧舞动不停。燕王命人用酒肉祭祀它，老鼠仍旧舞个不停。老鼠不停地跳了一天一夜，最后死去了。当时，燕王准备谋反，老鼠跳舞是他即将死亡的征兆。京房《易传》记载："杀人如果不探明真相，老鼠就会在门前跳舞。"

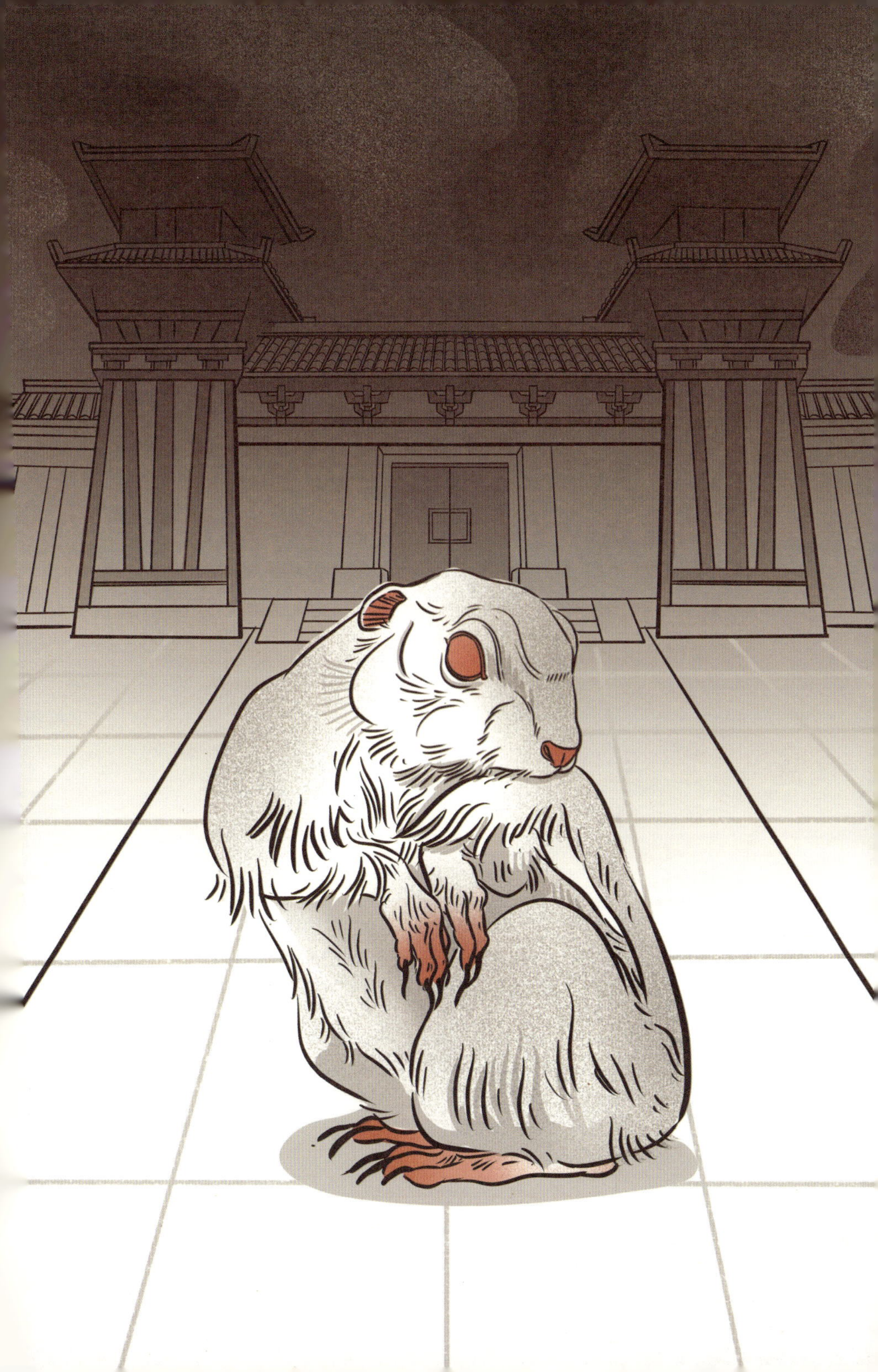

## 狗冠出朝门

### 狗戴帽子进出门

汉昭帝时期,昌邑王刘贺看见一条大白狗,头戴方山冠,这条大白狗没有尾巴。到了汉灵帝熹平年(172—178年)中,宫内流行给狗戴上人的帽子用以取乐。一天,一条狗突然跑了出去,进入了司空府中。人们见到这条狗的装扮都很奇怪。京房《易传》里说:"当君主的行为不正,臣子就会想要篡权,这时就会有妖狗头戴帽子跑出朝门。"

## 犬　祸

*狗化人形攻击人*

汉成帝河平元年（前28年），长安有石良、刘音两个男子居住在一起。当时，有一个人一样的东西出现在房中，石、刘两人攻击这个东西，这个东西变成狗逃出门外。

过了一会儿，有数个身着铠甲的人拿着弓弩来到石良家中，石良等人与这些人搏斗起来，这些人有死有伤，他们竟然都是狗变化而成。这样的怪事从二月一直持续到六月。《洪范》这本书认为，这样的事情是犬祸，人如果不肯听取意见，就会发生这样的灾祸。

## 木生为人状

**楠树长出人五官**

汉成帝永始元年（前16年）二月，河南郡街邮亭的一棵楠树，树枝上生出了一个人头一样的东西，这东西眉毛眼睛都有，唯独没有头发。汉哀帝建平三年（前4年）十月，汝南郡西平县（今河南西平）遂阳乡，一棵树倒在了地上，这棵树看起来和人一样，身体青黄色，面部白色，头顶有发。它渐渐长大，大约长六寸一分。京房《易传》中记载："做帝王的德行衰退，下面的人将要得势，就会出现木生人的怪事。"后来，出现了王莽篡汉的变故。

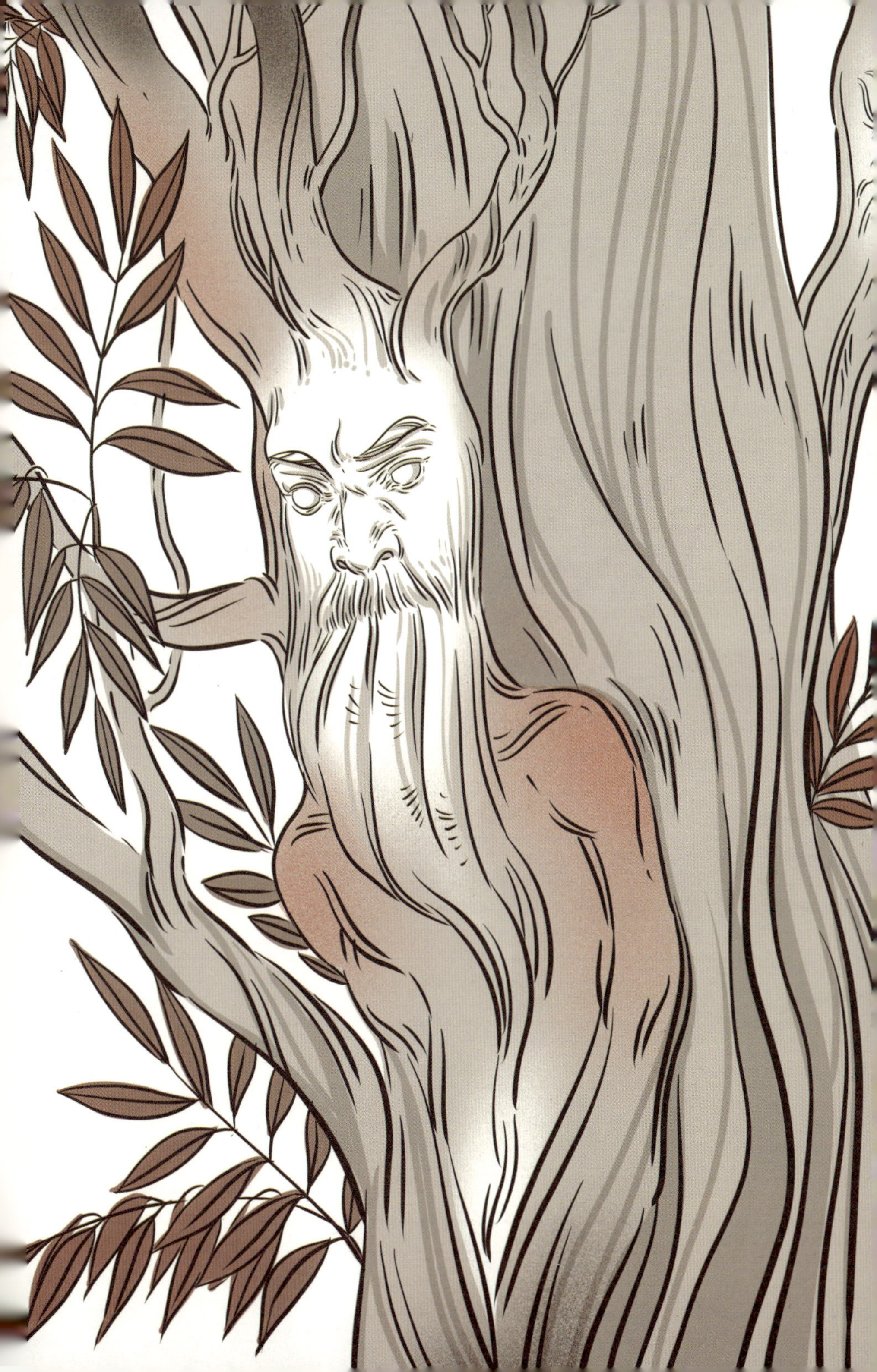

## 信都雨鱼

**天上下鱼如下雨**

汉成帝鸿嘉四年（前17年）的秋天，信都（今河北衡水冀州区）天上下起了鱼，如同下雨一样。这些鱼都在五寸以下。到了成帝永始元年（前16年）的春天，北海出现了四条大鱼，大鱼身长六丈，

高一丈。汉哀帝建平三年（前4年），东莱郡平度县（今山东平度）出现了大鱼，长八丈，高一丈一尺。汉灵帝熹平二年（173年），东莱海出现了两条大鱼，身长八九丈，高二丈多。京房《易传》中记载："海中出现数条巨鱼，代表着朝廷中奸佞当道，贤人被疏远。"

# 三足乌

## 三足红鸦的降生

汉章帝元和元年（84年），代郡高柳县（今山西阳高）有一只乌鸦生下了小鸦，小鸦天生三足，身体和鸡一样大，全身红色，头上有角，身长一寸多。

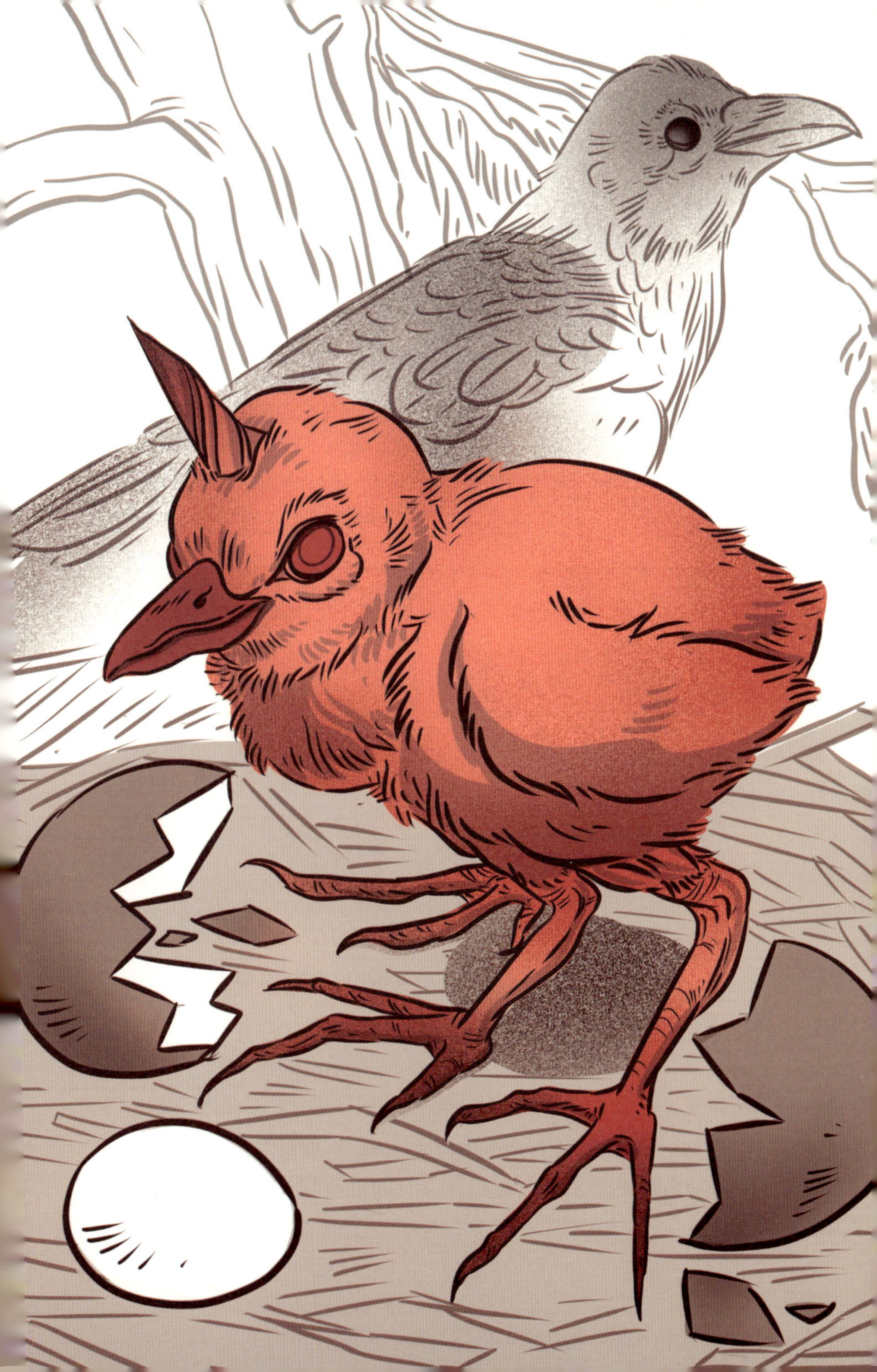

# 赤厄三七

## 古书预测汉朝国运

汉灵帝曾多次在宫中的西园游戏，他命令后宫采女扮作客栈的主人。自己穿上商人的衣服，假装自己路过旅店。采女们会端上酒食和他一起食用，汉灵帝也以此为乐。这些事情，都是天子失位、变为奴隶的征兆。后来果然天下大乱。

古书上有这样的记载："赤厄三七。"三七，代表二百一十年之后，汉朝的天下会被外戚所占有，还会被赤眉危害。外戚篡位的时间很短，最多不过三六之数，就会有飞龙之秀，复兴汉室祖宗基业。再过三七之数，会有黄巾作乱，此后天下将会大乱。

从汉高祖建立汉朝到汉平帝末年，是二百一十年，这时王莽仗着是太后的亲族，篡夺了皇位。十八年后，山东人樊崇、刁子都作乱，将眉毛染成红色，天下人将他们称为"赤眉"。此后光武帝刘秀复兴汉室，他的名字里正好有"秀"这个字，对应了预言中的"飞龙之秀"。到汉灵帝中平元年，张角起事，设置三十六方，信徒数十万，他们头戴黄巾，天下人将他们称为"黄巾贼"。现在的道服就是由此而来。

黄巾军起初在邺城，后来聚集在真定，他们蛊惑百姓，宣称"苍天已死，黄天当立，岁在甲子，天下大吉"。老百姓们向他们跪拜，信奉他们，在荆州、扬州一带信徒最多。百姓们为了供奉他们，甚至可以抛舍钱财，辗转流亡，死者不可胜数。张角等人二月起兵，十月被攻破。从光武帝刘秀到黄巾之乱,没有二百一十年,到了后来天下大乱,汉献帝被废,才应了古书上所说的三七之数。

## 夫妇相食

### 天下大乱人相食

汉灵帝建宁三年（170年）的春天，河内一带发生了妻子吃丈夫的事情，河南发生了丈夫吃妻子的事情。夫妻之间阴阳匹配，本该感情深厚，却发生了吃掉对方，阴阳互相伤害的事情，这莫非就是日月要发生灾祸了吗？

汉灵帝死后，天下大乱。君王随意诛杀臣子，臣子犯上作乱杀害君王。四方兵戎相见，骨肉至亲成为仇人，百姓的灾难祸患到了极点。因此，才会发生夫妇相食的事情。周朝的时候，辛有前往伊川，看到有人披着头发在郊外祭祀，他说："不到一百年，这里就会被异族所占据，这里已经失去了礼。"春秋时期，晋国的太史屠黍，看见晋国内乱，认为晋国即将灭亡，逃往东周。可恨后来，没有辛有、屠黍这样的人来预测时势啊。

# 木不曲直

## 树木暴长化胡形

汉灵帝熹平三年（174年），右校官署的工地上，有两棵樗树，大约有四尺高。其中一棵樗树，短时间内暴长了一丈多，变宽了一丈多。这棵树变作了胡人的模样，头发、眼睛、胡须都有。这一年十月壬午这一天，宫中正殿侧边的槐树，纷纷自行拔出了地面，根须朝上，枝叶朝下。这些槐树都有六七围之粗。

汉灵帝中平年间（184—189年），长安城外西北方向六七里的地方，一棵空心的树长出了人的面孔，还有头发。《洪范》这本书认为，这些都是树木失去了它们的天然本性。

# 草 妖

## 草成妖物模仿动物

汉灵帝光和七年（184年），陈留郡的济阳县（今河南兰考）、长垣县（今河南长垣）和济阴郡以及东郡的冤句县（今山东菏泽牡丹区）、离狐县（今河南濮阳）一带，路边生出了一些奇异的草。这些草形状同人一般，仿佛拿着兵弩。还有一些草长成了牛、马、龙、象、蛇、鸟的形状，它们黑白分明，羽毛、头颅、眼睛、足翅全都具备，和这些动物真身极为相似。以前有一种说法："草成了妖物作怪。"这一年，黄巾军作乱，汉室自此衰落。

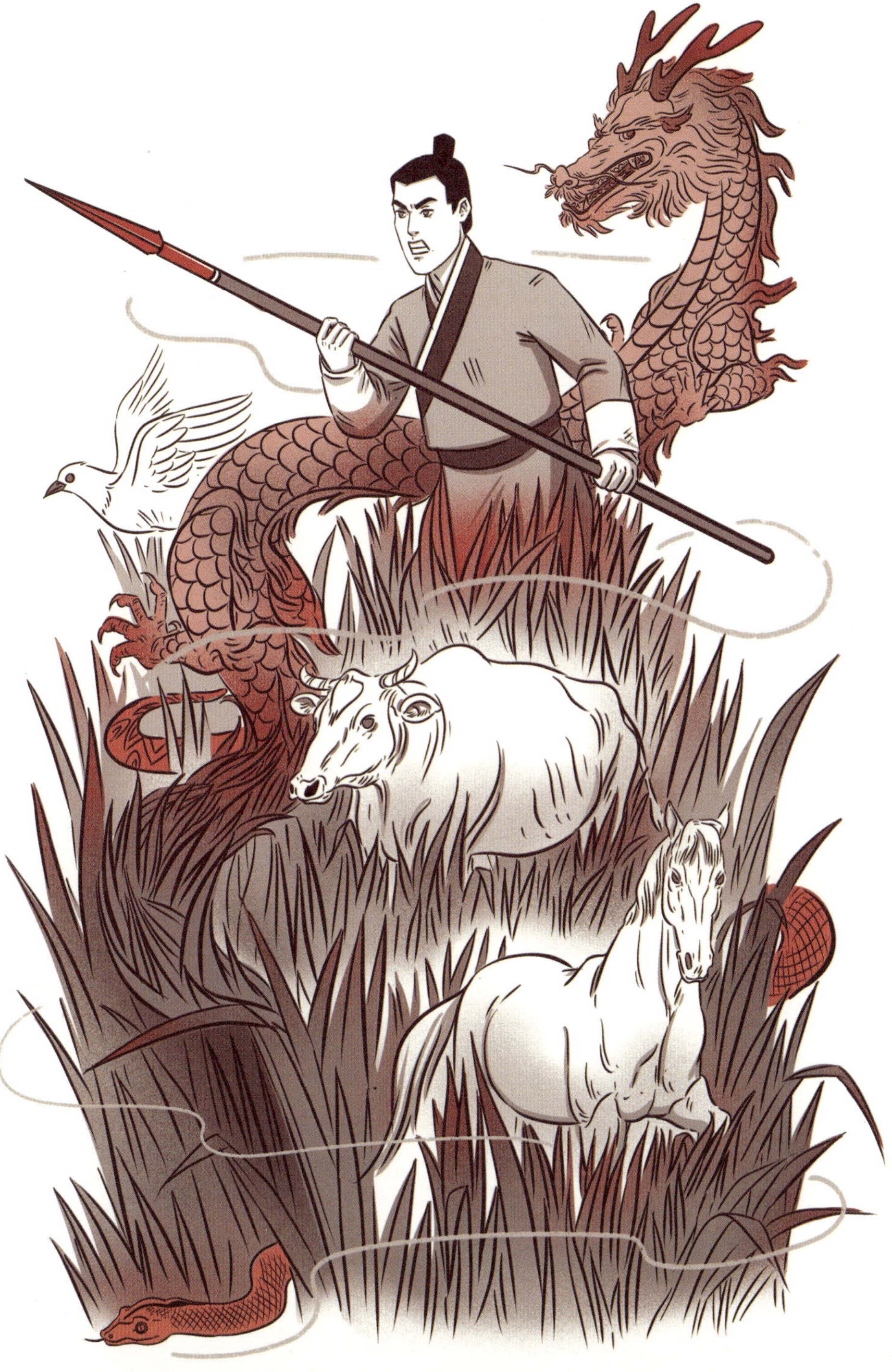

# 怀陵雀乱斗

## 麻雀悲鸣　相互厮杀

汉灵帝中平三年（186年）八月的时候，汉冲帝的怀陵之上有上万只麻雀，先是悲伤鸣叫，停下来之后就相互乱斗厮杀，死掉的鸟雀头都断了挂在树枝和荆棘上面。到了中平六年（189年）的时候，灵帝死去了。像那陵地，是高大的象征；雀，就是爵位的谐音。好像是上天这样告诫说："那些有爵位俸禄而地位很高的人，还相互残杀，以至于到了灭亡的地步。"

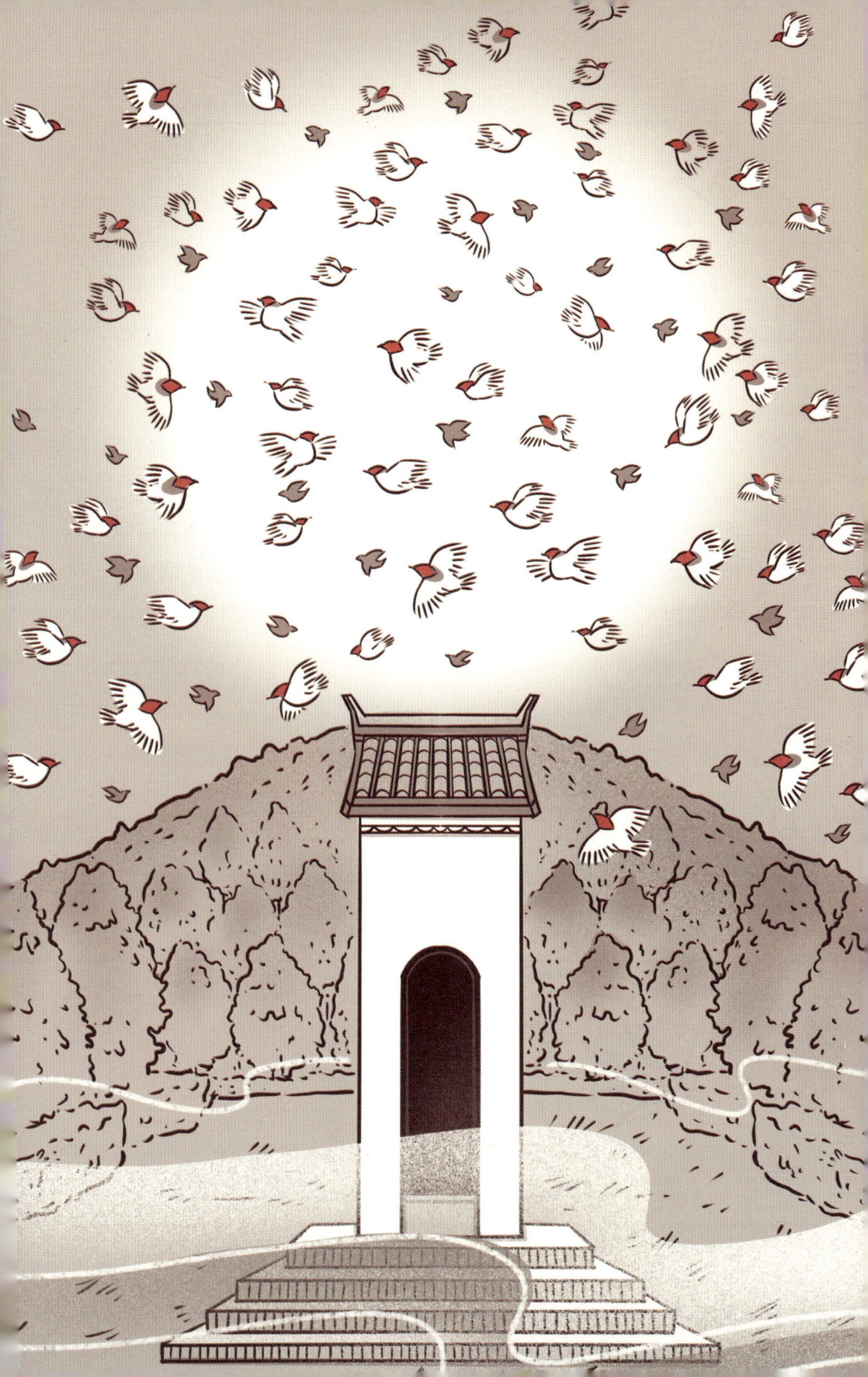

## 伐树出血

**工人伐树树流血**

汉献帝建安二十五年（220年）正月，魏武帝曹操在洛阳建造宫殿，在砍伐濯龙园的树时，树上有血流了出来。工人们又挖掘梨树准备迁徙，梨树的根部也受伤流血。魏武帝对这两件事深感厌恶，就此病倒，当月就死去了。这一年，又是魏文帝黄初元年（220年）。

# 谯周书柱

## 谯周预言蜀国灭亡

蜀后主景耀年间（258—262年），宫中的一棵大树无缘无故地自己折断了。谯周对此感到忧虑，却找不到说话的机会，于是他就在柱子上写道："众而大，期之会。具而授，若何复。"曹操的"曹"字，就有"众"的意思；魏国的"魏"字，就有"大"的意思。"众而大"指代曹魏，"期之会"指天下都会汇聚到曹魏。"具而授，若何复"的意思是说，蜀后主刘禅之后，不会再有人成为君主了。不久之后蜀国灭亡，人们都认为谯周的话应验了。

搜神记 卷七

# 开石文字

## 石中文字现天机

汉元帝、汉成帝之时,有识之士曾经说过:"魏国的年号为太和之时,西边三千余里的地方会出现一块裂开的石头,石头上有五匹马的纹路,这些纹路连在一起可以看到'大讨曹'三个字。"

到了魏国兴起,张掖之地的柳谷出现了一块裂开的石头。石头裂开发生在建安年间(196—220年),石上纹样形成于魏文帝黄初年间(220—226年),直到魏明帝太和年间(227—233年),石头上的纹样才显现出来。

这块石头周围大概七寻(八尺为一寻),中间高一仞(七尺为一仞),底色为青色,纹样为白色,纹样有龙马、麒麟、凤凰、仙人的形象,勾勒得很清晰。这一件事,就是魏晋相继兴起的征兆。

到了晋武帝泰始三年(267年),张掖太守焦胜上表说道:"我将留在郡里的《玄石图》与石头上的文字作了对比,发现文字有所差异,现将这些图案文字呈上。"仔细查看石头上五匹马的形象,有这些发现:一匹马上有人骑乘,这人头戴平顶巾,手持戟;一匹马隐约有马的形状,但没有完全画成;石头上有字,有"金"字,"中"字,"王"字,"正"字,还有"大吉""大司马""开寿"这样的词。其中四个字单成行,连起来是"金当取之"。

# 武库飞鱼

## 飞鱼现身的预兆

晋武帝太康年间（280—289 年），有两条鲤鱼出现在武库的屋檐上。武库，是存放兵器的房间。鱼身上有鳞甲，和兵甲相类。鱼属于极阴之物，屋檐上方是至阳之地，鱼出现在屋檐上代表着极阴将利用兵戈来祸乱极阳。

到了晋惠帝初年，晋武帝妻子杨皇后的父亲杨骏被诛杀，宫中兵戈四起，杨皇后也被废为庶人，最后死在深宫之中。惠帝元康末年（即元康九年，299 年），皇后贾南风掌握权力，污蔑杀害了太子，不久后自己也被废除杀害。这些事情都发生在十年之中。

皇后两次发生灾祸，应验了鲤鱼出现在屋檐上的预兆。从此以后，晋朝大祸酿成。京房《易妖》记载："鱼离开水，飞进道路，战争将起。"

# 牛能言

## 牛开口说话测吉凶

晋惠帝太安年间（302—303年），江夏郡的功曹张聘所骑乘的牛忽然开口说道："天下就要大乱，我现在很疲累，你要骑着我去哪里？"张聘和他周围的仆从都很惊恐，急忙哄骗牛，说道："我现在就让你回去，你别再说话了。"于是张聘半路就回家。

回到家中，张聘还没有下车，牛又开口说道："怎么回来得这么早？"张聘听后更害怕了，但他保守秘密，没有将这件事告诉别人。

安陆县（今湖北安陆）有一个人擅长占卜，张聘找他占了一卦。占卜者对他说道："这是大凶之兆，这不是您一家人的祸事，而是天下将有战事要起，整个郡的百姓都要家破人亡！"张聘回到家中，发现牛站起来像人一样直立行走，百姓们在一旁围观。

这一年秋天，张昌起事，他攻陷江夏郡之后，诓骗百姓们汉朝即将兴起，声称有凤凰祥瑞出现，天下已有圣人降世。张昌的军队都用深红色抹额头，用来彰显自己顺应火德的天命。百姓动荡不安，他们纷纷追随张昌，如同找到主心骨一般。张聘兄弟也担任了张昌手下的将军都尉，没过多久，张昌被打败。

就这样，江夏郡变得残破不堪，百姓死伤过半，张聘的家族也没有了。京房《易妖》中记载："牛开口说话，它说的话会实现，可以预测吉凶。"

# 败屦(juē)聚道

## 草鞋成精聚在路上

晋惠帝元康、太安年间,江淮一带出现了破烂的草鞋聚集在道路上的状况,有的时候多达四五十双。人们将这些破草鞋分散,扔在草丛之中,第二天一看,这些草鞋又聚集在了路中。有人说是狸猫将这些草鞋聚集在了一起。

当时的人们说:"草鞋,是卑贱之人穿的,是劳作受苦时所穿,是地位低下的象征。破烂的草鞋,是人民疲惫,政令弊端很多的象征。道路,是土地的纹理,是四方交通汇集、王命传达的地方。现在破烂的草鞋聚集在路上,代表民生凋敝,将要聚集作乱,隔绝四方,阻碍王命。"

# 二人同心

## 连体婴儿的预兆

晋愍帝建兴四年（316年），洛阳陷落，元帝成为了新的晋王，四海归心。这一年的十月二十二日，新蔡县（今河南新蔡）任乔的妻子胡氏，生下了两个女儿。两个婴儿面面相对，胸口和腹部连在一起，腰部以上、腹部以下各自分开。这样的怪象代表全国还没有统一。

当时的内史吕会向上报告："《瑞应图》中说'树的根系连在一起，被称为连理；不在一株的稻谷却生出了相同的麦穗，被称为嘉禾。草木出现这样的状况，都被当作祥瑞。现在出现了两个人同心相连，也是天降祥瑞之象'。《易经》中说'二人同心，其利断金'。这样的异象发生在陕东境内，正是四海同心之吉兆。我感到非常欢喜，将图画呈上。"当时的有识之士，对吕会的发言不屑一顾。

君子曾言："明晓事理是很难的事情。以臧文仲（春秋鲁国大夫）的才干，尚且要祭祀海鸟，将这件事记在史书上，千年流传。身为读书人，不可以不学习。古人曾经说过：'树木没有枝条就是病木，人如果不学习如同盲人。'人对自己不懂的事情，就不要妄加评论。做人，能不努力学习吗？"

## 淳于伯冤死

### 蒙冤受死大旱三年

晋元帝建武元年(317年)六月,扬州大旱。十二月,河东地震。前一年十二月时,朝廷杀了督运令史淳于伯,淳于伯被杀时,血逆流而上,喷溅到柱子上有二丈三尺高,而后又往下流了四尺五寸。当时人认为淳于伯是被冤枉的,因此才有大旱三年的灾情。

如果滥用刑法,就会导致阴气不附体,阳气过盛,发生旱灾。旱灾也是对冤情的验证。

# 牛生怪胎

*母牛生下怪胎小牛*

晋元帝大兴元年（318年）三月，武昌太守王谅家的牛生下小牛犊，小牛犊有两个头、八只脚、两条尾巴、一个身体。母牛难产，不能自己生下，十几个人用绳子帮它把小牛拽了出来。生出来以后，小牛犊死去了，母牛得以存活。后来三年，后苑中有牛生产，生下了一只一足三尾的小牛，也是生下来就死去了。

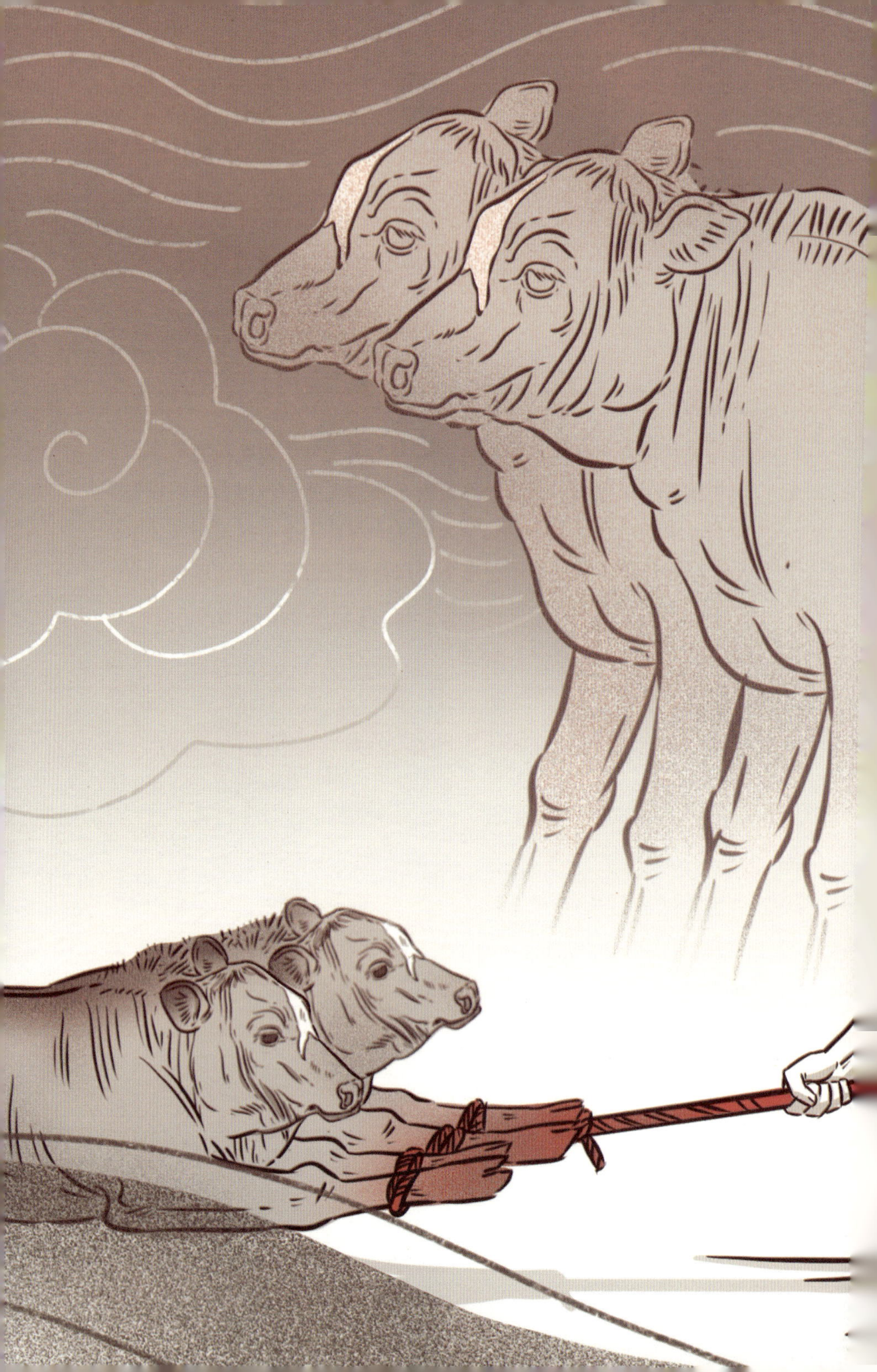

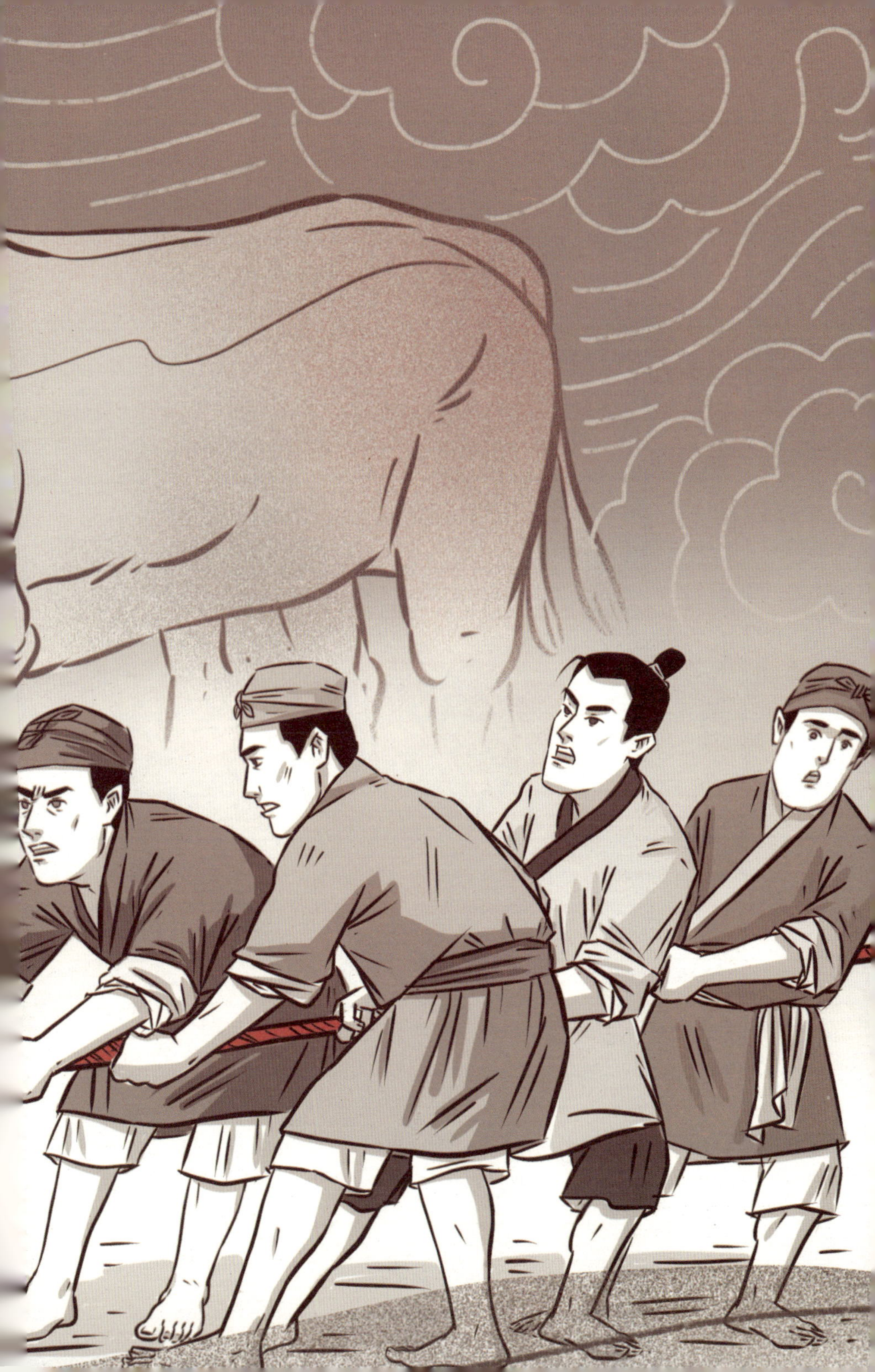

# 搜神记
## 卷八

# 陈宝祠

### 得到神鸟可称王

春秋秦穆公时,陈仓(今陕西宝鸡陈仓区)有一个人挖掘土地时得到了一件物品,这物品似羊非羊,似猪非猪,他要将这件物品敬献给秦穆公。在路上他遇见了两个童子。童子说道:"这个物品名字叫作媪(ǎo),经常躲在地底下吸食人的脑髓。如果想要杀死它,就用柏树的树枝插在它头上。"说完,童子就离开了。

这时,媪对这人说道:"刚刚那两个童子名字叫作陈宝,如果得到雄的就可以称王,得到雌的就可以称伯。"这人赶紧舍弃了媪,追向两个童子。童子变化成野鸡,飞入林中。这人将事情禀告给了秦穆公,秦穆公派人到处搜猎,猎到了其中一只雌鸟。雌鸟化成了石头,被放置在汧水、渭水之间。到了秦文公时,这里建造起了一座陈宝祠。

秦国想要彰显这件事的祥瑞,就将县命名为陈仓。每次陈仓庙祭祀之时,都会有十余丈的红光,从雉县(今河南南召)方向飞来,直入陈仓庙中,发出雄鸟的鸣叫。后来光武帝就是在南阳起事的。

# 邢史子臣说天道

### 臣子精确预言未来

宋国的大夫邢史子臣能够明晓天道。周敬王三十七年（前483年），宋景公询问邢史子臣："天道有什么预兆？"他回答道："五十年后，五月丁亥那一天，我会死去。我死后五年，到了五月丁卯那一天，吴国会灭亡。吴国灭亡后五年，您寿数就尽了。您死后再过四百年，邾国会称王于天下。"后来发生的事情，都和他说的一模一样。

邢史子臣所说的"邾王天下"，指魏国的兴起。邾，是曹姓名；魏国也是曹姓。曹姓是邾国的后人。不过邢史子臣所预言的年数发生了错误。也不知道是他本身的错误，还是因为年代久远，记录传抄内容的人出现了错误。

# 星外来客

## 荧惑星降临凡间

吴国初建之时,没有什么威望,边防上的将领都将自己的妻子作为人质,即"保质"。他们的孩子年纪相仿,常聚在一起玩耍游玩,每天都有十几个。

吴景帝永安二年(259年)三月,有一个与众不同的孩子出现。他身高四尺多,年纪六七岁,身着青衣。他忽然出现,和其他孩子一起玩耍。孩子们都不认识他,就问道:"你是哪家的孩子,怎么今天忽然来了?"这小孩回答道:"我看到你们一群人在玩耍,就过来了。"仔细看这个小孩,发现他眼中蕴含光芒,仿佛火光喷射而出。孩子们都感到害怕,问他的眼睛是怎么回事。这小孩回答道:"你们是在害怕我吗?我并不是人,乃是天上的荧惑星。我要告诉你们一件事:'三公归于司马。'"

孩子们听了后都很惊慌,赶紧回去告诉家中大人。大人们急忙前去寻找荧惑化作的小孩,小孩说道:"我要离开你们了!"说完纵身一跃,当即消失。抬头一看天上仿佛一匹白练凌空。来得快些的大人,都见到了这一幕。白练越飘越高,一会儿就隐没在了空中。当时吴国政局紧张,没有人敢宣扬这件事。四年后,蜀国灭亡;六年后,魏国被废;二十一年后,吴国被征服。天下都归于司马氏。

搜神记 卷九

# 张氏传钩

## 金钩助张氏生财

京兆长安有一个姓张的人，他独自待在屋子中。忽然，一只鸠鸟从外飞入，停在床上。张氏祝祷道："鸠鸟飞来，如果会给我带来灾祸，就请你飞到屋檐上去；如果是给我带来福气，就请飞入我怀中。"于是鸠鸟飞入了张氏怀中。

张氏伸手一摸，鸠鸟已经消失了，化作一把金钩。张氏便将金钩当作宝物。从此以后，张氏子孙日渐富裕，家中资产数以万计。有一个蜀国的商人来到长安，听说了张氏的事情，便用重金贿赂了张氏的婢女，让她偷窃张氏的金钩给自己。张氏失去金钩以后，家业渐渐衰败，而那个盗取他金钩的蜀国商人，也屡遭厄运变得穷困，金钩在他身上并没有起到什么作用。有人告诉商人："此乃天命，不可强求。"于是商人又将金钩还给了张氏。从此，张氏又昌盛起来。因此关西一带有"张氏传钩"的说法。

## 狗啮鹅群

*鹅被狗咬死的预兆*

王莽当摄政王的时候，东郡太守翟义知道他即将篡取汉家天下，准备兴兵讨伐王莽。翟义的哥哥翟宣，是一个老师，有许多学生。翟义家中有数十只鹅，都养在庭院之中。忽然，一条狗从外面冲了进来，将鹅全部咬死了。翟家人慌忙去解救鹅群，发现鹅都被狗咬断了脖子。狗离开大门后，失去了踪迹。翟宣对这件事感到很厌恶。几天后，王莽杀害了翟家三族。

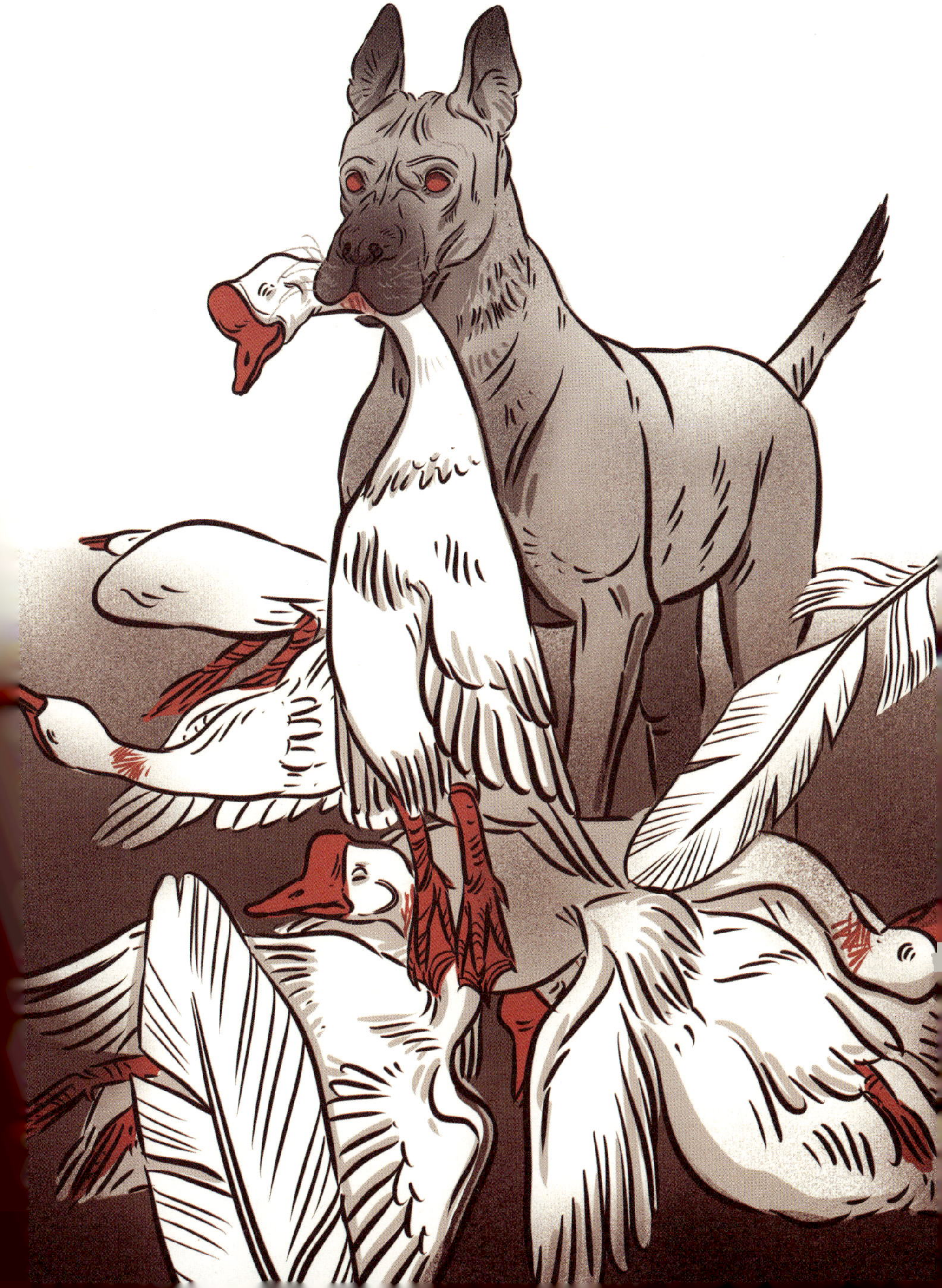

## 公孙渊数怪

### 公孙渊家中频现怪事

魏国太傅司马懿平定公孙渊后，斩杀了公孙渊父子，起初，公孙渊家中多次出现怪事。一只狗戴着帽子头巾，穿着红色的衣服爬上了屋顶。又有一个小孩被蒸死在甑（zèng）中。襄平县（今辽宁辽阳）北边街市上长出了肉，这肉长宽各有数尺，有头有眼有嘴，没有手足，但是会自己摇动。占卜的人得出了结果："有人的形状但不完整，有人的身体但没有声音，这是国家灭亡的征兆。"

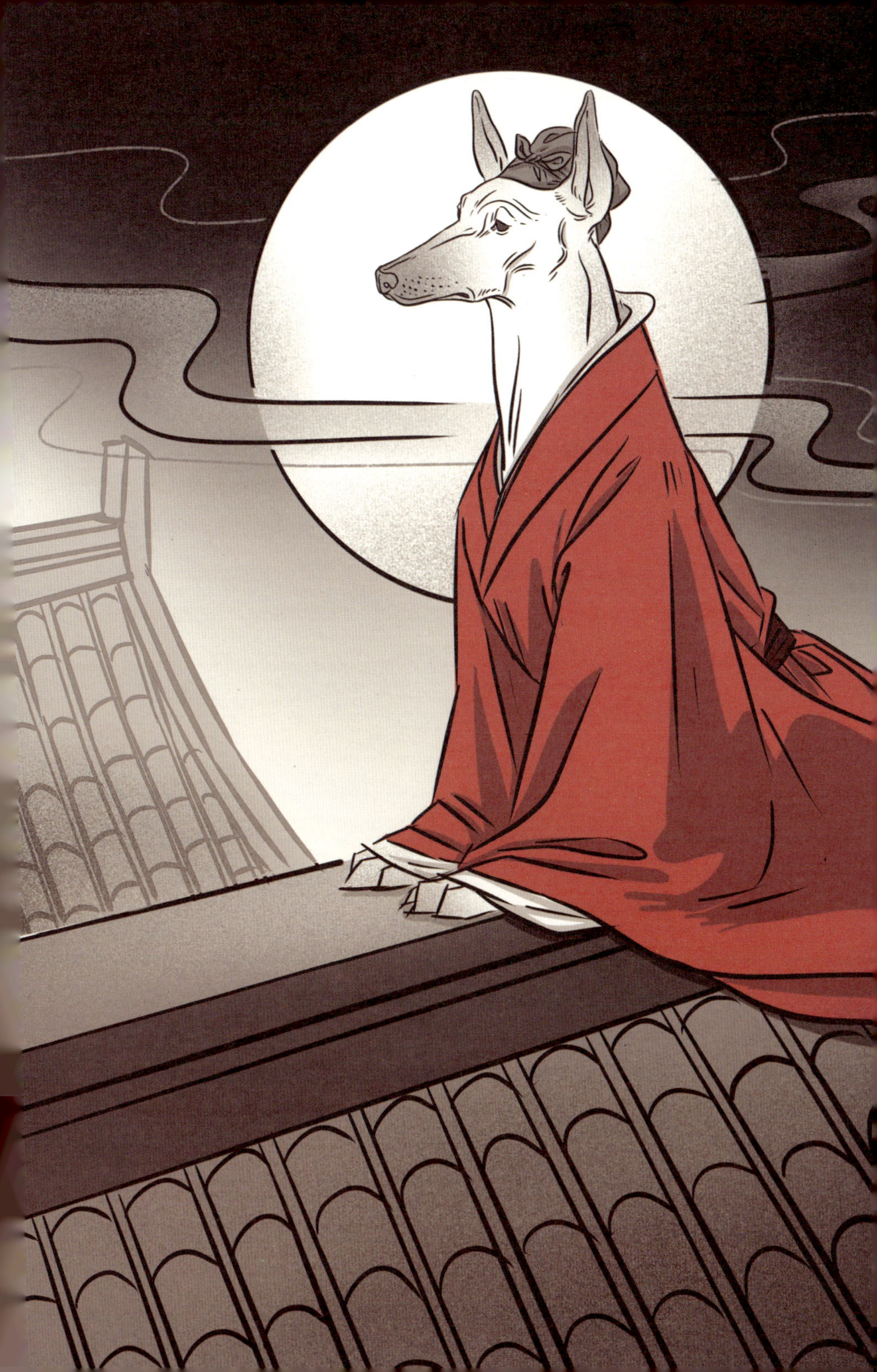

# 邓 喜

## 人头吃祭祀猪肉

吴国守将邓喜，杀了一头猪祭祀祠堂之神，他将猪悬挂起来。忽然，出现了一个人头吃猪肉。邓喜挽弓射去，射中人头，人头发出"咋咋"的叫声，围着屋子叫唤了三天。后来有人举报邓喜反叛，邓喜全家都被诛杀。

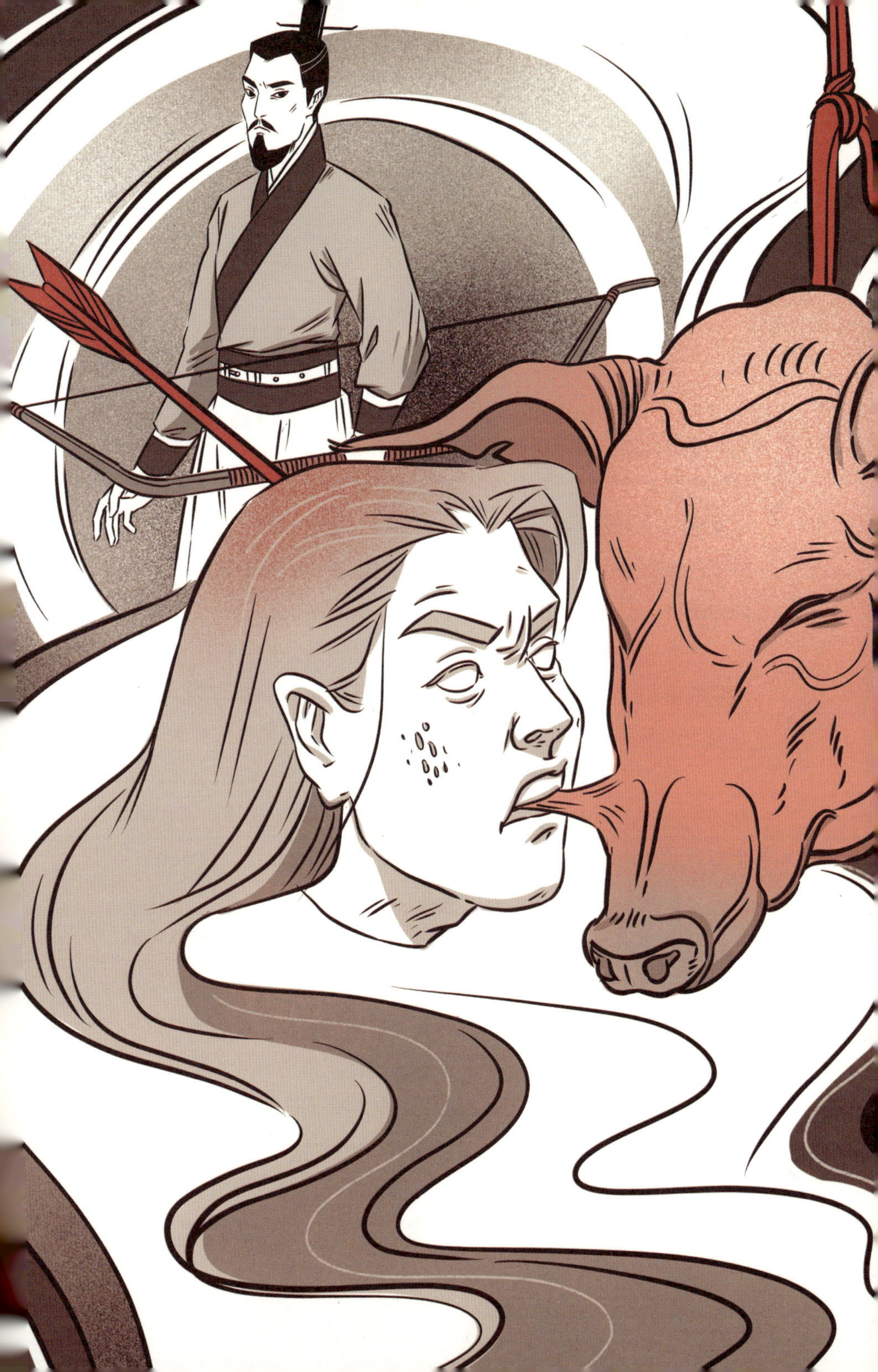

# 贾 充

### 贾充失踪遇神人

贾充讨伐吴国时，曾屯兵在项城（今河南项城）。这天，贾充忽然消失在军队之中。贾充的下属都督周勤，当时正在休息，他梦到一百个人捉拿着贾充，将贾充带入一条小路。周勤惊醒，听说贾充失踪，便出去寻找。在寻找的过程中，周勤忽然看到了梦中所见的那条小路，便走了进去。

进去后，周勤见到贾充走到一座房屋面前，周围侍卫很多，房屋的主人向南而坐，声色俱厉地对贾充说道："祸乱我家的人，一定是你和荀勖（xù）。你蛊惑我的儿子，又祸乱我的孙子，不久之前我曾让任恺贬黜你，你却不肯离开；我让庾纯责骂你，你却不加以改正。现在东吴的贼寇刚刚平定，你就上表要杀害张华。你竟然如此愚蠢无知。如果不恭敬谨慎一些，你迟早会被诛杀。"贾充对着这人磕头，头上流出血迹。

府邸主人又说道："你能拖延那么久的时间，能有今天的地位，不过是因为你护卫皇室有功劳。你迟早会害得你的后人死于钟磬、木架之中，你的大女儿会死于毒酒，你的小女儿会死在枯木之下。荀勖也是同样的下场。不过，荀勖的先人荫德较为深厚，发生变故会在你之后。数代以后，国家的主人也会变了。"说完，这人就离开了。

贾充忽然之间就回到了军中，神态憔悴，神志不清，很多天

以后才恢复正常。后来，贾充的孙子贾谧（本为外孙韩谧）死在钟下，他的大女儿贾后服用毒酒身亡，他的小女儿贾午在狱中遭受拷打，死在木杖之下。发生的事情，都与那人所说一模一样。

搜神记 卷十

# 张车子

*张车子借钱周擥（lǎn）啧*

周擥啧这个人安贫乐道。他们夫妻二人夜间耕种，困了便休息。一次，周擥啧休息时，天公经过，天公很同情他，就下令赐予他钱财。掌管命运的天官按照簿籍，说道："这个人天命贫穷，现在的生活就是他的上限了。有一个叫张车子的人应该被赐千万钱，但张车子还未出生，可以先将张车子的钱借给周擥啧。"天公回答道："好。"周擥啧梦醒后，将梦中所见告诉妻子。于是夫妻二人勠力同心，日夜劳作，他们做任何事情都会有所收获，很快家中资产就到了千万之数。

起初的时候，有一个姓张的妇人，曾受雇于周家。她与他人野合怀上了身孕。很快就到她分娩的时间了，周家便让她在外生产，暂时住在放车的房间中。张氏生下了一个儿子，周擥啧前去探望，觉得张氏母子孤寒可怜，便给了她一份粥。周擥啧问她："你要给你的儿子取个什么名字？"张氏说道："我在车室里生他的时候，梦见天公告诉我，我的孩子应该取名为车子。"周擥啧当即醒悟了自己所做的梦。说道："我曾经梦到我从天公那里借用了钱财，借用的钱财是一个叫张车子的人的。看来这个张车子就是你的儿子，我的钱财以后都会还给他。"从此以后，周擥啧的家业日渐衰落。张车子渐渐长大，资产超过了周家。

# 蔡 茂

## 蔡茂梦取禾苗

西汉蔡茂，字子礼，是河内郡怀县（今河南武陟）人。当初在广汉的时候，他曾经梦到自己坐在大殿之中，大殿的屋脊上有一株三个穗的禾苗。蔡茂去拿它，摘取了其中一穗后，禾苗就消失了。蔡茂用这个梦去请教主簿郭贺，郭贺说："大殿，是官府大堂的象征；屋脊上有禾苗，代表臣子享有上等俸禄；取得了一株禾穗，这是担任中台职位的征兆。从字形来看，禾苗消失，就是一个'秩'字，表面上看有'失'的意思，但组在一起就成为了代表俸禄的'秩'。如果朝堂上有职位空缺，皇帝会将您补用上去。"半个月后，蔡茂得到了任命。

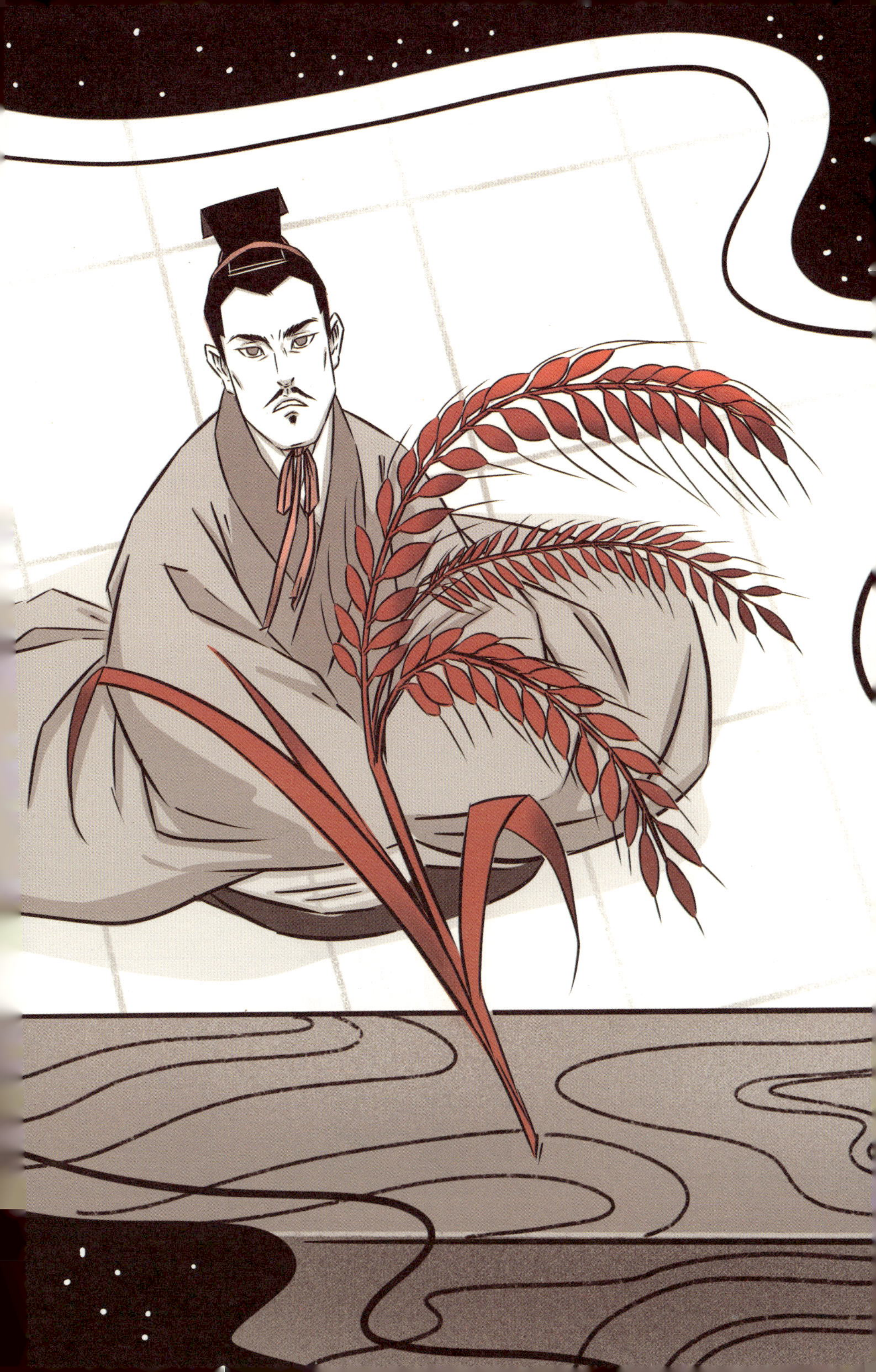

# 火浣单衫

## 刘卓梦中烧单衫

东吴的选曹令史刘卓病重,他梦到一个人,拿着一件白越布制成的单衫给他,说道:"你换上单衫,脏了,用火烧一烧就能干净。"刘卓醒后,发现果然有一件白色单衫在自己身边,他便用火"洗"了这件衣服。

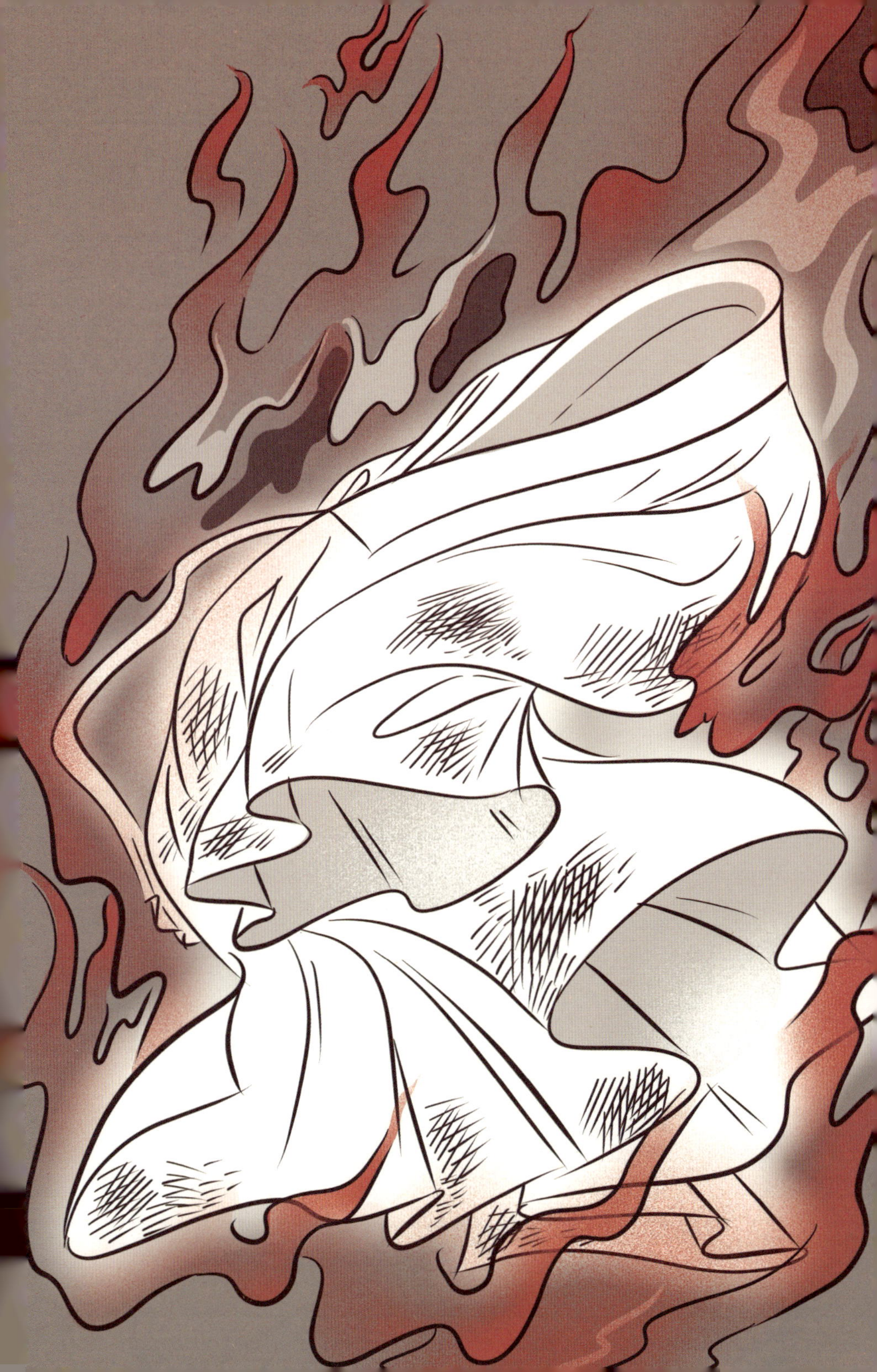

# 张奂妻之梦

## 张奂妻梦中征兆

东汉张奂曾担任武威郡太守。他的妻子梦见张奂身上佩戴印绶,登楼高歌。妻子醒后,将梦中所见告诉张奂,张奂命人占卜。占卜出的结果:"夫人将要生下一个儿子,这个儿子以后会掌管武威郡,最后会命丧高楼。"后来,张奂妻子生下了张猛。建安年间(196—220年),张猛果然做了武威太守。后来张猛杀害了武威刺史邯郸商,州兵将他围困,张猛羞于被擒,登上一座楼自焚而死。

## 二人同梦

*友人双方同一梦*

会稽郡人谢奉和永嘉太守郭伯猷（yóu）关系很好。这天，谢奉梦见郭伯猷和别人在浙江上为了赌博的钱财进行争执，最后被水神责备，堕入水中而死，自己为郭伯猷料理了丧事。一觉醒来，谢奉急忙去找郭伯猷，二人一起下围棋。很久之后，谢奉开口说道："你知道我的来意吗？"说完，就将自己做的梦告诉了郭伯猷。郭伯猷听了之后十分怅然，说道："我昨晚也梦到和人争执钱财，一切都和你梦见的内容差不多。为什么会这么巧合，梦境又这么分明呢？"过一会儿，郭伯猷前去上厕所，倒地而亡。谢奉给郭伯猷准备了丧事用具，一切都和梦中所见相合。

# 道士梦死期

## 吕石梦中见死期

三国吴时,嘉兴(今浙江嘉兴)人徐伯始生了疾病,便请道士吕石设置神龛。吕石有两个弟子,一名戴本,一名王思,居住在海盐(今浙江海盐)。吕石便请了二人前来帮助自己。这天白天,吕石睡觉时梦到自己来到了天上,站在北斗门下,门外拴着三匹马。有人说道:"明天这三匹马要迎接三个人,一个是吕石,一个是戴本,一个是王思。"吕石从梦中惊醒,将自己听到的话告诉了戴本和王思,说道:"看来,我们的死期就要到了,现在赶紧回家去,与家人告别。"说完,不等神龛设置完毕就离开了。徐伯始责怪他们没有完成任务,挽留他们,他们说:"我害怕见不到家人。"第二天,三个人一起死了。

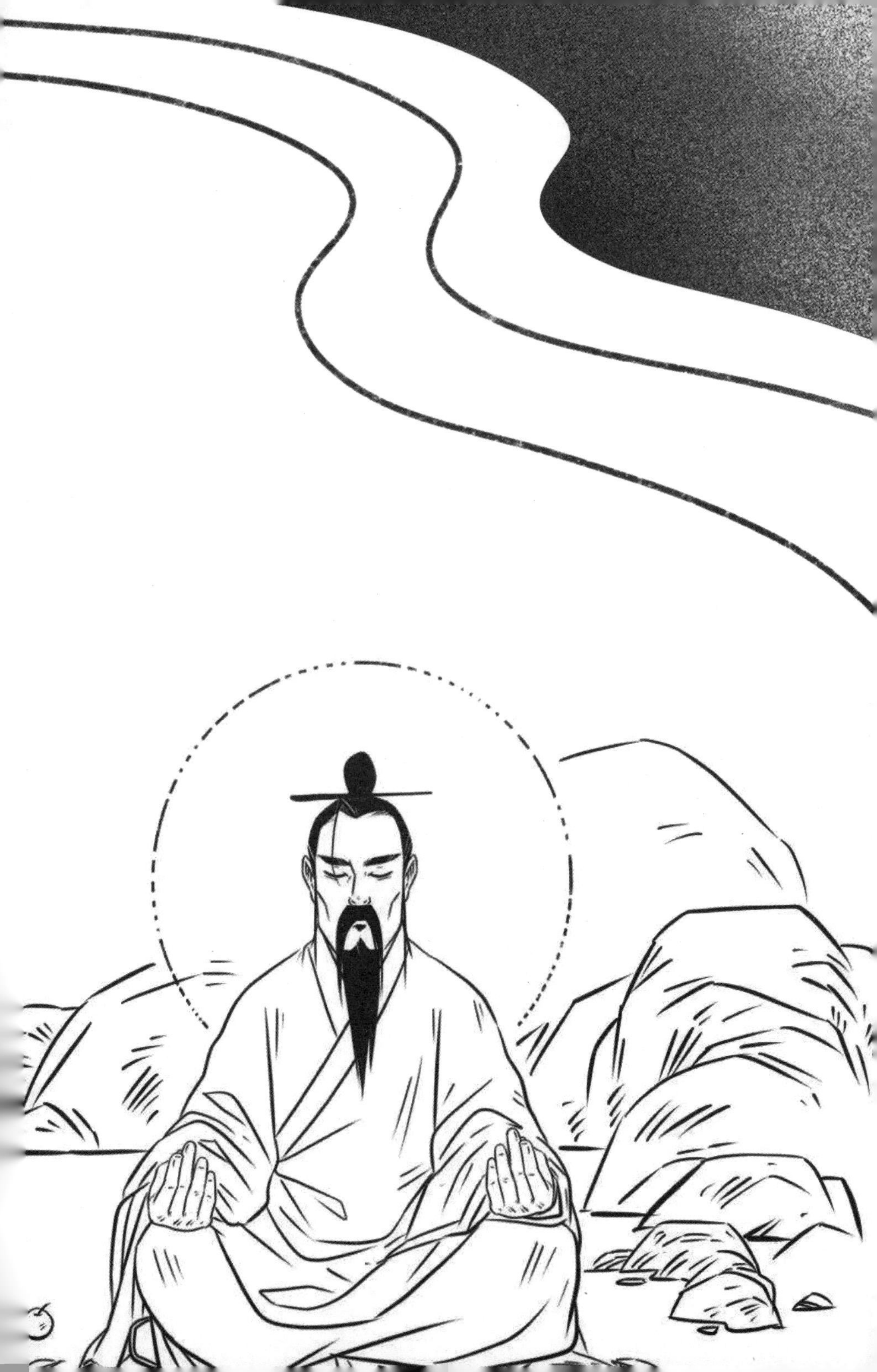

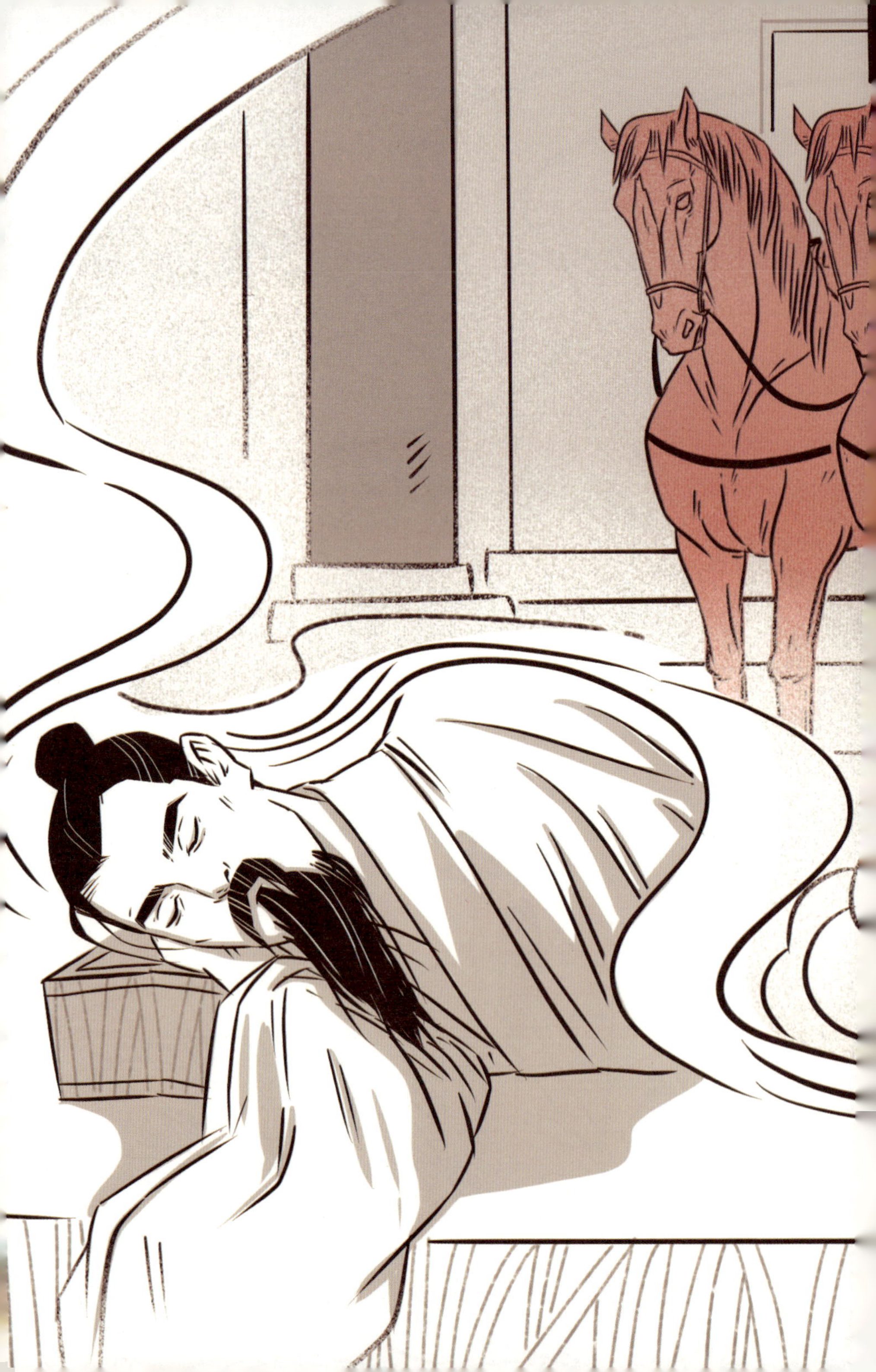

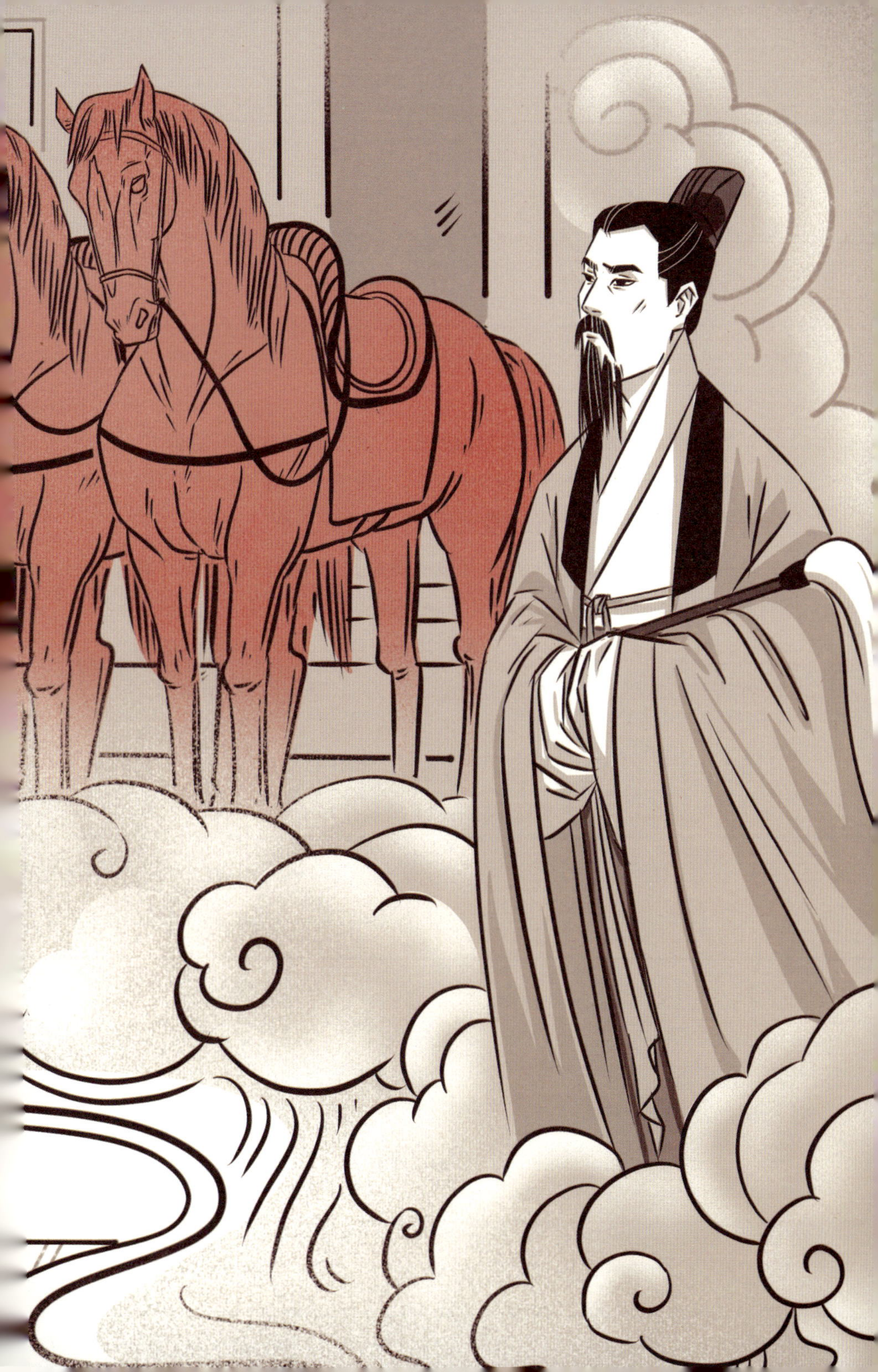

# 徐泰梦

### 徐泰梦中求饶命

嘉兴人徐泰,幼年时父母就死去了,他的叔父徐隗将他养大,对他的好甚于亲生儿子。徐隗生病了,徐泰十分殷勤地侍奉他,这天夜晚三更时分,徐泰梦到两个人拿着箱子乘船而来,他们将箱子放在徐泰的床头,打开箱子拿出一本书簿给徐泰看,说道:"你的叔父应该要死了。"徐泰在梦中跪下磕头,请求放过叔父。很久之后,这两个人问道:"你们县里有和你叔父同名同姓的人吗?"徐泰想了一下,说道:"有一个叫张隗的,不姓徐。"二人说道:"那也还可以勉强凑合。我们念及你侍奉你的叔父十分孝顺,为了你的缘故,我们才让他活下去。"说完二人就消失了。徐泰醒后,他叔父的病就好了。

搜神记 卷十一

## 养由基和更赢

### 神射手虚空射物

楚王在园苑中游猎,遇到了一只白色的猿猴。楚王命令擅长射箭的人射它,接连射了好几箭都被白猿抓住了,白猿哈哈大笑。于是楚王命令养由基去射,养由基轻抚弓箭,白猿当即就抱着木头哀号起来。

到了战国时,有一个叫更赢的神箭手对魏王说:"我能够虚挽弓箭,就射下鸟来。"魏王说:"人射箭的本领能高明到这种地步吗?"更赢说:"可以。"过一会儿,有大雁从东方飞了过来。更赢拿起弓箭虚射,大雁就掉落下来。

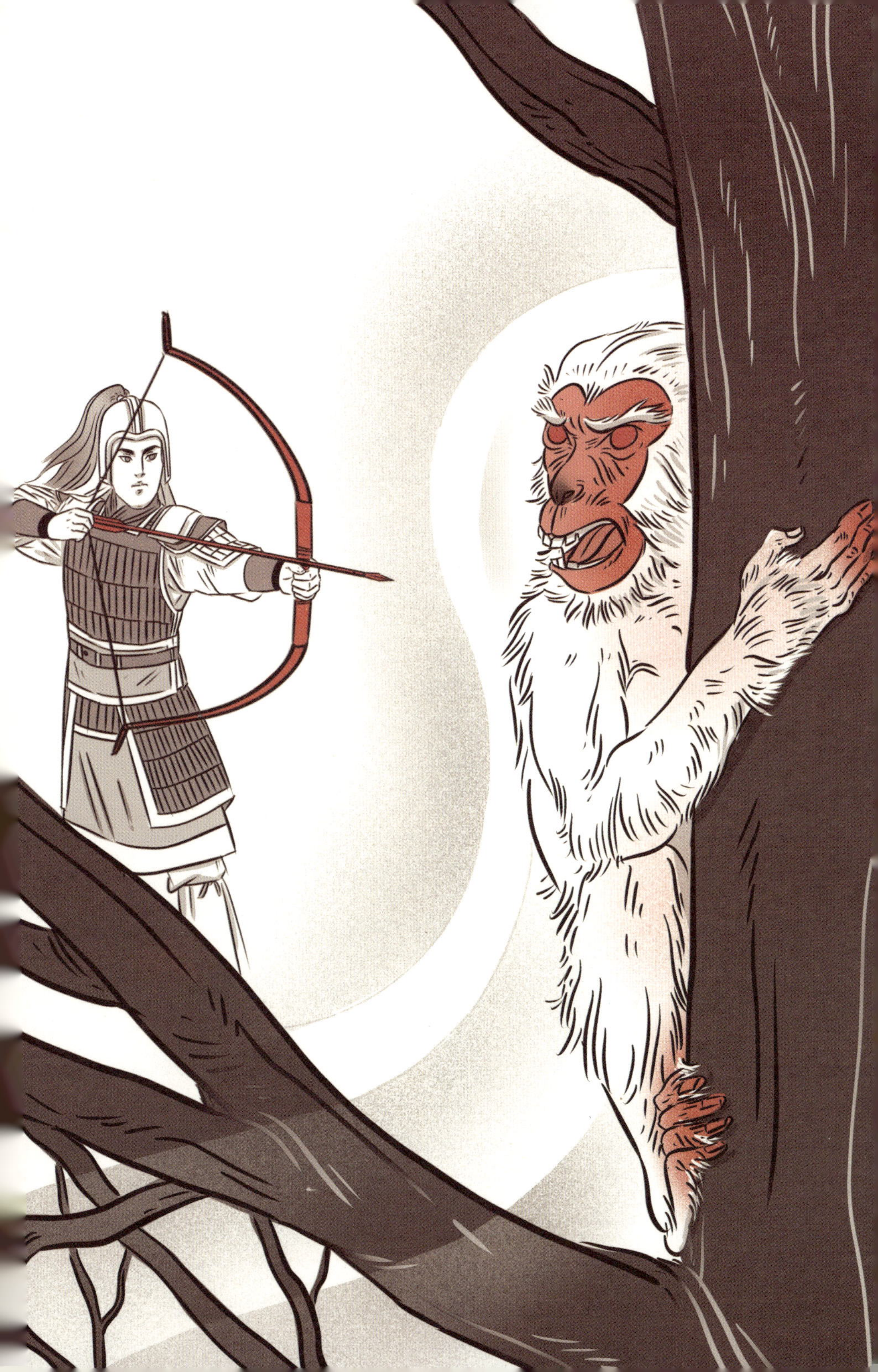

# 熊渠子射虎

### 神射手潜力爆发

楚国的熊渠子夜间走路,见到一块横着的石头,以为是有一只老虎卧在那里,弯弓射了过去,箭没入了石头之中,箭羽都被擦坏。熊渠子走近一看,发现射中的原来是一块石头。他回到原地,再次拉弓射去,射到箭折断了都没能再射进石头中。

汉武帝时期的李广,曾经担任右北平太守,有一次他也把石头当成老虎一箭射去,发生了和熊渠子差不多的事情。

刘向说:"精诚所至,金石为开。何况是人呢?唱歌没有人应和,行动没有人跟随,肯定是因为人心不齐。不离开座位就能匡扶天下,还是得要从自身做起。"

# 古冶子杀鼋

## 古冶子大显神威

春秋时期,有一次齐景公渡江沅之河时,一只大鼋咬住了他马车左边的马,马沉入了河中,众人惊慌警惕。一个叫古冶子的人拔出剑追了过去,沿着河边斜着走了五里,又倒着走了三里,到了砥柱山下。古冶子斩杀了大鼋,他左手拿着鼋头,右手挟着丢失的左马,如同燕雀鹄鸟一样从水中跃起。古冶子仰天大呼,江水为之倒流三百步。看到这一景象的人都以为他是河伯。

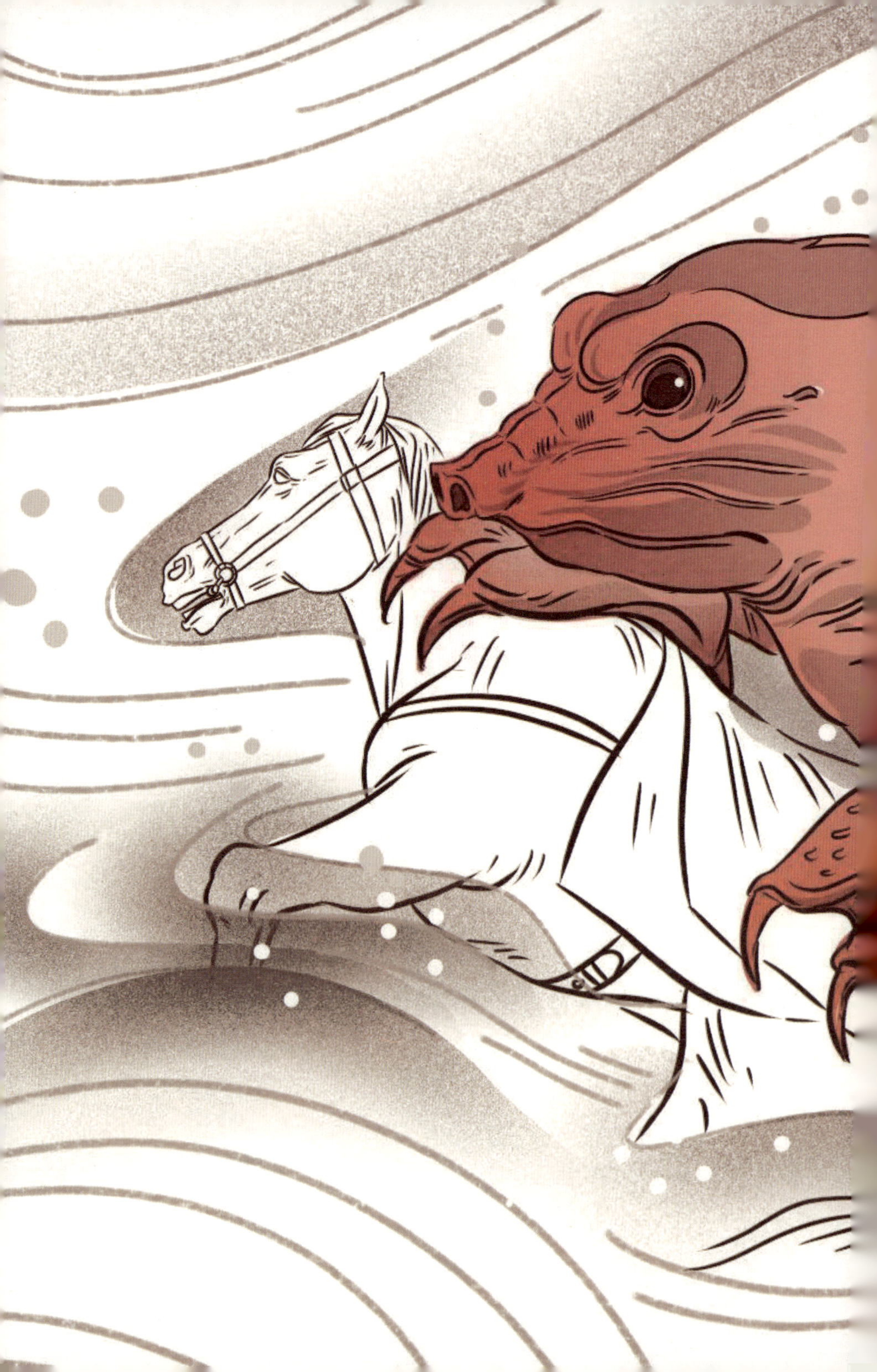

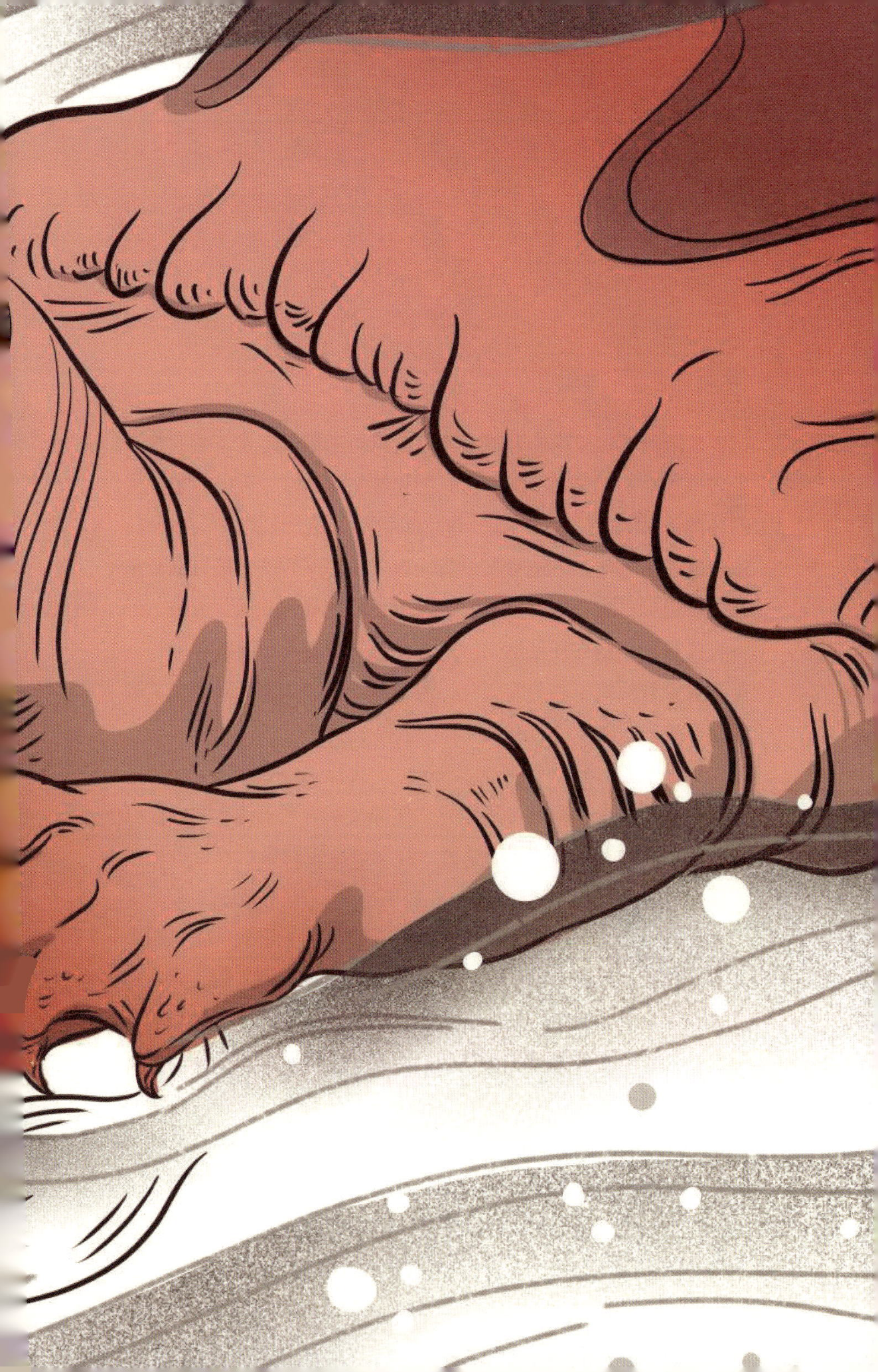

# 三王墓

### 干将莫邪的传说

楚国的干将、莫邪为楚王铸造宝剑,三年才铸成。楚王非常生气,想要杀了二人。剑分为雌剑和雄剑。当时,干将的妻子莫邪怀孕快要生了,干将对妻子说:"我们为楚王铸剑,三年才成。楚王现在很生气,一定会来杀我。如果你生下的孩子是男孩,你就告诉他:'出户望南山,松生石上,剑在其背。'"于是,干将自己带着雌剑去拜见楚王。楚王大怒,吩咐人仔细查看宝剑,得知宝剑有两把,一为雌剑,一为雄剑。现在,干将只带来了雌剑没有带来雄剑。楚王更加愤怒,杀掉了干将。

莫邪生下一个儿子,取名为赤比。赤比长大后问自己母亲:"我的父亲在哪里?"莫邪告诉他:"你的父亲为楚王铸造宝剑,三年才铸造成功,后来被楚王杀害。你父亲临走时嘱咐我告诉你:'出户望南山,松生石上,剑在其背。'"于是,赤比离开家门面向南方,发现南边根本没有山,唯有堂前一根松木立在石头之上。赤比用斧头劈开松木后背,从中找到了一柄宝剑。此后,赤比日夜都想要找楚王报仇。

一天,楚王梦见一个小孩子,小孩子眉间宽广如尺,他说要向自己报仇。楚王醒来后,下令用千金来换这个小孩子的人头。赤比听说这件事后,就逃走了。

赤比逃到山林之中,悲声高歌。一个侠客遇见了赤比,问道:

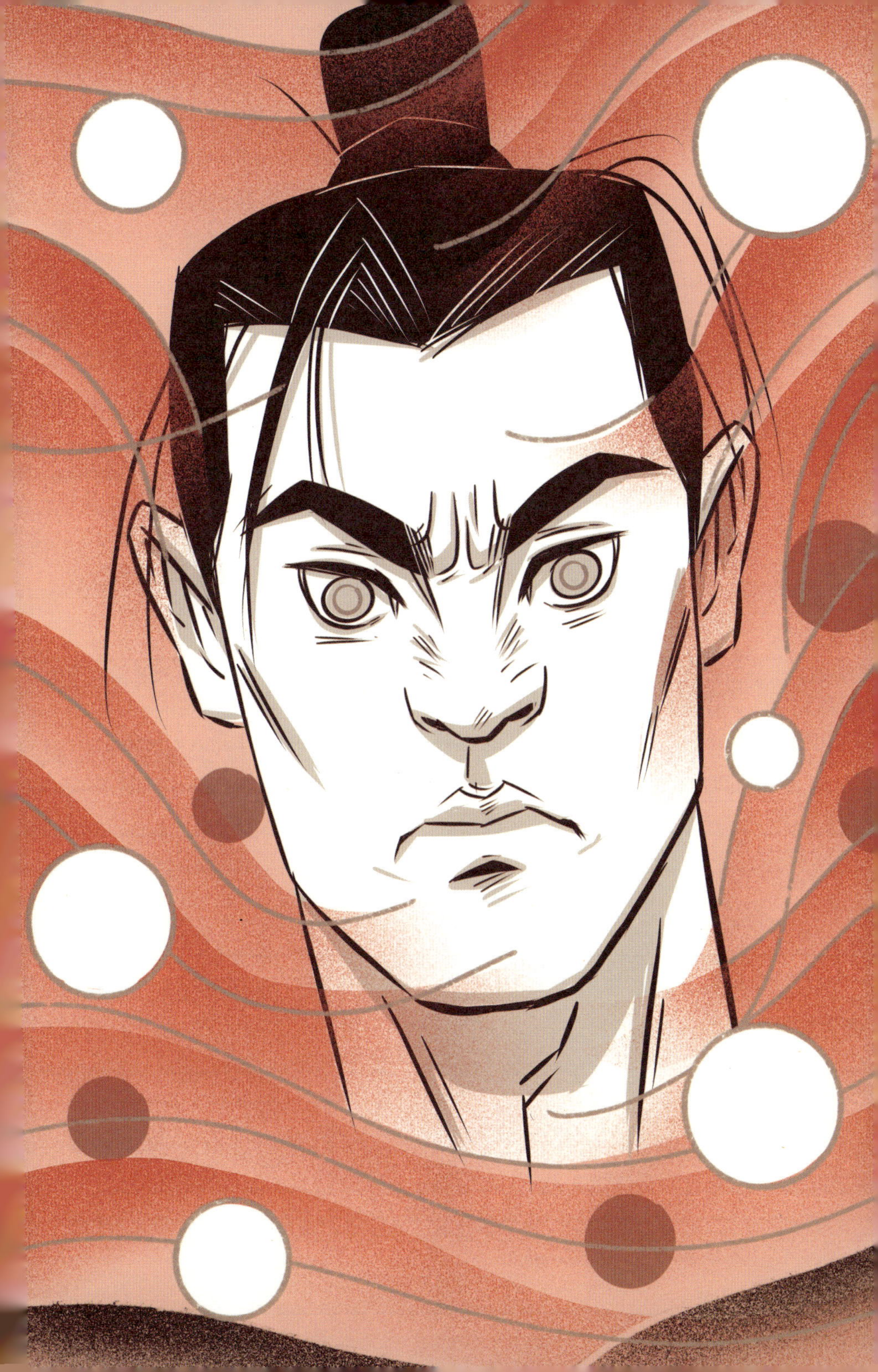

"你年纪这么小,为什么歌声却如此悲伤?"赤比说道:"我是干将、莫邪的儿子。楚王杀害了我的父亲,我想要找他报仇!"侠客说道:"我听说楚王想要用千金买你的头颅,你把你的人头和宝剑都给我,我去替你报仇!"赤比说道:"那太好了!"赤比当即拔剑自刎,双手捧着自己的人头和宝剑,将它们交给了侠客,身体僵立在地。侠客说道:"我一定不会辜负你。"赤比的身体这才倒地。

侠客带着赤比的人头和宝剑去拜见楚王,楚王非常高兴。侠客说道:"这是勇士的头颅,应该放在汤锅中煮。"楚王听从了。赤比的人头在锅中三天三夜都没有被煮烂,头还蹦出了汤中,目眦欲裂,怒容满面。侠客对楚王说道:"这个人的头煮不坏,我希望楚王您亲自来锅边看一下,这样它一定会烂掉。"于是楚王来到了锅边。侠客当即用剑在楚王脖颈上一划,楚王的人头坠入了汤锅之中。侠客又挥剑自刎,自己的人头也落入了汤中。

最后锅中三个人的人头都被煮烂,不可辨认。于是人们把他们的汤肉下葬,他们的墓地也被叫作"三王墓",墓地在汝南郡北宜春县(今河南汝南)境内。

# 谅辅求雨

### 谅辅自焚感动上苍

东汉有一人名叫谅辅，字汉儒，是广汉郡新都（今四川成都新都区）人。谅辅年少时曾经担任佐吏，为官清廉，不受人一茶一酒。后来，谅辅又担任了从事，大事小事他都能处理得很好，郡县的人都很敬重他。

当时夏天大旱，当地太守自己在中庭大晒祈雨，但雨还是不下。谅辅以五官掾的官职去向山川祈祷，发誓道："我谅辅身为郡守的肱骨助手，上不能以忠言劝谏上司、举荐贤能、惩治恶人，下不能协调百姓，所以才导致天地失调，万物陷入枯竭，百姓如鱼渴水。这些事情都没有可以控诉的地方，全都是我谅辅的罪过。现在太守已经在自责反省，在中庭暴晒，又派遣我来认罪，为百姓祈福。我的精诚还没有让上天发生感应。我在此立誓，如果到了中午还不下雨的话，我就用我的身体来抵罪。"于是，谅辅将柴火堆积在一起，准备自焚。到了中午时分，山中乌云聚集，风起雷作，大雨倾盆而下，整个郡都得到了滋润。当世的人都称赞谅辅是至诚之人。

## 贾雍无头

*贾雍无头仍说话*

汉武帝时，苍梧郡的贾雍担任豫章郡太守，他会道术。一次，贾雍外出讨伐贼寇，被贼寇所杀，丢失了自己的头颅，贾雍的身体却自己上马回到了军营之中。

军营中的其他人纷纷过来看贾雍。贾雍用胸口发出声音，说道："战事不利，我被贼寇所伤。大家觉得我是有头好呢，还是没有头好呢？"属吏哭泣着说道："有头好。"贾雍说："不，没有头也好。"说完，贾雍就死了。

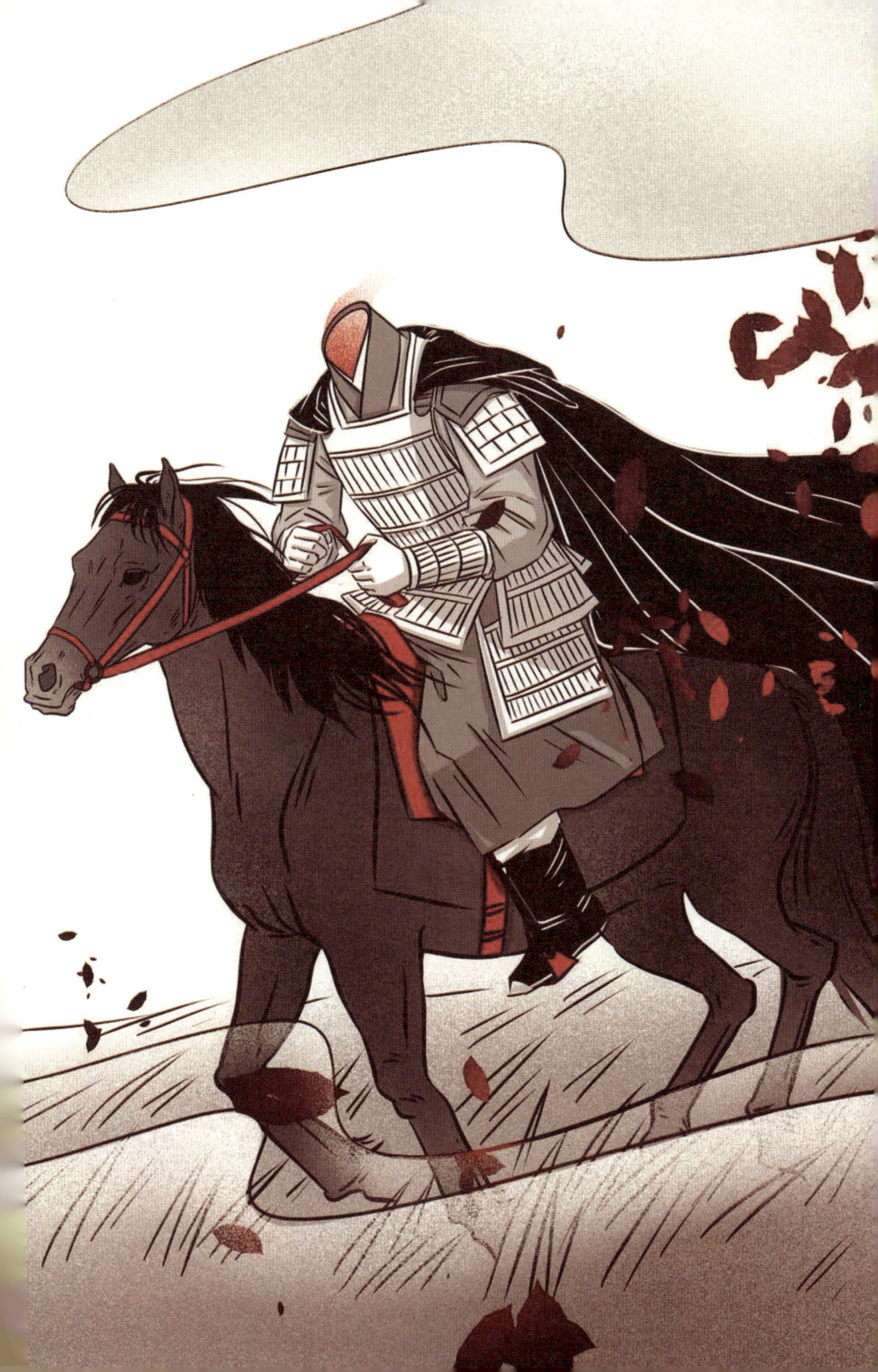

# 东方朔

### 东方朔识别怪物

汉武帝在东方巡游,还没走出函谷关就被一个怪物挡住了道路。怪物身长数丈,形状如牛,眼睛青色绽放光芒,四只脚牢牢地伸入土中,绝不移动。百官都感到很惊恐。东方朔请求用酒浇灌这个怪物。浇灌了数十斛酒以后,怪物就消失了。

汉武帝询问东方朔原因,东方朔说道:"这个怪物的名字叫作患,是忧郁之气凝结变化而成。这里肯定是以前秦国的监狱,不然就是以前有罪的人聚集服刑的地方。酒能够让人忘记忧愁,因此用酒浇灌它,它就会消失。"汉武帝感慨道:"啊,人的博学居然能到达你这种地步!"

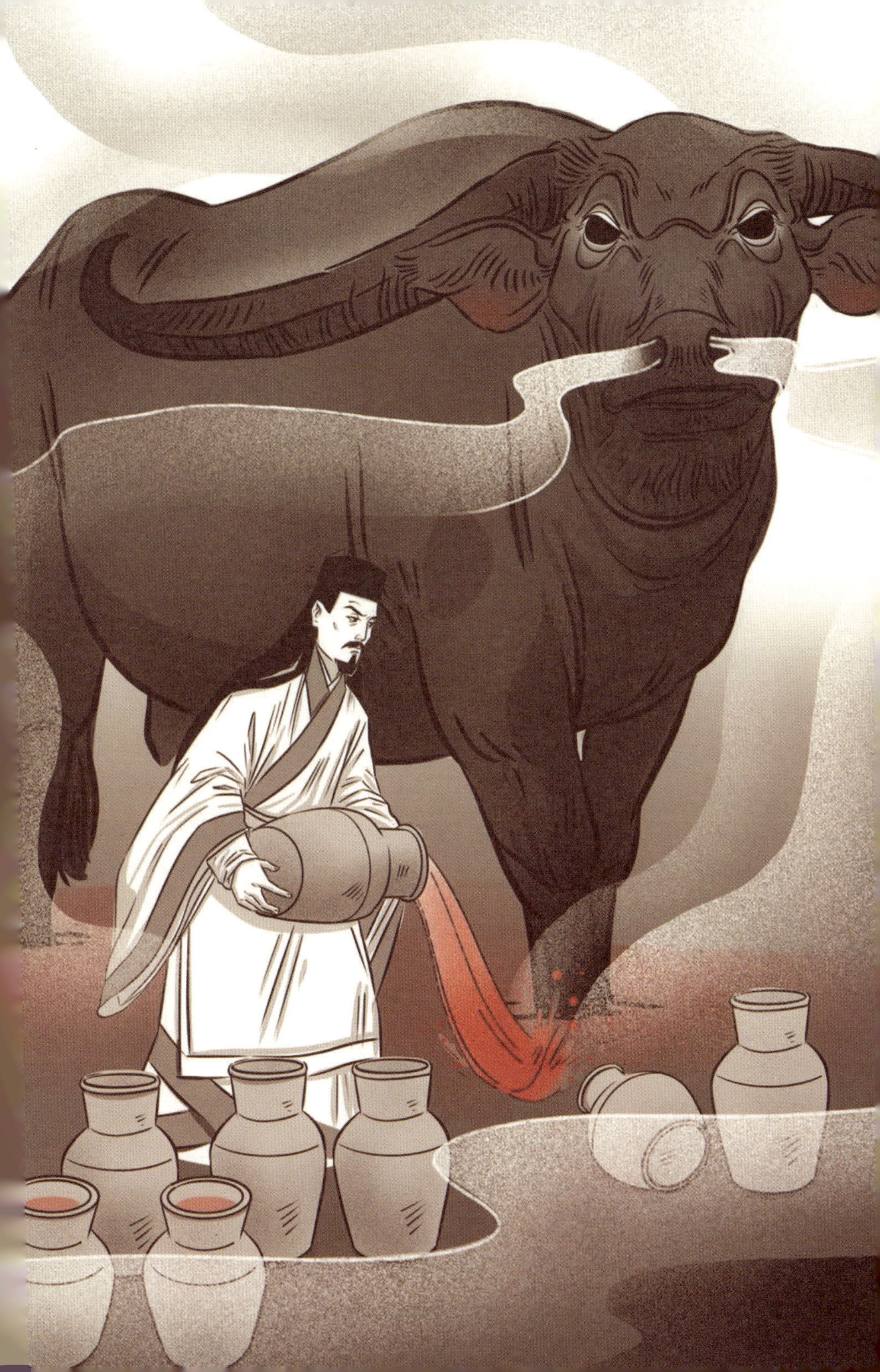

# 白虎墓

## 白虎守护贤臣

王业,字子香,汉和帝时期担任荆州刺史。他每次出巡,都要斋戒沐浴,他向天地祈祷道:"请启迪我愚蠢的内心,让我不要辜负百姓。"王业在荆州的七年,仁慈恩惠之风大为发扬,苛严邪恶的行为不敢出现,山中豺狼消失。后来,王业死在湘江,有两只白虎低头垂尾,拱卫在他的身旁。直到王业丧事结束,老虎才离开,一直过了州境才消失。百姓为王业立碑,碑名为"枝江白虎墓"。

# 葛祚碑

## 葛祚除妖木

三国时期，葛祚担任吴国衡阳郡太守。衡阳郡境内有一条大木头横在水上，会兴妖作怪，当地百姓为这条大木头修建了庙宇。外出的人对它进行祭拜，出门的时候江上的大木头就会沉入水中；如果不进行祭拜，大木头就会撞坏行人的船只。

葛祚快要离任了，他准备了很多斧头，打算为民除害。第二天葛祚就要来到这里，这天夜里人们听到江水中人声喧哗，前去一看，发现大木头已自行移开，沿着江水流下了数里，停留在了江湾之中。从此，出行的行人、船只再没有沉没的忧虑。衡阳人为葛祚立碑，碑上刻着"正德祈禳，神木为移"八个字。

# 王延扣凌

## 孝子冬日求鱼

王延性情至孝,他的继母卜氏冬天的时候忽然想要吃鱼,命令王延四处寻找。王延没有找到,卜氏就用棍子将他打得流出血来。王延一路找到了汾河,河水已经结冰,王延一边敲打冰块一边流泪。忽然,一条鲤鱼自己从河中跳了出来,身长五尺。王延拿着鱼回去进献给继母。卜氏吃这条鱼吃了好几天都没吃完,心里渐渐醒悟,从此抚育王延如同亲生儿子一般。

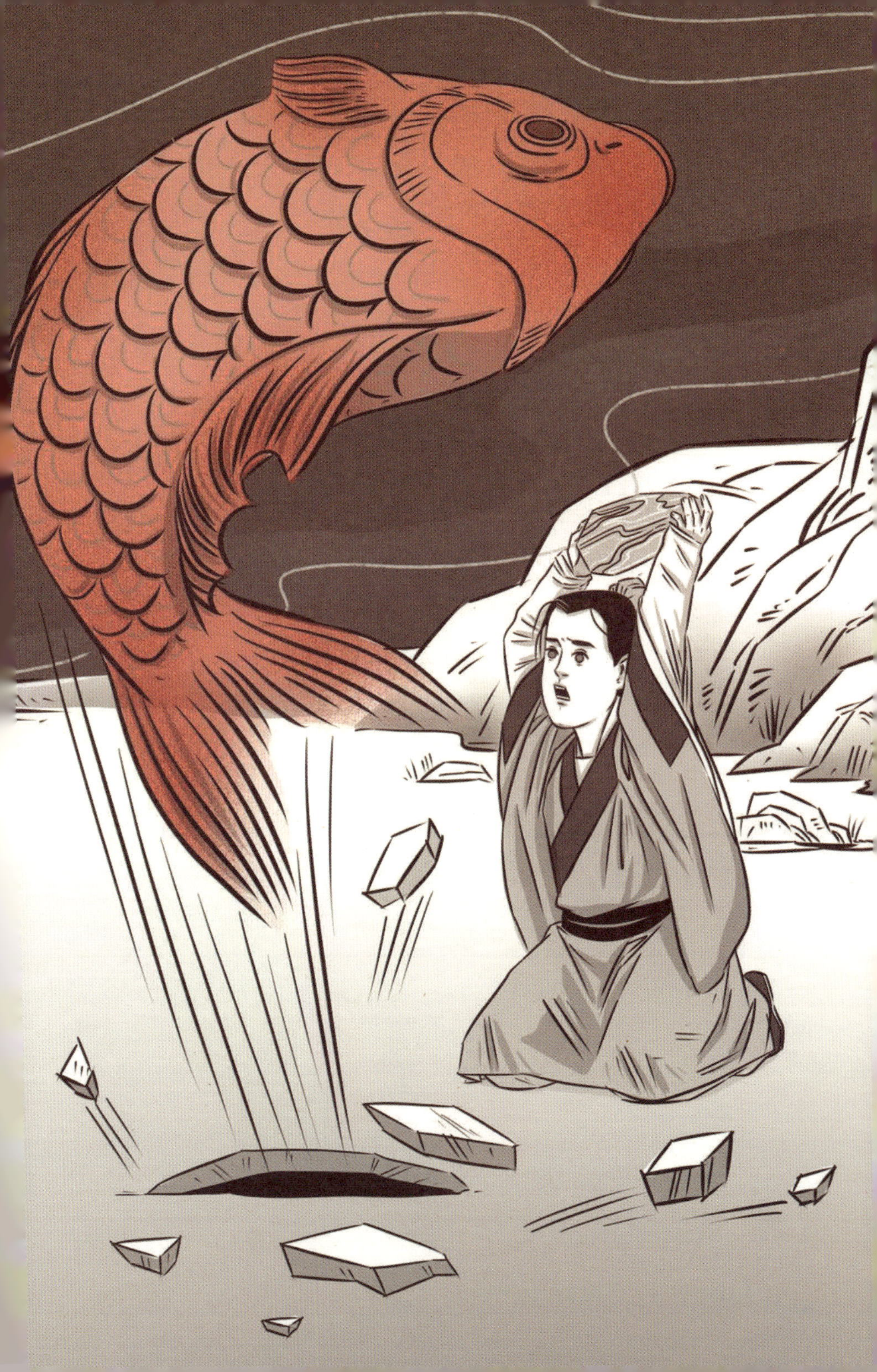

# 郭巨埋儿

*孝子杀子奉母*

郭巨，是河内郡隆虑（今河南林州）人，也有一种说法说他是温县（今河南温县）人。郭巨家中兄弟三人，早年丧父。父亲的丧礼结束后，郭巨二弟提出分家。郭家家产有两千万钱，郭巨的两个弟弟各自取了一千万钱走。郭巨一无所有，只能和母亲居住在旅店中，他的妻子给人当用人，挣钱供养母亲。

后来，郭巨的妻子生下一个儿子。郭巨认为这个儿子会妨害自己向母亲尽孝，也会让母亲的吃用减少，于是在野外挖了一个坑，准备将儿子埋进去。郭巨挖着挖着，挖到了一块石板，石板下方有一罐黄金，罐上贴着一丹书，上面写着："孝子郭巨，黄金一釜，以用赐汝。"从此郭巨声名远扬。

孝子郭巨，黃金一釜，以用賜汝

# 刘 殷

## 上天奖励孝子

新兴郡有一人名叫刘殷,字长盛,他七岁的时候父亲就过世了,为此他非常哀伤,服丧的礼节甚至超过了礼制的规定。在服丧的三年间,刘殷没有露出过笑容。刘殷侍奉他的曾祖母王氏,他曾经在夜间梦到一个人对他说:"西边的篱笆下面有粟米。"醒来后刘殷前去挖掘,得到了十五钟粟米。容器上还有铭文,刻着:"七年粟一百石,赐给孝子刘殷。"这些粟米,刘殷一直吃了七年才吃完。

后来王氏过世,刘殷夫妇悲伤过度,形销骨立,几乎危及性命。当时王氏的棺材还没有入土,西边的邻居家失火,风势也很猛烈,刘殷夫妇对着王氏的棺材哭泣,火很快就灭了。后来,有两只白色的鸠鸟在刘殷家庭院的树上筑巢。

# 杨伯雍种玉

## 杨伯雍种石成玉

杨伯雍，是洛阳县（今河南洛阳）人。本来以做中介买卖为生，非常孝顺。杨伯雍的父母都已经亡故，葬在无终山上，他便在无终山上安家。无终山高八十里，山上没有水源，杨伯雍下山打水，在山坡上供应免费的茶水，让路过的人都能喝到。

三年后，一个路人喝了杨伯雍的水，给了他一斗石子，让他将石子带到一个地势高但平缓的地方种下，并说道："会有玉生长出来。"杨伯雍一直没有娶妻，这人又说："你以后会娶到一个很好的妻子。"说完，这个人就消失了。

杨伯雍按照这人的吩咐种下了石子，数年之间，他常常去察看。他看到有小小的玉石生长在了石头上，但没有告诉旁人。

徐姓人家，是右北平郡的大族，他们家的女儿很有品德，很多人前去求娶，但徐家没有答应。杨伯雍也试着去求娶徐氏，徐氏嗤笑他狂妄，戏弄他道："你拿一双白璧来，我就答应你的求娶。"杨伯雍来到自己种玉的地方，取到了五双白璧作为聘礼。徐氏很惊讶，就将自己的女儿嫁给了他。

天子听说这件事情以后，就拜杨伯雍当了大夫，在杨伯雍种玉的四角修建了大石柱，石柱各高一丈。中间这一块地被命名为"玉田"。

# 相思树

### 韩凭夫妇化为相思树

战国时期，宋康王的舍人韩凭，娶妻何氏。何氏样貌美丽，宋康王夺走了她，韩凭心中怨恨，宋康王便将韩凭囚禁起来，惩罚他做修城的苦役。何氏偷偷地写信给韩凭，用了隐秘的语言说道："其雨淫淫，河大水深，日出当心。"这封信被宋康王看到了，宋康王让周围的人看，但他们都看不懂信的内容。

有一个叫苏贺的臣子回宋康王说道："其雨淫淫，是说何氏的心情愁苦，思念韩凭；河大水深，是说两人被强行分开不能往来；日出当心，是表明自己已经心有死志。"

不久之后，韩凭就自杀了。何氏偷偷地撕烂了自己的衣裳，和宋康王一起登上了高台，何氏纵身一跃，左右的人急忙拉住她，但她的衣服已经破烂，众人拉不住她，何氏坠楼而亡。何氏的衣带里有一封遗书，上面写道："大王想要我活着，我却只想死去。我希望我的尸骨能和韩凭葬在一起。"宋康王大怒，不肯遵从何氏的遗言，命人将韩凭和何氏分开埋葬，坟墓相对。宋康王说道："你们夫妇二人既然那么相爱，如果你们能让你们坟墓连在一起，我就不阻拦你们了。"

很短的时间内，便有两棵梓树从二人的坟墓顶端长出，半个月就长到了一抱粗，两棵树弯曲着枝条如同拥抱，根系在地下连接，枝条在地上交错。有一对鸳鸯，一雌一雄，飞到了梓树之上，

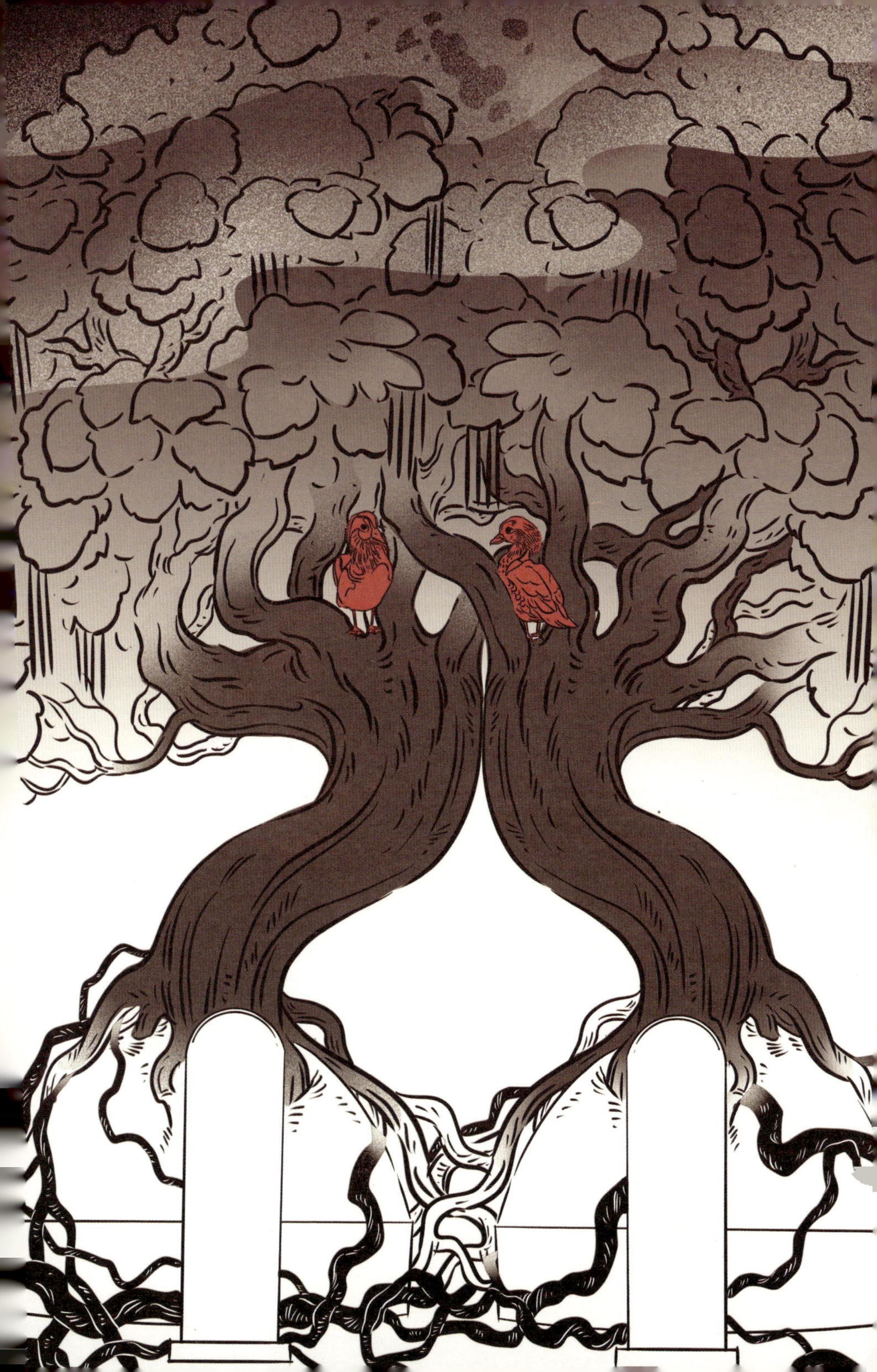

日夜都不飞走。鸳鸯交颈悲鸣，声音哀伤动人。宋国百姓可怜韩凭夫妇，就将这棵树命名为"相思树"。相思之名由此而起。南边的人们说，这对鸳鸯是韩凭夫妇精魂所化。后来睢阳有一座韩凭城，和他相关的歌谣被传唱许久。

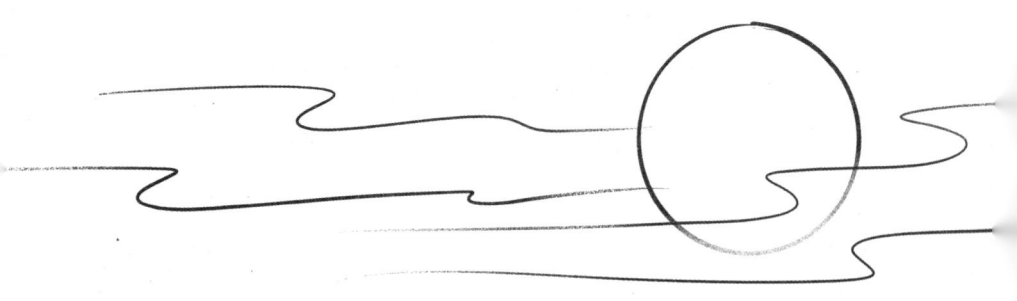

# 死 友

## 未见好友不肯下葬

东汉范式，字巨卿，是山阳郡金乡县（今山东金乡）人，另有一个名字叫范氾。范式和汝南人张劭是朋友。张劭，字元伯，两人一起在太学念书。后来张劭退学还乡，离开之前范式对张劭说道："两年后我也要离开太学，到时候我会去拜会您的父母，看望您的孩子。"二人约定好了日子。

到了约定的时间，张劭告诉自己的父母今天会有客人拜访，希望准备好酒食招待。张劭的母亲问道："你们已经分开两年了，相隔千里的约定，你为什么这么深信不疑呢？"张劭说道："范式是一个信守承诺的人，绝对不会违背诺言。"张劭母亲说道："既然如此的话，我为你们准备好酒食。"

果然，范式在这一天如约而至，登堂拜见张劭父母后，二人对酒谈心，尽欢而别。后来张劭生了重病，同郡人郅君章、殷子征总是去探望他。张劭临终前叹息道："可惜见不到我的死友了。"殷子征问道："我和君章对你尽心尽力，我们难道不是你的死友吗？谁还是你的死友呢？"张劭说道："你们两个人是我活着时的朋友，山阳郡的范式才是我的死友。"过一会儿，张劭就去世了。

这天，范式夜间忽然梦到了张劭，张劭戴着黑色的帽子，帽子上飘荡着丝带，他拖着鞋子走了过来大声说道："范式，我在某日身亡，要在某天下葬，永远归于黄泉。如果你没有忘记我，你能来看我吗？"范式从梦中醒来，悲从心起，哭泣着感叹。于是，范式穿着应该在朋友葬礼上穿的衣服，在梦中所说的下葬日前，快马赶往张劭家中。

还没有等到范式到达，张家就已经发丧。到了墓地准备入土时，棺木怎样都进不去。张劭的母亲抚着棺材说道："孩子，你是有要等的人吗？"于是将棺材停在一旁等待。过了一会儿，看见白色的车马，有人号哭着跑了过来。张劭的母亲说道："肯定是范式来了。"范式到了之后，叩头吊丧，说道："快走吧张劭，死生异路，我们从此永别了。"当时参加葬礼的有数千人，看到这样的情形都潸然泪下。范式亲自拉着棺木上的绳索前行，棺材就移动了。下葬后，范式在张劭的坟旁种植了一棵坟树，这才离去。

搜神记 卷十二

# 穿井获羊

## 孔子科普精怪

季桓子凿井，挖出了一个土缶，缶中装着一只羊一样的东西。季桓子派人去请教孔子："我凿井的时候，挖出了一条狗一样的东西，是什么呢？"孔子说道："据我所知，挖出来的东西应该是像羊一样。我曾听说，木石的精怪，是夔、魍魉；水中的精怪，是龙、罔象；土中的精怪，叫作羵（fén）羊。"《夏鼎志》中记载："罔象，和三岁的小孩子一般，黑脸红目，大耳长臂，有红色爪子。如果用绳子捆住它，就可以当作食物。"王子说："木的精怪叫作游光，金的精怪叫作清明。"

# 山　精

### 诸葛恪牵手山精

孙吴时期，诸葛恪担任丹阳太守。一次，他出门打猎，在两座山之间看到了一个形同小孩子的怪物，伸手去牵人。诸葛恪让人伸出手给它牵，怪物便牵着这人来到它的住处。到了住处之后，怪物就死了。参佐询问这件事的缘故，他认为是神灵显迹。诸葛恪说道："这件事在《白泽图》中有记载：'两座山之间，有精怪如同小儿，见人就伸手去牵，名叫傒（xī）囊。把人牵到居所后，傒囊就会死掉。'这不是什么神明显灵的异象，只不过大家很少见到罢了。"

# 池阳小人

## 小人影子是庆忌

王莽篡位第四年,池阳县(今陕西泾阳)出现了一道小人的影子,大约一尺来长。它有时候乘坐车辆,有时候步行,它手中拿着许多东西,大小和它自己的尺寸相匹配。小人的影子出现了三天才消失。王莽对这件事情感到很厌恶。从此以后,反叛的贼寇一天比一天多,王莽也被杀了。

《管子》记载:"湖泊沼泽的水要干涸枯竭,需要数百年的时光。山谷不迁移,水流不断绝,就会出现庆忌。庆忌的样子和人一样,身长四寸,穿着黄衣,戴着黄帽,张着黄伞,骑着小马。庆忌喜欢纵马奔跑。如果叫出庆忌的名字,可以让它去到千里之外,再回来报告消息。在池阳县出现的影子,可能就是庆忌。"《管子》中又说:"干涸的河流会生出精怪,诞生蚳(chí)。蚳,一具身子两个头,形状如蛇,身长八尺。叫出蚳的名字,可以让它打捞鱼鳖。"

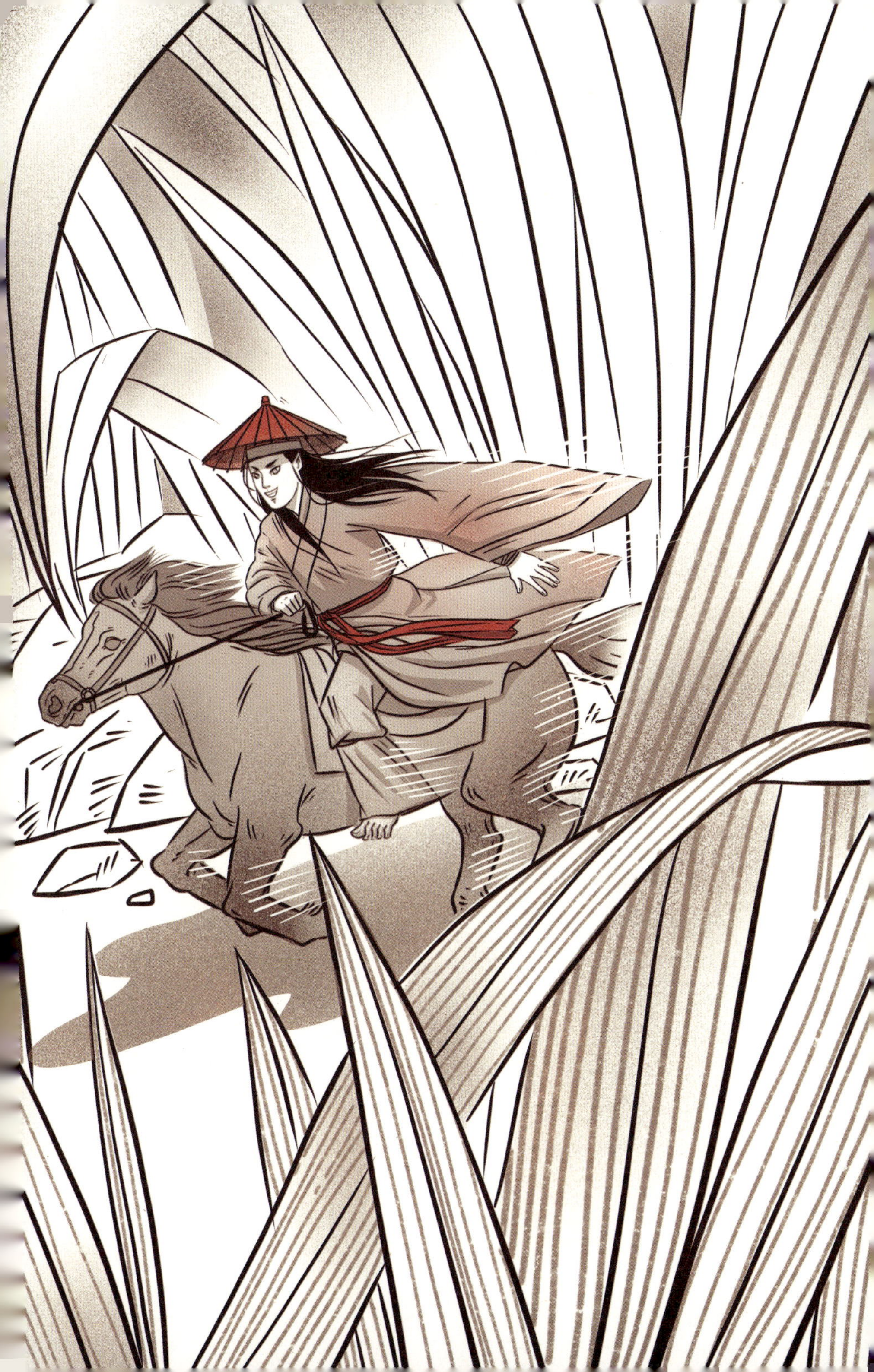

# 霹雳落地

### 杨道和锄下雷霆

晋代扶风郡有一人名叫杨道和,夏天的时候他在田中干活,遭逢大雨,便到桑树下躲避。这时,一道雷劈向了杨道和,杨道和举起锄头抵挡,打断了雷的大腿,雷坠落地上,不能再返回天上。雷的嘴唇鲜红,双目如镜子一样明亮,身上毛发长三寸多,身体如同普通家畜,脑袋像猕猴。

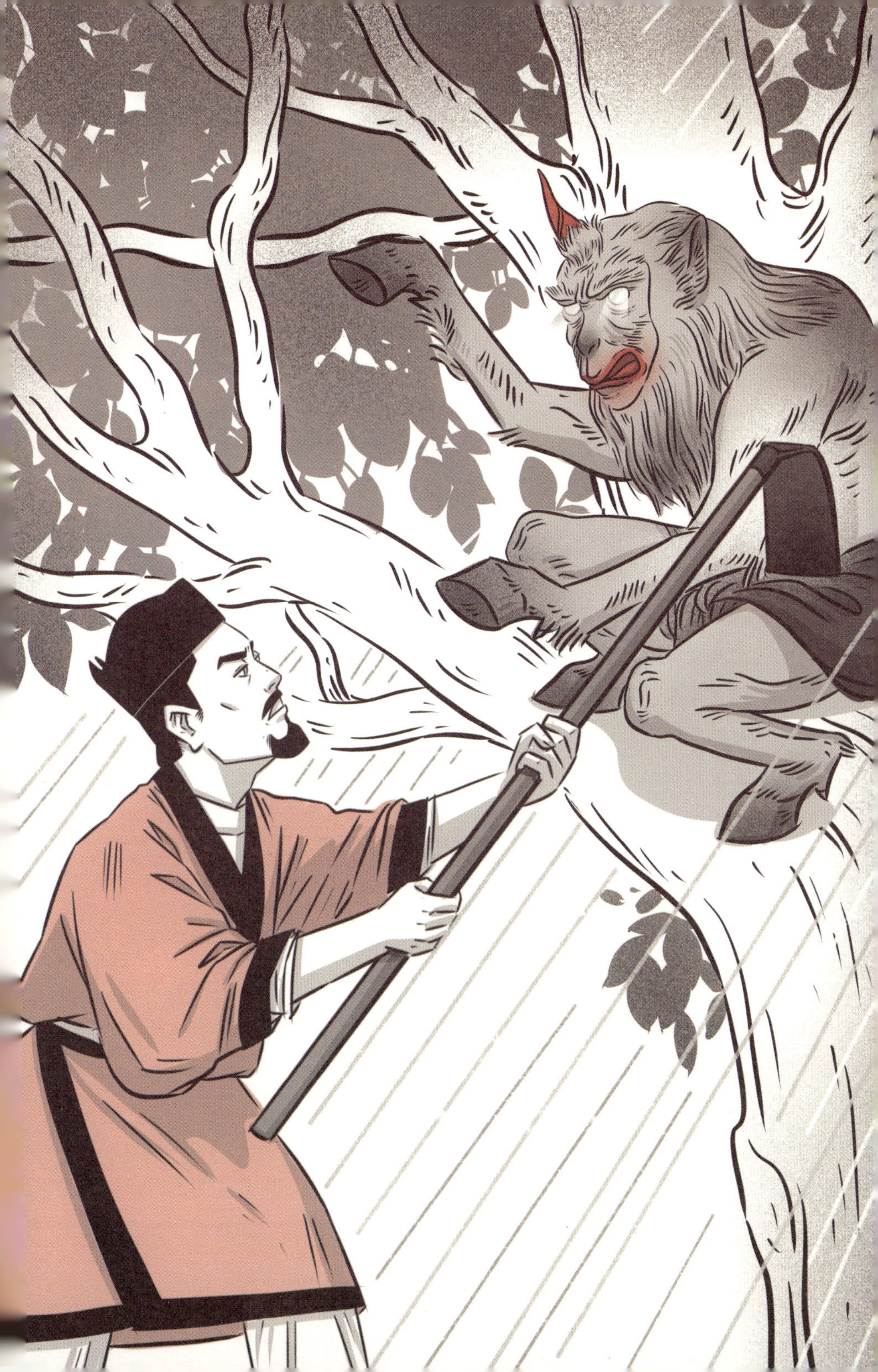

# 落头民

### 落头族头颅飞行

秦代时，南方地区有一个落头民部族，他们的头能飞行。落头民部族的祭祀被称为"虫落"，就是因为他们的头颅能飞行之故。

孙吴时期，将军朱桓有一个婢女，每天睡觉之后头颅都会飞走，有时候从狗洞中离去，有时候从天窗中进出，以耳朵当作翅膀。天快亮时，婢女的头颅会飞回来。这样的情形发生了很多次。其他人对此感到奇怪，便在夜间点着灯去看婢女，发现婢女只有身体在床上，有些冰凉，呼吸勉强能维持。这些人用被子盖住了婢女的身体。天亮后，婢女的头颅回来，因为她的身体被被子蒙住，无法将自己的头颅安放在身体上。她尝试了两三次，都掉在了地上。婢女的头颅忧愁地叹息，身体的呼吸也越发急促，很快就要死去。这时，人们才拉开被子，她的头颅得以回归身体，呼吸渐渐正常。

朱桓认为这件事过于奇怪，不敢让婢女留在家中，便将她放走了。后来他才了解到，头颅离身飞行，是落头民天生的本领。当时南征的将领也时常遇到这样的事。曾经有人用铜盘盖住落头民的身体，导致头颅与身体无法连接，落头民因此死去。

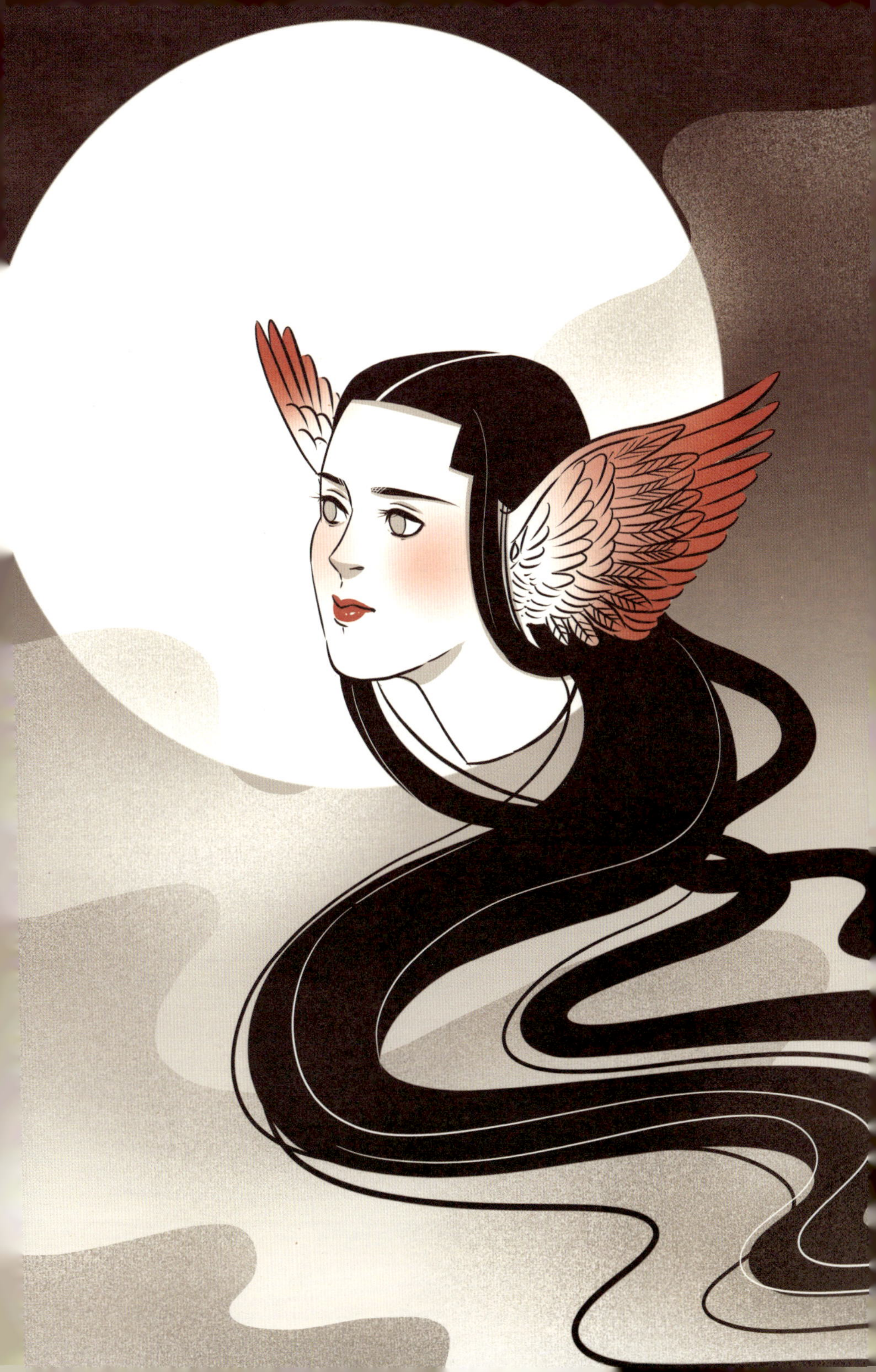

# 马 化

## 蜀地猿猴掳女人

蜀地西南地区的高山之上，有一个怪物长得和猴子差不多，身长七尺，能像人一样行走。它擅长追着人跑，名为"猳（jiā）国"，又名"马化""玃（jué）猿"。

马化时常躲在路边，看到有美丽的女子路过，就会将其掳走。将人掳到了哪里，也没有人知道。人们从它身边经过，都会用绳子互相牵引，但也无法幸免。马化能够辨别男女的气味，只掳走女性，不伤害男性。

马化将掳去的女子充作自己的家室。如果女子始终没有生下孩子，终身都不会被它送还。这些女子在十年之后，样貌会变得和马化一样，思想也被它蛊惑，不再想着回家。如果有女子怀孕了，马化就会将女子送返家中。女子生下的孩子，都是人的样子。有的女子不想养育生下的孩子，就会死去。女子们感到惧怕，没有敢弃养的。

这些孩子长大之后，和普通人一样，他们都以"杨"为姓。现在蜀中一带有许多姓杨的，都是马化的子孙。

# 刀劳鬼

### 刀劳鬼毒性深重

临川郡山间有一种怪物，它出现时总会伴随着大风大雨，声音如同呼啸。它擅长射击，被它射中的人，身体很快就会红肿。这怪物毒性深重，它们有雌雄的分别，雄性的毒素发作很快，雌性的毒素发作要稍微慢一些。雄性的毒素半日之内就会发作，雌性的毒素一天之内发作。

这附近的人有办法救治这些中毒的人，但救治的时间太晚就没有办法了。这种怪物的俗名叫作"刀劳鬼"。

有书上记载："鬼神，所造成的福祸之事，都是在人间有所应验的。"《老子》记载："昔之得一者，天得一以清，地得一以宁，神得一以灵，谷得一以盈，侯王得一以为天下贞。"这样看来，天地鬼神都是与人并生的。气有所差别，所以禀性不同；地域有差别，所以形貌不同，没有两者兼备的事情。活着的人主阳，死了的人主阴，它们各安于地。纯阴的地方，就会有怪物存在。

# 越地冶鸟

## 冶鸟化人捉鱼

越国地区的深山之中有一种鸟,大如鸠鸟,身体呈青色,名为"冶鸟"。冶鸟在大树上筑造巢穴,巢穴大如五六升的容器,洞口直径数寸长,周围用土堆积,红白分明,和射箭的靶子一样。

砍树的人如果看到了有巢穴的树,都要避开。有时候夜间看不见鸟,鸟也知道人看不见它,它就会发出声音:"咄、咄,上去!"这样的话,第二天应当赶紧上山。鸟如果发出的声音是:"咄、咄,下去!"第二天应当赶紧下山。如果冶鸟没有让人离开,只是发出谈笑的声音,人就可以在此处停留伐木。如果有肮脏的东西靠近它的巢穴,就会有老虎通宵来此值守。人如果不离开,就会被老虎所伤。

白天看见的冶鸟,就是鸟的样子;夜晚听到冶鸟的声音,也是鸟的声音。但是如果有乐舞,冶鸟就会化作人的样子,他们身长三尺,会到山中小溪里捉鱼捉蟹,用火烤食,人们不能伤害它们。越人传说,冶鸟就是越族的祖先。

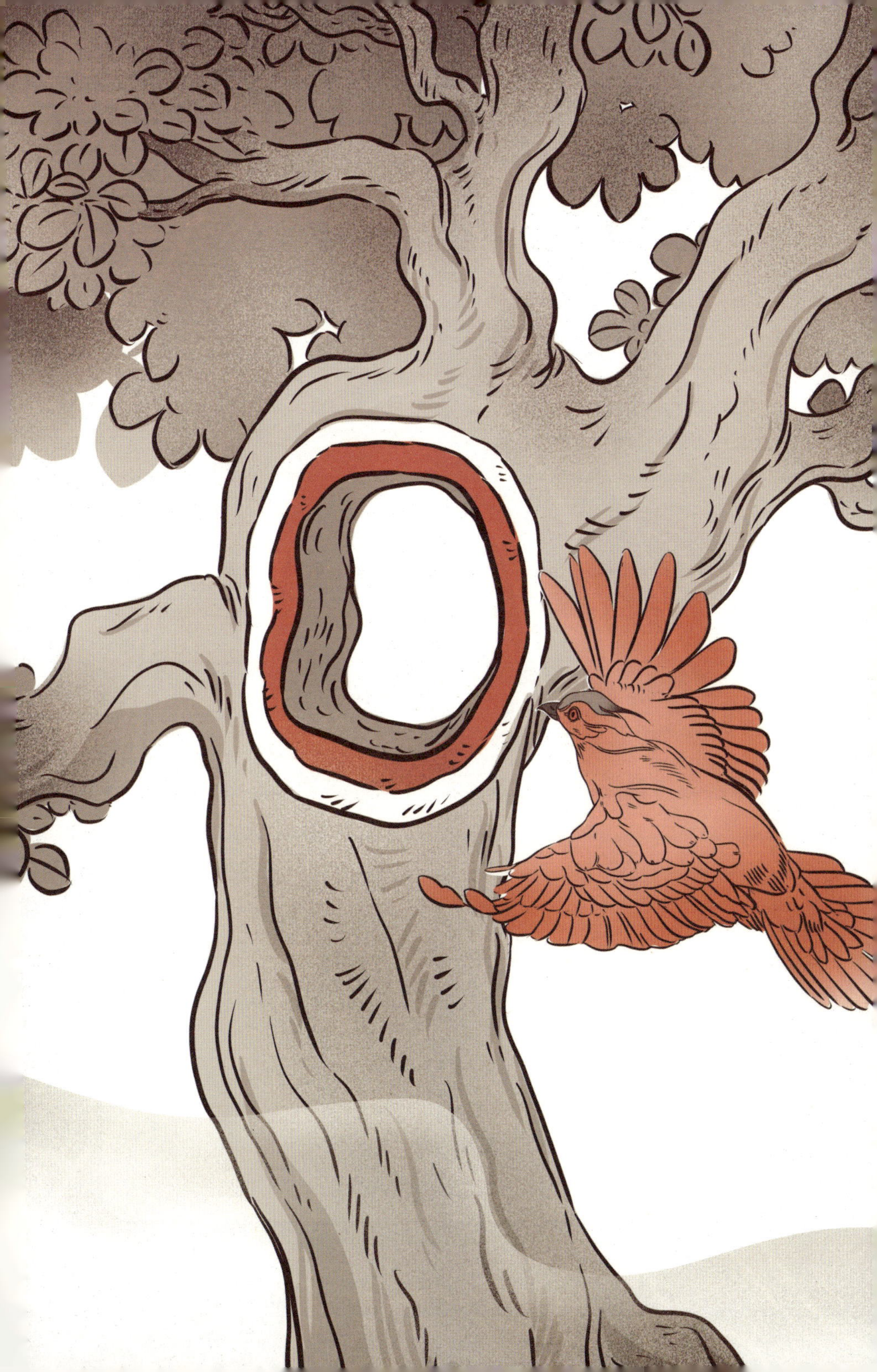

## 山　都

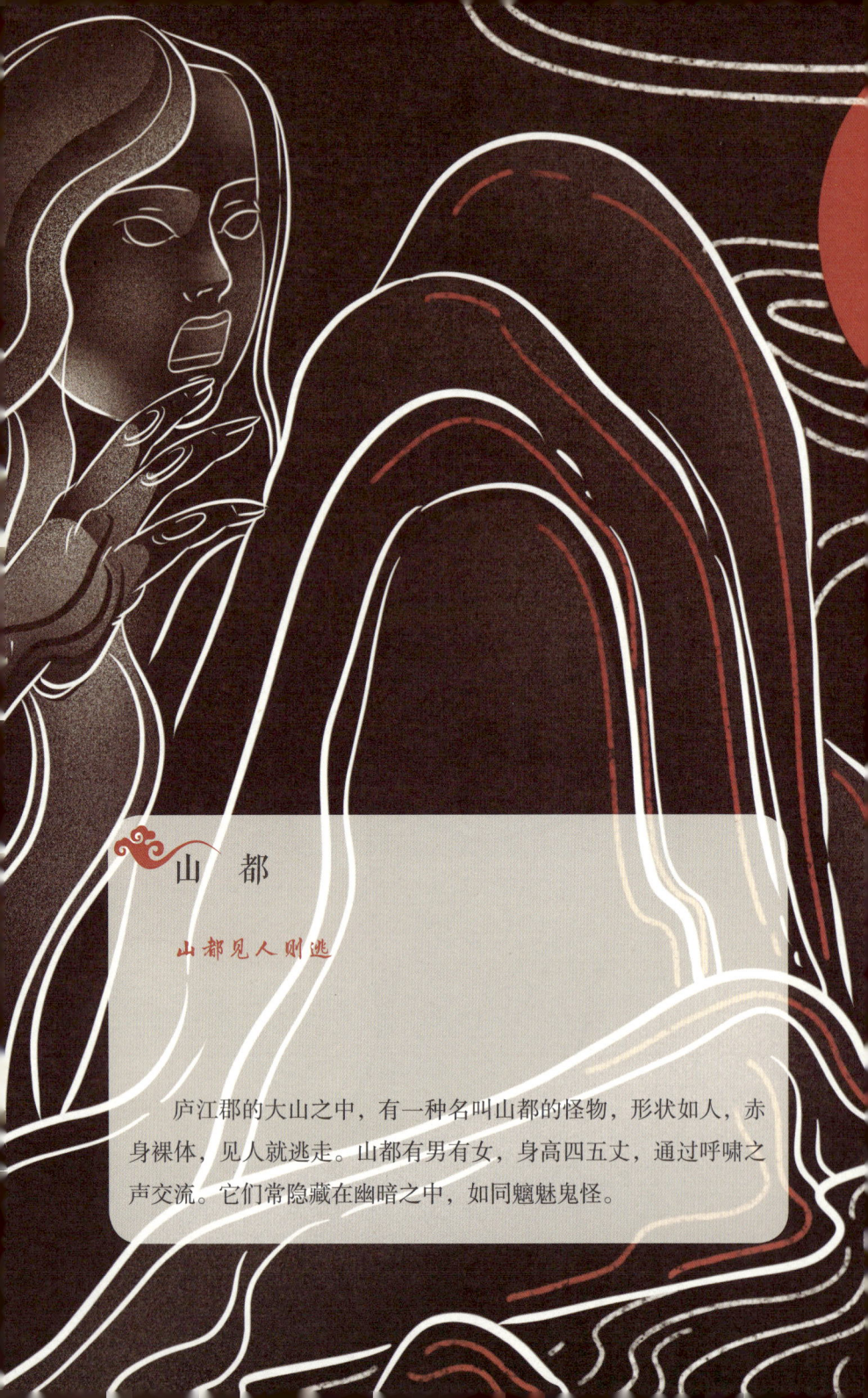

**山都见人则逃**

　　庐江郡的大山之中，有一种名叫山都的怪物，形状如人，赤身裸体，见人就逃走。山都有男有女，身高四五丈，通过呼啸之声交流。它们常隐藏在幽暗之中，如同魑魅鬼怪。

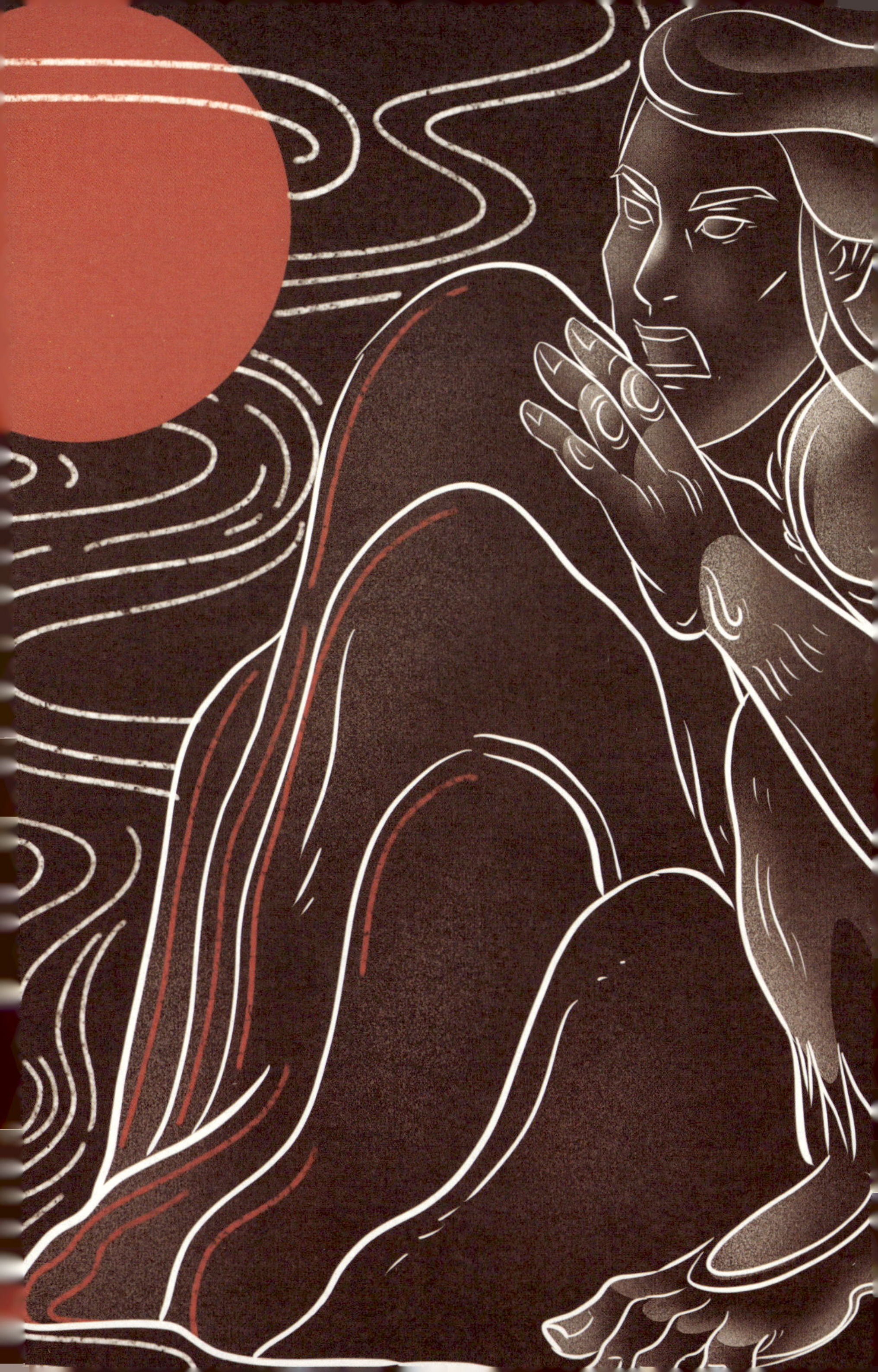

搜神记 卷十三

# 泰山澧泉

*澧泉辨人忠奸善恶*

　　泰山的东边，有一口澧泉，形状如同井，本体却是石头。如果想要饮用澧泉的水，需要先洗涤心胸，明心正念，跪在泉水旁边去舀水。这样泉水就会喷涌出来，随意饮用。如果饮水的人心中污秽，泉水就会停止涌出。这也许就是神明在测试人们的心灵。

# 河神劈山

## 巨灵神劈开华山

　　太华山和少华山本来是一座山,它正对着黄河,黄河只能改道,绕一个弯流过。黄河的神灵巨灵神,用手掰开了山的上半部分,用脚蹬开了山的下半部分,将一座山分为了两座,以便于黄河通行。现在仍能看到巨灵神的手印在华山之上,手掌和手指都还在。巨灵神的足迹则在首阳山下,至今犹存。因此张衡的《西都赋》中写道:"巨灵赑屃,高掌远迹,以流河曲。"

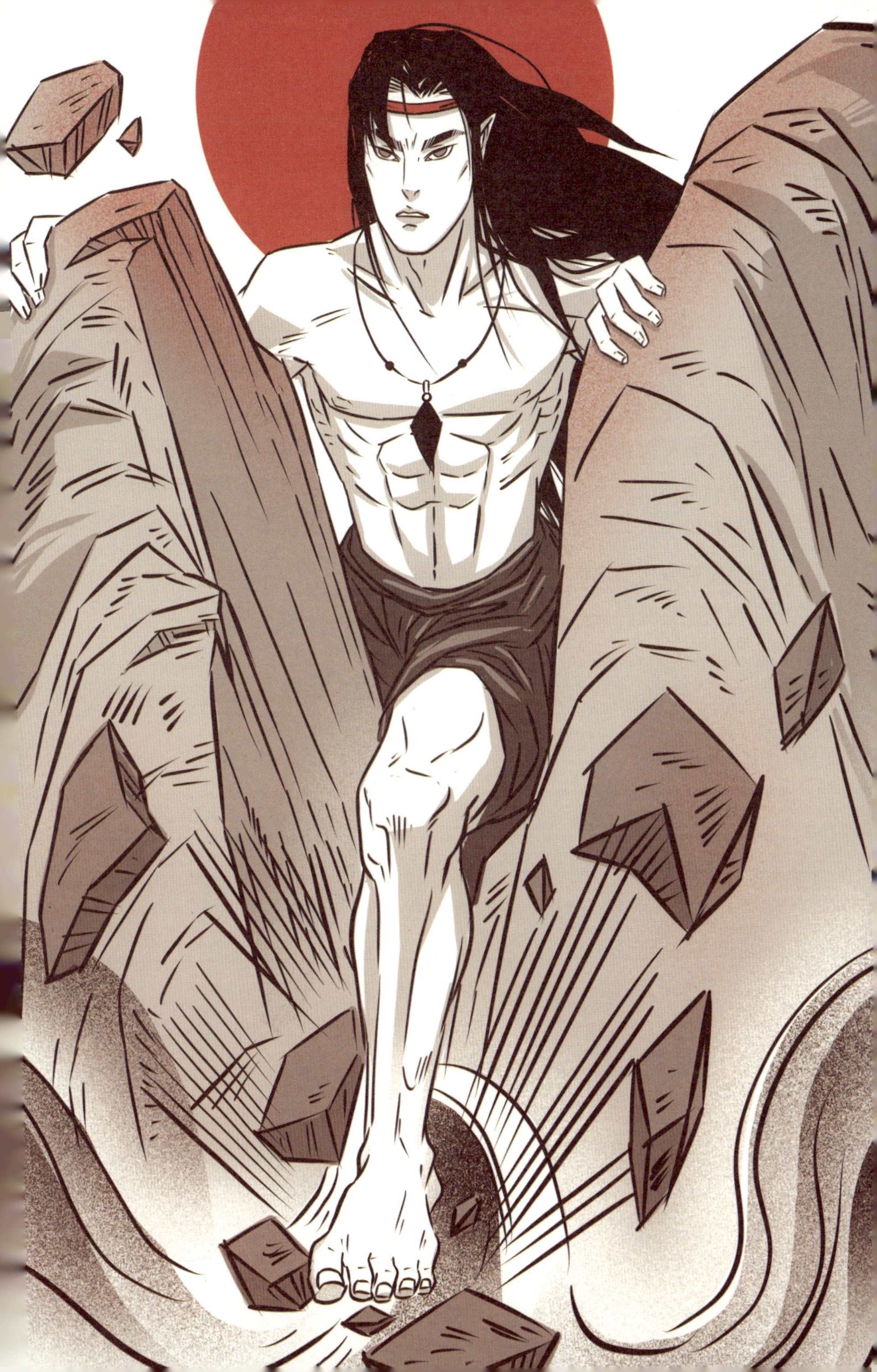

## 龟化城

### 神龟引导修城

秦惠文王二十七年(前311年),秦王派遣张仪去修建成都城,修建时却屡次坍塌。忽然有一只大乌龟浮现在江面上,到了东子城东南方向后,死在那里。张仪询问巫师,巫师说:"沿着乌龟的轮廓修建城池。"这样成都城就修建好了。因此这座城池也被称为龟化城。

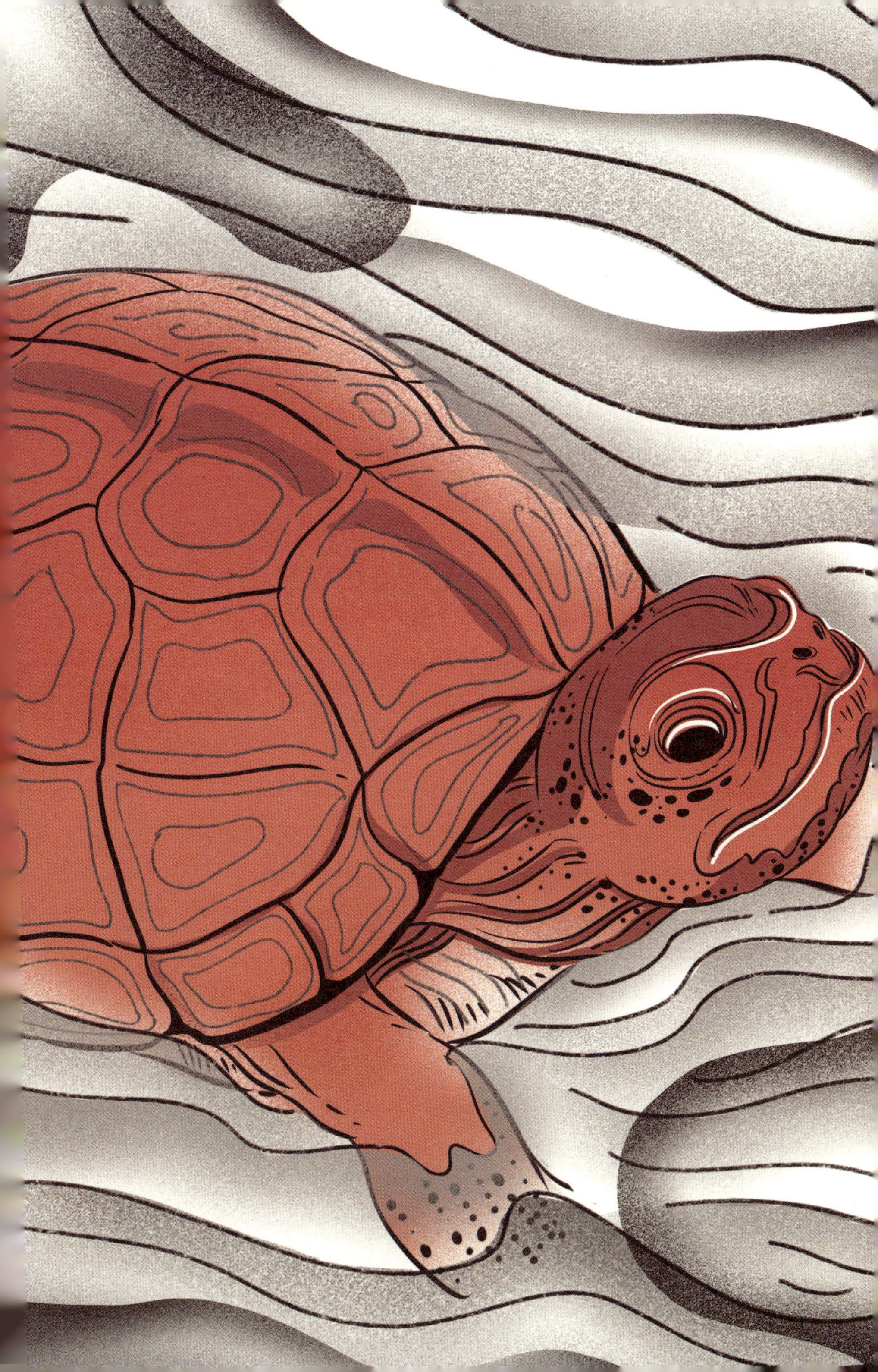

# 城陷为湖

## 长水县地陷成湖

由拳县(今浙江嘉兴),是秦国时期的长水县。秦始皇时期,有一首童谣:"城门有血出现的时候,城池会陷入地下成为湖泊。"有一个老妇人听到了童谣,就时常去看城门有没有血迹出现。守门的士兵想要捉拿她,她告诉了士兵缘故。后来,士兵用狗血涂在了门上,老妇人看到之后便离开了。忽然,大水泛滥,快要淹没长水县,主簿前去向县令禀告。县令对主簿说道:"你怎么还变成了鱼的样子?"主簿回答道:"县令您也变成了鱼的样子。"就这样,整个长水县都塌陷入地,变成了湖。

搜神记 卷十四

## 蒙双氏

*夫妻身体相连*

从前高阳氏颛顼的时候，有一对同父同母的男女违背伦理结为了夫妇，帝颛顼就将他们流放到了崆峒（kōng tóng）山的荒野，二人相抱而亡。有神鸟将不死草放在他们身上，七年之后，男女二人复活，身体却连在一起。他们一副身体，两个脑袋，两双手脚。他们就是蒙双氏。

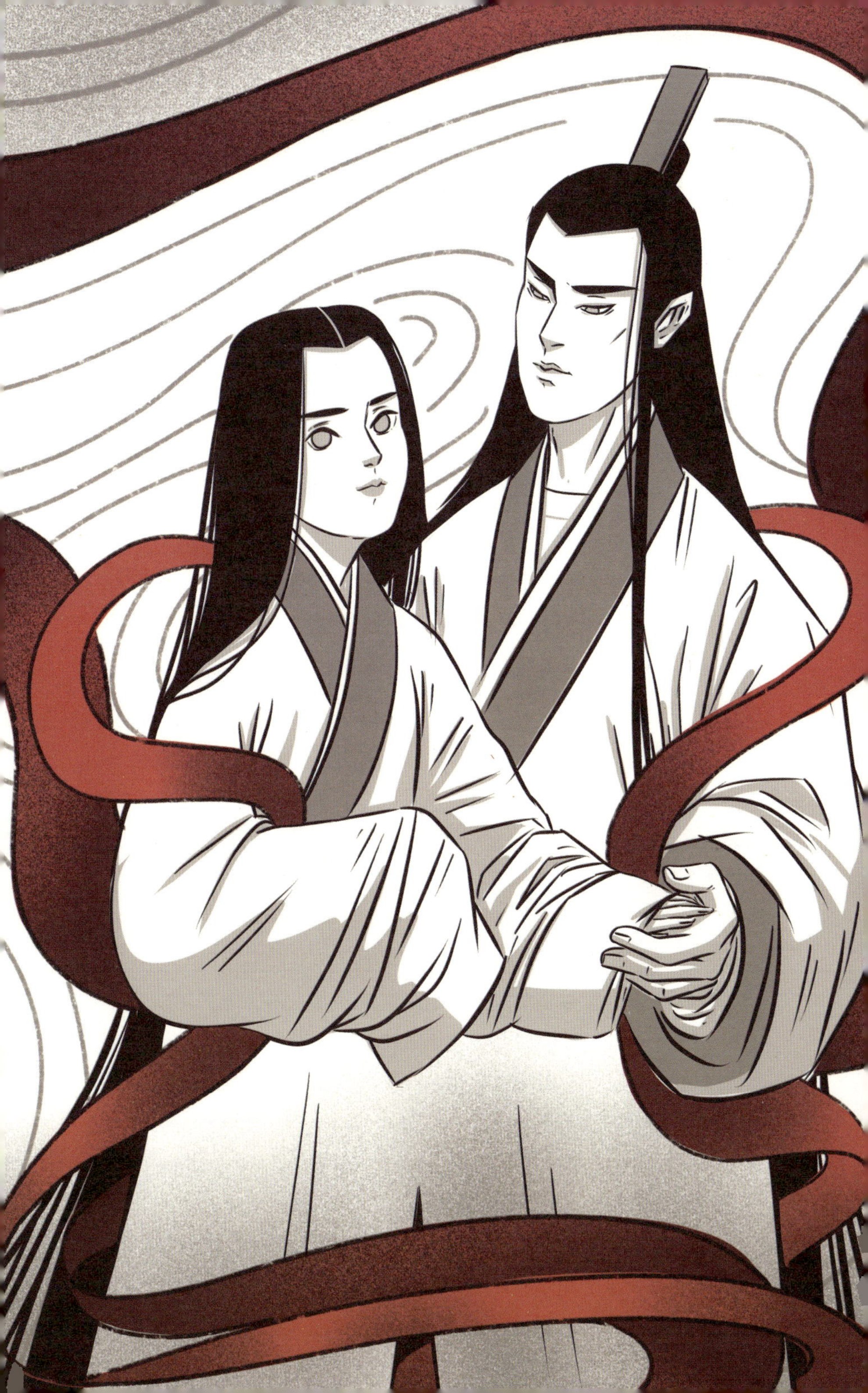

## 盘 瓠（hù）

### 神狗建功立业

高辛氏帝喾（kù）的时候，有一个老妇人居住在王宫，她的耳朵生病很长时间了。医生为她医治，从她的耳朵中跳出了一条金虫，和蚕茧一样大。老妇人离开后，将金虫放在葫芦瓢中，用盘子盖上。过了一会儿，虫子变化成了一条狗，身上五彩斑斓，这条狗被命名为"盘瓠"，妇人将它饲养起来。

当时戎吴国很强盛，多次侵犯国家边境。帝喾派人去征讨，都没有能打赢。于是，帝喾向天下发出诏令，如果有人能够得到戎吴国将军的人头，他会赐予千金，封赏万户食邑，还会把自己的小女儿嫁给他。后来，盘瓠叼着戎吴将军的人头来到王宫，帝喾仔细查看，确定正是戎吴将军的人头。但是，该怎样赏赐一条狗呢？

臣子们都说："盘瓠是一条畜生，不可以给它官职俸禄，也不可能将女儿配给它做妻子。虽然它有功劳，但是没有办法可以赏赐它。"帝喾的小女儿听说了盘瓠的事情，对父亲说道："父王你既然当着天下的面将我许诺了出去，现在盘瓠带着敌国将军的人头而来，为我国除害，这是上天的旨意，哪里仅是一条狗的智力呢？称王的人要重视自己的言行，称伯的人要重视自己的信誉，不可以因为我一个人，让您失言于天下。这是国家的祸事。"帝喾感到害怕，接受了女儿的说法，将女儿嫁给了盘瓠。

盘瓠将王女带上南山。南山上草木茂盛，人迹罕至。王女脱下自己的衣服，将衣服打了一个仆人才会打的结，她穿上自己亲手制作的衣服，跟着盘瓠一起在山谷之间生活，居住在石洞之中。帝喾心中悲切，派人去看望女儿。这天起了风雨，山林震动，一片昏暗。使者没有如愿看到王女。

　　就这样过了三年，王女生下了六个男孩、六个女孩。盘瓠死后，这六双孩子互相结合成为夫妇。他们用木皮织布，用草染色。他们喜欢穿五色的衣服，衣服的样式都有一个狗尾巴的形状。后来王女回到宫中，将发生的一切告诉了帝喾。帝喾派遣使者迎接王女的孩子。这次，天上没有再下雨。

　　盘瓠的后代，衣服五彩斑斓，说话口音难辨，喜欢蹲着吃饭，厌恶热闹的城池，喜欢山野。帝喾遵从他们的意愿，赐给了他们名山大泽，将他们称为蛮夷。蛮夷，外表呆傻，内心狡黠，安土重迁，看重故人。他们是受上天的异气所生，所以不能以平常的法律对待。因此，蛮夷如果做商人，都不需要缴纳税赋，也不需要办理通行证。蛮夷部落的首领，朝廷都会赐给他们印绶。他们的官帽用水獭皮制作而成，代表他们在水中取食。

　　后来的梁州、汉中、巴蜀、武陵郡、长沙郡、庐江郡的百姓，就是夷人。他们用鱼肉拌饭，吃饭会敲击木槽叫喊，这都是为了祭祀盘瓠，这种风俗流传很久。因此世间传言："光着腿穿着横裙的，就是盘瓠的子孙。"

# 马皮蚕女

## 女子马皮化蚕茧

传说中远古之时，有一户人家的家长远征，家中只留下了一个女儿。家中还有一匹公马，女儿亲自饲养。女儿在家中孤独，思念自己的父亲，她便对着马开玩笑道："你要是能够把我的父亲带回来，我就嫁给你。"

马听到了女子的承诺，挣脱缰绳绝尘而去。父亲看到家中的马忽然出现很惊喜，高兴地骑上了马。马望着自己过来的方向悲鸣不已，父亲心中疑惑："马无缘无故地来到这里，是不是因为家中有什么变故？"于是骑着马回到家中。

父亲因为这匹马非常通人性，所以饲养得分外精心。但马不肯好好吃饭，每次见到他女儿进出，都做出高兴又愤怒的样子，用蹄不停地叩击地面。父亲感到很奇怪，悄悄问女儿是怎么回事。女儿将自己和马的对话告诉了父亲，认为肯定是这个原因。父亲说："你不要说了，以免他人知道，你也暂且不要出门。"于是，父亲带着弓弩伏杀了这匹马，并将马皮放在庭院中暴晒。

父亲再次出门。这天，女儿和邻居家的姑娘在马皮附近玩耍，她用脚踩着马皮，皱着眉头说道："你一头畜生，还想娶人当媳妇吗？现在得一个剥皮暴晒的下场，何苦呢？"话还没说完，马皮忽然竖起来，卷起女儿就跑了。邻居家的姑娘感到很害怕，不敢相救，就去告诉女儿的父亲。

父亲回来后四处寻找女儿，但不见踪影。数日之后，在一棵大树上发现了踪迹，这时女儿和马皮都化作蚕，正在树上作茧。它们作出的茧很厚很大，与平常的蚕茧不同。邻家妇人将它们取下喂养，它们吐出的丝线是普通蚕的几倍，于是，这棵树被命名为桑树。桑就是丧的意思。从此以后，百姓们争相种蚕，现在养的蚕就是由此而来。

桑蚕，是古代蚕遗留下来的一个品种。《天官书》中说："辰是马星。"《蚕书》中说："大火星在黄昏出现的时节，就该清洗蚕种。"这说明蚕和马都是源自同一种气。《周礼》中的校人这个官职，就是职掌蚕茧孵化的。郑玄注说："一件东西不可能两头都很大，因此要禁止蚕茧一年孵化两次，不然会伤害到马。"汉代的礼制，皇后需要亲自采桑祭祀蚕神，祭祀的蚕神名为"菀窳（wǎn yǔ）妇人、寓氏公主"。公主，就是那位化为蚕的女儿的尊称。菀窳妇人，是最早养蚕的人。因此，现在有人说蚕是女儿，这是古代流传下来的。

# 兰岩双鹤

## 白鹤失伴常哀鸣

荥阳县（今河南荥阳）南边百来里的地方，有一座兰岩山，悬崖峭壁高达千丈。兰岩山中有一对白鹤，羽翼洁白，它们日日夜夜形影不离。据说："曾经有一对夫妇隐居在兰岩山中，化为双鹤，永远在一起。忽然有一天，一只白鹤被人害死，另一只鹤常年发出哀鸣。它的哀鸣至今响彻山谷，人们都不知道它的年岁。"

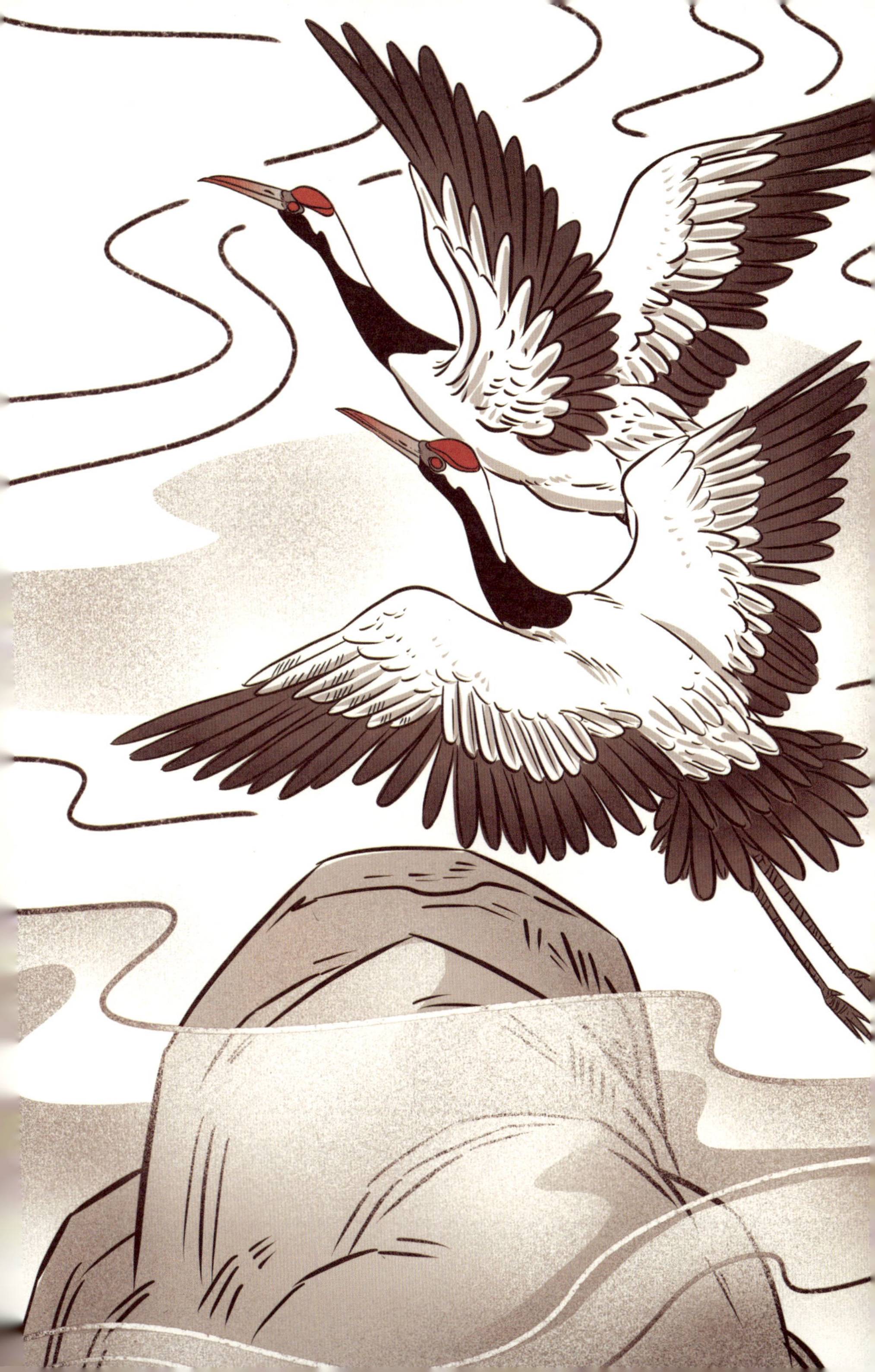

# 怪 翁

## 怪事频发缘怪翁

汉献帝建安年间（196—220年），东郡一户人家家中有怪事发生。这家人家中的瓮器，无缘无故地会自己发出"轰轰"的声音，仿佛有人敲击一般。吃饭用的盘子放在面前，会突然消失。鸡生下了蛋，也会立即消失。

这样怪异的情况持续了几年，家中人都不胜其烦。这天，这家人做了许多美食，用盖子盖好，将美食放在一间房中，然后躲在门户外面偷看。果然，怪事像之前一样再次发生。门后的人听见动静，立即将门关上以防怪物逃跑，可是房中却空无一人。于是，这家人用木杖对着空气一通乱打，很久之后，他们感觉打中了什么东西。过了一会儿，他们听到房中传来一阵呻吟声："啊！啊！该死！"

这家人赶紧打开房门，发现房中有一个老头，看上去一百多岁的样子，说话糊里糊涂的，相貌很像兽类。这家人盘问了老头一番，得知老头的家在数里之外，便将老头送返家中。到了老头家中，老头的家人说道："老人家已经失踪有十几年了。"这次重逢，不禁悲喜交加。

过了一年多，老头再次失踪。听说陈留一带也发生了东郡这户人家家中的怪事，当时人都认为是这怪老翁在作怪。

## 宣母化鳖

### 老太化鳖失踪迹

吴末帝宝鼎元年（266年）六月，丹阳郡人宣骞的母亲已年至八十，她在沐浴的时候，变成了一只鳖，情况与江夏郡的黄始一样。宣骞兄弟四人紧闭门户守护着母亲化作的鳖，还在大堂中挖掘了一个大坑，往坑中注入水。大鳖爬入水中戏耍，这样过了一两天，它总是伸长脖颈向外张望，等到门户打开了一些，它就如车轮一般滚了出去，跃入深渊之中，此后再没有回来过。

搜神记 卷十五

# 王道平

### 女子复生续前缘

秦始皇时期,有一个人名叫王道平,是长安人。他年轻的时候,与同村人唐叔偕的女儿发下誓言,愿意结为夫妇。唐叔偕的女儿小名文喻(一说父喻),容貌极美。

后来王道平被征召入伍,前往南方作战,就此流落在外,九年都不曾归家。唐叔偕夫妇看到女儿年纪越来越大,就将女儿许配给了一个叫作刘祥的人为妻。文喻以和王道平互相发下的重誓为由,不肯遵从。最后,在父母的逼迫之下,不得已嫁给了刘祥。

就这样过了三年,文喻每天都闷闷不乐、精神恍惚,时常思念王道平,心中充满愤懑怨怼,郁郁而亡。文喻死后第三年,王道平返回了家中,他询问邻居:"文喻去哪里了?"邻居告诉他:"这个姑娘心思全在你身上,但是被父母逼迫,嫁给了刘祥,如今已经去世了。"王道平又问道:"她的墓地在何处?"邻居便带着他前往文喻的墓地。

到了墓地,王道平悲伤号哭、哽咽不止,他一遍遍地呼唤文喻的名字,绕着文喻的墓地一圈圈地徘徊,痛苦得难以自控。王道平祝祷道:"当初我与你对着天地发誓,要终身在一起。没想到因为官事缠身,以致和你天各一方,害得你父母让你嫁给刘祥。我们的初心都没有改变,现在却阴阳相隔。如果你泉下有灵的话,请让我见一见你的音容。如果你已没有灵魂的话,我们从此就是永别了。"说完，便再次失声痛哭。

过了一会儿，文喻的灵魂从墓中飘出，她问王道平："你从哪里来？我们已经分别太久了，当初我与你发誓要结为夫妻，后来我被父母逼迫，不得已嫁给了刘祥，嫁过去的三年，我日夜思念你，最终含恨而亡，与你人鬼殊途。我对你的思念至死不渝，你也希望与我一见。我的身体其实并没有腐坏，还能复活与你结为夫妻。你赶紧挖开坟墓，打开棺材后我就能复活。"

王道平思考了一会儿，依言而行。王道平轻轻抚摸文喻的尸身，只见她果然活了过来。文喻整理了一下衣服，就跟着王道平回家了。

文喻的丈夫刘祥，听说妻子复活，对这件事很吃惊，便到州县进行申诉。州县的官员翻看律法，找不到条令来作判决，将这件事情记录下来，上奏给了皇帝。最后，皇帝将文喻判给王道平为妻。

后来，王道平和文喻活到了一百三十岁，人们都说他们的爱情感天动地，所以得到了这样的回报。

## 史姁（xǔ）神行

*史姁一夜往返千里*

汉朝时，陈留郡考城县（今河南民权）有一个人名叫史姁，字威明。史姁年少时，曾生过一场重病，临死时他对母亲说道："我死后会复活，埋葬我的时候，要用竹竿立在我的坟上。等到竹竿断了，就将我挖出来。"

史姁死后，家人按照他的说法埋葬了他。七日后，家人前去查看，发现竹竿果然断了，便将史姁挖了出来。史姁果然复活了，他走到井边冲澡，一如平常。

后来，史姁和邻居乘船前往下邳（今江苏睢宁）卖锄头。锄头一时卖不完，史姁和邻居说："我想回家一趟。"邻居不相信他说的话："家乡与这里相距千里，怎么可能一下就回去呢？"史姁说道："我只需要一夜，就能回来。"

邻居就写了一封信请他带回去，并要求拿到回信带回来，以作为验证。一夜过去，史姁带着回信回来了。

考城县县令江夏郡人贾和，他的姐姐在家乡生了重病，他急于知道情况，就请史姁帮他打探一下消息。两地相隔三千里，史姁只隔了两夜就带来了消息。

# 发栾书冢

## 掘墓发冢遭报应

汉代广川王刘去（一作刘去疾）喜欢挖掘他人坟墓，他曾命人挖掘了春秋时期晋国大夫栾书的坟墓。栾书的棺木和陪葬物品都已完全毁坏，墓中唯有一只白色狐狸。这只白狐看见人后，惊慌逃走。

广川王命人去追白狐，却没有捉到，但是白狐的左足被戟刺伤了。当天晚上，广川王在梦中看见了一个男子，他须发眉毛都是白色，他质问刘去道："你为什么要伤害我的左脚？"说完便用木杖击打广川王的左脚。广川王感觉左脚一阵肿痛，脚上当即生了病疮。这病疮到他死都没有被治好。

# 搜神记 卷十六

# 蒋济亡儿

### 蒋济亡儿托梦求助

蒋济，字子通，是楚国平阿（今安徽怀远）人。蒋济在魏国出仕，是领军将军。一天夜里，蒋济的妻子梦见死去的儿子哭泣着对她说道："死生异路，我生前是卿相之家的子孙，死后却在地底下做一个泰山的杂役，生活困苦，整日面容憔悴，苦不堪言。现在太庙西边有一个叫作孙阿的歌者，即将受召来担任泰山令，希望母亲您能将这件事转达父亲，去找一找孙阿，让孙阿将我调到一个好一点的地方。"他说完，蒋济的妻子猛然惊醒。

第二天，妻子将这件事情告诉了蒋济。蒋济说："梦都是虚假的，不能当真。"第二天晚上，蒋济妻子再次梦见儿子，儿子对她说："我前来迎接新任的泰山令，现在就在太庙。趁着还没出发，我还能回来。明天中午，新任泰山令就要离开了，临走前事情很多，我没机会再回来，就要与您永别了，就在这里向您告辞。父亲身上阳气很重，我没办法接近托梦于他，只能将这些事情告诉母亲。希望母亲能再次将我的事告诉父亲，为什么他就不能试一试呢？"说完，又告诉了母亲孙阿的身材相貌，说得很详细。

第二天天亮，妻子再次将这件事告诉蒋济，她说道："虽然说做梦不足为怪，但我连续两天梦见了孩子，哪有这么蹊跷的事情，为什么不去验证一下呢？"于是，蒋济派人前往太庙，去打探有没有一个叫孙阿的人。打探之下，果然有这样一个人，形貌与妻子梦中得知的也都符合。蒋济哭泣着说道："差点害了我儿子啊！"

接着，蒋济见到了孙阿，与他说了儿子的事情。孙阿听说自己快死了，并不恐惧，反而很高兴自己能担任泰山令。孙阿唯恐蒋济说话不作数，说道："如果一切真如你所说，倒也符合我的愿望。不知道你的儿子想要担任什么职位？"蒋济说道："给一个舒适的职位就好。"孙阿回道："我一定记住您的嘱咐。"蒋济便厚赏了孙阿，让他返回太庙。

蒋济想要快点知道这件事情灵不灵验，便从领军门到太庙，每隔十步就安排了一个人，用以传递消息。辰时传来消息，说孙阿犯了心痛；巳时传来消息，孙阿心痛症状加剧；午时传来消息，报告孙阿已经死了。

再次梦见儿子，儿子说道："我已经调任为掌管文书的录事了。"

# 文颖移棺

### 文颖梦遇小鬼求助

汉时南阳郡有一个人，名叫文颖，字叔长。建安年间（196—220年）担任甘陵郡的府丞。一次，他前往外地，在某处留宿。夜半三更时，文颖梦见一个人跪在他面前，说道："从前，我家人将我葬在这里，后来墓地被水淹了，我的棺木被泡在水中，现在浸了水的棺木已经半干，但还是感到寒冷。我听说您在这里，特意前来请求您。我希望您明天能在这里多待一会儿，将我的棺木迁到地势高一点、干燥一点的地方。"

这个鬼拨开衣服给文颖看，原来他的衣服都湿了。文颖听了后感到很惆怅，从梦中惊醒，他将所闻告诉周围的人，周围人都说："梦是假的，不要大惊小怪。"于是文颖也继续睡了。

过了一会儿，文颖再次梦见这个鬼，鬼对他说道："我将我的穷苦困顿告诉您，您为什么不可怜可怜我呢？"文颖在梦中问道："你是谁？"鬼答道："我是赵地人，现在归汪芒氏神灵管辖。"文颖又问道："你的棺木现在何处？"鬼答道："就在您睡帐北边十多步的地方，水边的枯树下。我的棺木就在这里。天快亮了，我再也见不到您了，您一定要记住啊。"文颖答应了他，瞬间就从梦中苏醒。

天色将亮，文颖说道："虽然都说梦中事不能当真，但这也太巧了。"周围人说道："那便花点时间去验证一下。"文颖起身，带着数十个人顺水而上,果然见到一棵枯萎的杨树,文颖说道:"就是这处地方了。"

挖掘杨树,没一会儿便挖到了一具棺材。棺材已经腐朽毁坏,一半没入水中。文颖对周围人说:"一直以来,听到类似的事情,我都认为是虚假的,世俗传言,还是不可不验啊。"于是,文颖便为梦中鬼迁移了棺木,将其下葬后便离开了。

# 秦巨伯

### 秦巨伯杀鬼误杀孙

琅琊郡有一个人,名叫秦巨伯,已有六十岁。有一次,秦巨伯饮酒后走夜路,途经蓬山庙。忽然,秦巨伯看见自己的两个孙子迎了过来,孙子搀着他行走,走了一百来步后,孙子将秦巨伯摁在地上,揪住他的脖子骂道:"老东西!你在某天曾经打了我,今天我一定要杀了你!"

秦巨伯想起某日确实打了孙子,便躺在地上装死,孙子便扔下他离开了。

秦巨伯回到家中,准备惩治两个孙子,两个孙子又惊讶又委屈,叩头说道:"我们做子孙的,怎么可能做出这种事情?恐怕是有鬼魅冒充我俩,请您老人家再试试,验证一下。"秦巨伯听后,心里有所醒悟。

过了几天,秦巨伯假装醉酒,再次来到蓬山庙。他又看见两个孙子迎过来搀扶他,秦巨伯急忙抓住两鬼,两鬼不能动弹。回到家中,发现这两个鬼是两个木偶人。秦巨伯用火烧木偶,木偶腹部和背部爆裂开了。秦巨伯将木偶扔到庭院中,木偶趁机逃走。

又过了一个月,这天秦巨伯再次假装醉酒,再次夜行。他怀中揣着刀刃出门,家人并不知情。夜深了,秦巨伯还没有回家,他的两个孙子担心他被鬼魅围困,前去迎接他。没想到,秦巨伯竟将孙子当成鬼魅刺杀了。

# 宋定伯卖鬼

## 宋定伯智擒老鬼

西晋南阳人宋定伯,年少时曾在夜间遇鬼。宋定伯和鬼交谈,鬼说:"我是鬼。"鬼又问道:"你是谁?"宋定伯诓骗道:"我也是鬼。"

鬼又问道:"你准备去哪里?"宋定伯答道:"我准备前往宛县(今河南南阳)的市场。"鬼说道:"我也是前往宛县市场。"于是一人一鬼一起走了数里。鬼又说道:"走路太慢了,我们可以互相背着对方,怎么样?"宋定伯说:"太好了。"

于是,鬼便先背着宋定伯走了数里。鬼说道:"你太重了,你难道不是鬼?"宋定伯说道:"我是新死的鬼,因此要重一些。"轮到宋定伯背鬼了,他几乎感觉不到鬼的重量。这样轮流背了对方几次,宋定伯说道:"我是新鬼,不知道鬼可有什么禁忌?"鬼说道:"鬼不喜欢被人吐唾沫。"

一人一鬼继续前行,途中遇到一条河,宋定伯让鬼先行过去,鬼渡河时一点声音都没有。到了宋定伯渡水,水中发出了哗哗声。鬼问道:"为什么会有声音?"宋定伯答道:"我是新鬼,还不习惯这样渡水,你不要见怪。"

快到宛县市场了,宋定伯将鬼背在肩上,紧紧抓住它。鬼大声呼叫,发出"咋咋"声,要求宋定伯将它放下。宋定伯不予理会,抓住鬼一路到了宛县市场,他将鬼放在地上,鬼变成了一头羊。

宋定伯便将这头羊卖了。宋定伯担心这头羊变化逃走，往羊身上吐了一口唾沫，而后拿着卖羊所得的一千五百钱离开了。

时人石崇曾经这样说过："定伯卖鬼，得钱千五。"

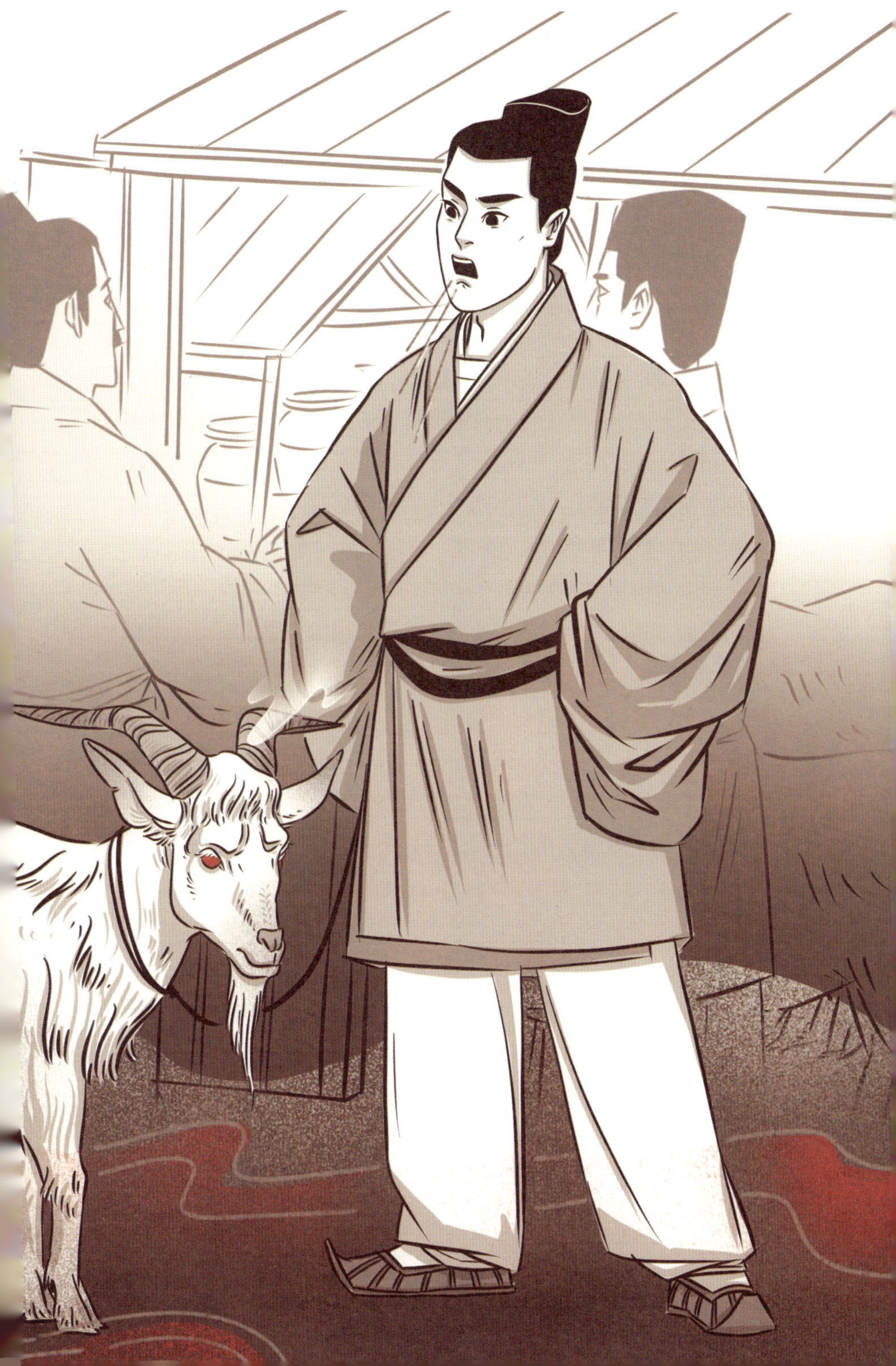

# 谈生妻鬼

## 高门鬼女嫁谈生

汉代人谈生，年纪四十尚未娶妻。谈生总是富有感情地朗读《诗经》。这天夜里，出现了一个年纪十五六岁的女子，姿容服饰都天下无双，她愿与谈生结为夫妇。少女对谈生说道："我与常人不同，千万不要用烛火照我。三年以后，才可以这样做。"

谈生和少女结为夫妇，生下了一个儿子，已有两岁。这天，谈生控制不住，夜间趁妻子睡熟后，偷偷用烛火照了妻子，仔细观看。谈生发现，妻子的腰部以上，如同常人，腰部以下却是枯骨。

妻子察觉到动静醒来，说道："你辜负我！我已经快复活了，就差一年时间，你为什么就忍不住，偏要用火照我？"谈生连连道歉，妻子哭泣不止，说道："我与你虽然情分已断，但是念及我儿子，你又穷得没办法自己生存，不如暂且随我走，我送你一些东西。"

谈生随妻子离去，到了一处华美的厅堂中，厅中器物都不是凡品。妻子拿了一件珠袍给他，说道："这件珠袍，足够你生活了。"说完，又撕下了谈生衣服的一角才离开。

后来，谈生拿着珠袍去市场变卖，睢阳王府买下了它，他也得到了千万钱的报酬。睢阳王认出这件珠袍，说道："这是我女儿的珠袍，怎么会出现在市场上？这人肯定是个盗墓贼。"于是，抓住谈生拷问。谈生如实交代，睢阳王不相信他的说辞，前往女儿墓地，开棺一看，发现棺中果然有谈生的衣服一角。

睢阳王叫谈生带儿子过来看看，发现谈生儿子长得与自己女儿十分相似。睢阳王这才相信了，当即召见谈生，赏赐了他，还将他当作女婿一般看待，后来还上表请封谈生的儿子为郎中。

# 钟繇杀女鬼

## 钟繇寻踪见女鬼

曹魏颍川人钟繇,字元常,经常几个月都不参加朝会,性格也变得和往日不一样。有人问他缘故,他说道:"经常有一个女人来我这里,她长得美丽非凡。"问他的人说道:"这必定是鬼魅之类,可以杀掉。"

妇人再次去找钟繇,却不进屋,只站在门外。钟繇问她:"你怎么不进来?"妇人说:"我感觉到你对我有杀意。"钟繇说:"没有的事。"钟繇殷勤地叫妇人上前,于是妇人进了屋。钟繇想动手,心中却不忍,但他还是用刀刺向了妇人,只伤到了妇人的大腿。妇人逃了出去,她用新棉布擦拭伤口,血迹滴了一路。

第二天,钟繇派人按血迹寻找。行至一个大墓,只见墓中有一棺木,棺木中有一个美丽异常的妇人,身体形貌栩栩如生。她穿着白色的外衫、红色的绣花背心。她左边的大腿受了伤,正是用背心上的丝绵擦拭的。

# 搜神记 卷十七

# 费季客楚

## 费季梦中还金钗

吴地人费季,常年居住在楚国。当时路上常有劫匪出没,他的妻子很担心他。费季和自己的同伴一同旅行,夜晚在庐山下住宿,互相询问离开家多久了。

费季说:"我已经离开家数年了。临走之前,我向妻子讨要了她的金钗,我本来是想看她会不会将金钗给我。我得到金钗后,就将金钗放在了门上方的横木上。离开前,我却忘记把这件事告诉她。"

这天晚上,费季的妻子梦见了他,费季在梦中说道:"我在路上遇见盗贼,已经死了两年了。如果你不相信我,我临走前向你拿了金钗,但我并没有带走,金钗放在门头横木之上,你可以去取下来。"妻子醒后,果然拿到了金钗,家中于是给费季举办了丧礼。一年多以后,费季竟然又回到了家中。

## 虞定国怪事

### 怪物冒充虞定国

余姚（今浙江余姚）人虞定国，仪貌英俊潇洒。同县人苏公有一个女儿，长得也十分美貌。虞定国常常见到她，心中很喜欢。

后来，苏公见到虞定国拜访，便留他过夜。夜里，虞定国对苏公说："您的女儿十分美貌，我非常喜欢。能让她出来一下吗？"苏公认为虞定国是乡中清贵之人，便让女儿出来陪伴。虞定国与苏家的往来越加频繁，虞定国对苏公说："我无以为报，如果官家有差事，我会为您保留一个职位。"苏公听了很高兴。

一次，官府在乡里征召服役的差事，苏公便去拜访虞定国。虞定国大惊失色，说道："我都从没有与你见过，怎么可能答应为你留下职位？此事必有蹊跷。"苏公将自己与假虞定国的往来一一说明。虞定国说道："我哪里是那种请求别人的父亲，冒犯他的女儿的人！如果那东西再来，你直接杀了它。"后来，苏公果然杀了一个怪物。

# 朱诞失药

## 受伤蝉解封偷药

吴末帝孙皓在位时，淮南内史朱诞，字永长，担任建安太守。朱诞下属的妻子被鬼魅所蛊惑，下属怀疑妻子与人通奸。后来下属假装外出，中途悄悄返回，凿穿家中墙壁偷看妻子。他发现妻子正在织布，眼睛望向庭院之中，对着一个人发笑。

下属抬头看去，只见院中树上有一个少年人，年纪十四五岁，穿着青色的衣服，戴着青色的头巾。下属一开始以为它是真人，拿起弓箭就射了过去。射中之后，少年人化作了一只蝉，有簸箕一般大，张开翅膀飞走了。妻子也被弓箭的声音惊到，说道："啊，有人射你！"下属对妻子的行为感到很迷惑。

很久之后，下属在路上遇到两个小童聊天。一个童子问道："怎么很久都没见到你？"另外一个正是树上的童子，他说道："前段时间不小心被人射中了，得了很久的疮病。"童子问道："那你伤势如何了？"蝉化作的童子答道："全靠朱太守房梁上的膏药，我才得以治好。"

下属找到朱诞，说道："有人盗取太守您的膏药，您知道吗？"朱诞说道："我的膏药长年都放在屋梁之上，谁能偷到？"下属说道："并非如此。请您去查看一下。"

朱诞还是不信，前去查看，发现存放膏药的封印和之前一模一样。朱诞说道："你真是胡说，膏药仍然安好。"下属说："您打开看看。"打开一看,发现膏药已经少了一半,上面是被刮走的,隐约能见到昆虫的足迹。朱诞很吃惊,详细问了下属,下属将整件事告诉了朱诞。

## 倪彦思家魅

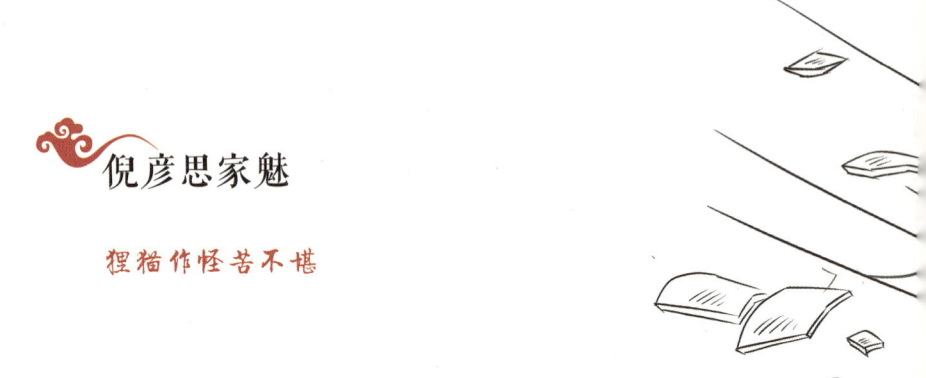

**狸猫作怪苦不堪**

　　三国吴时，嘉兴县（今浙江嘉兴）人倪彦思居住在县中西埏（yán）里。一天，忽然发现有鬼魅进入了他的家中。鬼魅和人交谈，饮食也同常人，只是看不见样子。倪彦思家的奴婢有人在暗中辱骂主人，鬼魅开口道："我现在就把你说的话告诉主人。"于是，倪彦思惩治了那个奴仆，从此没有人私下骂人。

　　倪彦思有一个小妾，鬼魅想要得到她，倪彦思迎请了道士来驱逐鬼魅。倪彦思摆放好酒水食物后，鬼魅就取来厕所中的秽物，将其放在饭菜上。道士急速敲鼓，召请神明。鬼魅拿出一只便壶，在神龛上吹出声响捣乱。过了一会儿，道士感到脊背发冷，吃惊地脱下衣服，发现便壶就在他衣服里。道士只能悻悻然离去。

　　倪彦思夜里在被子中和妻子悄悄地聊天，二人都对鬼魅的事情感到担忧。鬼魅这时在他卧室的屋梁上，它说道："你和你的妻子谈论我，我现在就要毁坏你的屋梁。"屋梁立即发出隆隆声响。倪彦思害怕屋梁断裂，点着灯前去探视，鬼魅将他的灯熄灭，屋梁发出的声音变得越加急促。倪彦思担心屋梁坍塌，将家中众人都叫了出去，又取了灯前去探视。鬼魅大笑，问倪彦思："你还敢说我吗？"

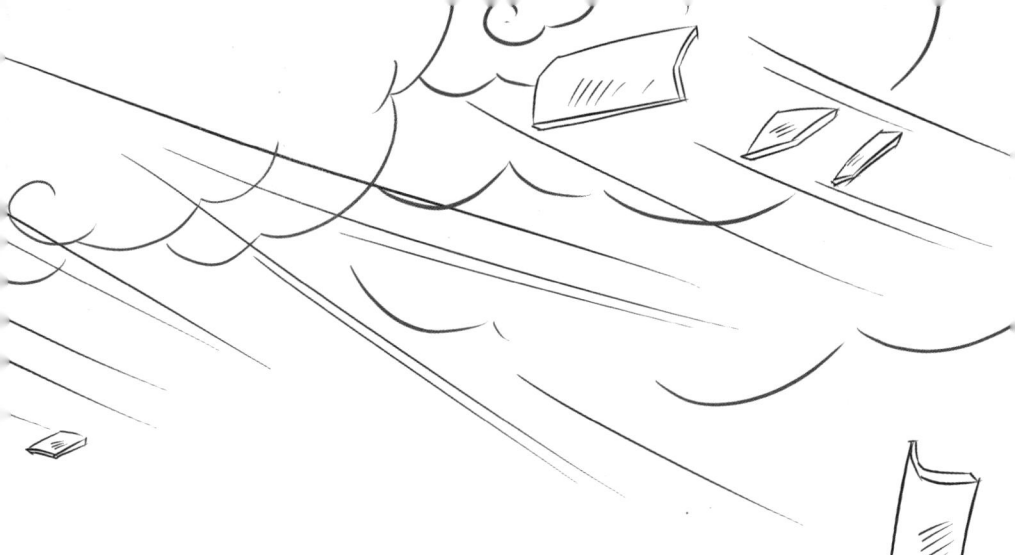

郡中典农校尉听说了倪彦思家中的怪事，说道："这个作乱的应该是狸猫一类。"鬼魅当即前去告诉校尉："你偷窃了官家数百斛谷子，将其藏在某处。你一个贪官污吏，也敢谈论我？现在我去报告官府，让他们派人去查你偷到的谷子。"校尉非常恐惧，急忙道歉求饶，从此再也不谈论鬼怪。三年之后，鬼魅消失，不知去了何处。

## 釜中白头公

### 现白头翁的预兆

东莱有一户陈姓人家,家中有百余口人。这天他们做早饭的时候,釜怎么都不沸腾,他们拿开甑一看,忽然一个白头老爷子从釜中出现。他们找人占卜,占卜师说道:"这是一个大妖怪,是灭门之兆。你们快回去多准备些武器,将武器放在墙壁下方,紧闭门户坚守,如果有骑马的人来敲门,千万不要应声。"

陈家人回去后,合力砍树做了百余件武器,放在门屋下方。过一会儿,果然骑马的人来了,再怎么呼喊屋中都没有人回应。这群人的头领大怒,命令破门而入。他的手下窥视门内,发现有许多武器,出门禀告。首领露出惶恐哀戚的样子,对左右随从说道:"叫你们赶紧来,你们拖延着一直不来,现在捉不到一个人回去交差,该怎么脱罪?从这里往北八十里,有一户人家有一百零三口人,去缉拿他们用以代替。"

十天后,北边人家全都死了。那家人也姓陈。

搜神记 卷十八

# 怒特祠梓树

## 鬼谈天暴树弱点

秦时,武都郡故道县(今陕西凤县)有一座怒特祠,祠中生长了一棵梓树。秦文公二十七年(前739年),他派人砍掉这棵树,当即就起了大风雨。树上砍过的地方很快就愈合了,持续砍了一天也砍不断。

秦文公增加人手,拿着斧头过来的士兵多达四十几人,依旧砍不断这棵梓树。士兵们感到很疲累,暂时休息。其中一名士兵因为伤了脚不能行走,就躺在树下。他听到有鬼对树说:"你对付这些人的砍伐累不累?"树说:"不值一提。"鬼又说道:"秦国国君一定会继续命人砍你的,该怎么办?"树回答道:"秦文公又能拿我怎么样!"鬼又说道:"如果秦文公派遣三百个人散着头发,用红色丝绳缠绕在你身上,再命这些人穿着褐色的衣服,一边撒灰一边砍伐你,你不就陷入困境了吗?"树哑口无言。

第二天,士兵向上级报告了自己听到的对话。于是秦文公就命令三百个人穿上褐色的衣服,用红绳缠绕在树身上一边撒灰一边砍伐梓树,梓树终于被砍断了。没想到,梓树中跑出一条青牛,逃入了丰水中。后来青牛走出丰水,秦文公命人骑马追击,不能取胜。有个骑兵不小心坠马,重新上马后发髻散了开来,青牛看到后感到畏惧,进入河中再不敢出来。从此秦国就设置了旄(máo)头骑兵。

# 张辽杀树怪

### 树流血张辽发狠

魏国桂阳太守,是江夏人张辽。张辽,字叔高。张辽前往鄢陵(今河南鄢陵),准备在家购买一些田地。田中有一棵十余围粗壮的大树,枝叶茂密,遮盖住了好几亩的土地。这些有树荫的地方,庄稼都生长不出。

张辽派人去砍掉大树,斧头砍了几下,树流下了六七滴红色的液体。砍树的人惊慌失措,急忙回去禀告给张辽。张辽听后大怒道:"树的年纪大了,自然会流出红色的汁水,有什么大惊小怪的!"于是,张辽去往田中,亲自砍伐大树,树流下了很多血汁,淌了一地。

张辽让人先砍伐树的枝条,这时树上出现了一个空洞,洞中有一个白头老翁,身长四五尺。白头老翁突然扑向张辽,张辽用刀挡住,和他搏斗起来。如此杀了四五个白头翁,周围的人都惊慌害怕地趴在地上,只有张辽神态如旧。

人们仔细一看地上死去的东西,发现它们非人非兽。就这样,这棵树就被砍断了。这东西就是所谓的木石的精怪,被称作夔、魍魉(wǎng liǎng)。这一年,张辽应司空的征召,担任了侍御使、兖州刺史,成为俸禄二千石的高官。张辽回到家乡祭祀祖先,白日里穿着绣衣彰显荣耀,竟一直没有怪事发生。

# 吴兴老狸

### 狸怪杀人冒身份

晋代时，吴兴一个人有两个儿子。这天，他们在田里干活，父亲过来追着他们打骂。儿子回去后告诉母亲，母亲询问父亲是怎么回事，父亲大惊失色，知道是鬼魅冒充自己，告诉儿子下次再遇到就用刀砍它。鬼怪就此沉寂，没有再出来作怪。

这天，父亲担忧儿子被鬼魅所困，便去找儿子。儿子以为父亲是鬼魅，便杀了他，将他埋葬。于是，鬼魅就变化成父亲的样子到了他们家中，告知家人："妖物已经被孩子杀掉了。"儿子傍晚回家，一家人共同庆贺，几年间都没有人察觉真相。

后来，一个法师路过他们家。法师对两个儿子说："你们父亲身上有很重的邪气。"儿子将法师的话告诉"父亲"，"父亲"大怒。儿子出来后，将事情告诉法师，法师让他们速速离开。接着，法师口中念着咒语走进内屋，"父亲"当即变成了一只老狐狸，躲到床下。法师将其捉走杀死了。两个儿子这才知道，当初杀害的是真正的父亲，于是穿上丧服料理丧事，为父亲改葬。后来，一个儿子难以承受自己杀害父亲的事实，羞愧自杀，另一个儿子也懊悔而亡。

# 刘伯祖狸神

## 狸神交友刘伯祖

博陵郡人刘伯祖是河东太守,他所居住的房屋上方有神灵,神灵会说话,时常和刘伯祖进行交谈。每次京师有诏令发放,神灵都会事先告知刘伯祖。刘伯祖问神灵吃什么食物,神灵说想要吃羊肝。

刘伯祖出门买肝,让人当着自己面将羊肝切碎。每切下一块羊肝,羊肝就神秘消失,就这样神灵吃完两个羊肝。忽然,一只老狐狸隐约出现在了案几上,切肉的人举刀欲砍,刘伯祖急忙制止。过了一会儿,狐狸自己爬上了屋子上方,大笑着说道:"我刚才吃羊肝吃醉了,不小心露出了行迹被你看见了,我感到很惭愧。"

后来,刘伯祖即将担任司隶校尉,狐狸神又事先将这件事告诉了刘伯祖,它说道:"某月某日,诏书就会到了。"后来,果然如它所言。刘伯祖到司隶府后,狐狸神也跟着他迁移过去。它时常给刘伯祖说起皇宫内的秘密,刘伯祖感到很害怕,对狐狸神说道:"我现在的职务是监督百官,如果那些贵人知道有神灵在我这里,恐怕会因此害我。"狐狸神说道:"你考虑得很有道理,我应该离开。"随后就没有声息了。

# 阿 紫

## 狐狸精惑人心神

汉献帝建安年间（196—220年），沛国郡人陈羡担任西海都尉。他的部下王灵孝无故逃跑，陈羡想要杀了他。后来，王灵孝再次逃走，很久没有踪迹。陈羡囚禁了王灵孝的妻子，他的妻子说出了实情。陈羡说："王灵孝一定是被鬼魅带走了，我们去找一找。"

于是，陈羡带着数十个步兵，领着猎犬，在城外反复寻找，果然在一处空墓之中找到了他。鬼魅听到了狗的声音，就躲藏起来了。陈羡让人扶着王灵孝回去。此时王灵孝的样子很像狐狸，人和他说话他也没有反应，口中一直喊着："阿紫，阿紫。"阿紫，就是狐狸的名字。

过了十多天，王灵孝渐渐恢复了一些神志。他说道："狐狸刚来的时候，待在角落里鸡休息的地方，后来又变成了妇人的模样，她自称'阿紫'，勾引我离去。这样的情况出现了不止一次。我就随她去了，她成为了我的妻子，晚上我们会一起回家，遇到狗我都没有察觉。"王灵孝还说和阿紫共度的时光快乐无比。

道士说道："这是山间鬼魅。"《名山记》中记载："狐狸，是上古之时淫妇所变。她的名字叫作'阿紫'，变化成狐狸，因此这些狐狸常说自己名为'阿紫'。"

# 高山君

### 山羊精冒充神灵

东汉末年，齐郡人梁文喜好道术，家中建有神祠。神祠有三四间房间，神座上方悬挂着黑色的帐幔，神像笼罩其中。就这样过了十几年。一天，因为祭祀的事情，帐中传来了说话的声音，说话之人自称高山君。

高山君很能吃喝，擅长治病。梁文从此供奉得更加虔诚。又过了数年，梁文被允许进入帷幔之中。这天，神灵醉酒，梁文终于有机会见到神灵。高山君对梁文说："伸手过来。"梁文伸出手，摸到了高山君的下巴，只觉其胡须很长。梁文将胡须在手上绕了几圈，忽然一扯，里面传出了一声羊叫。在座的人都被惊起，帮助梁文往外拉，最后拉出了一头羊。原来这头羊是袁术家中的羊，已经走丢了七八年，不知其所在。杀了这头羊以后，神灵再没有说过话。

# 酒家老狗

## 邻家狗冒充司空

担任司空的来季德是南阳郡人，他死后停丧在家，还未下葬。忽然，他出现在了祭床之上，容貌服饰、声音语气一如往昔。他依次训诫了孙子孙女一番，看着很有条理。他责打奴仆婢女，也都因其犯了错误。吃完一顿饭后，他告别离去。家中人都不再哀伤。像这样过了几年，家里人感到厌烦苦恼。

一次，"来季德"喝酒醉了露出真身，原来是一条老狗变化而成。家中人便将狗打死了。一番询问得知，这条狗是同一条街上卖酒那户人家的狗。

## 安阳亭三怪

### 书生智杀三鬼魅

安阳县（今河南安阳）城南有一处亭子，夜间不得留宿，如果留宿就会死在那里。一个懂得术数的书生，经过这里便在这里休息。亭里的百姓告诉他："这里不可以过夜，之前在这里留宿的无一活口。"书生说："不用担心，我能保护好自己。"于是就在亭子里住了下来。

书生在亭中端坐读书，很久后才停下休息。夜半后，一个穿着黑色单衣的人出现，来到门外，口中唤着"亭主"。亭主回应了他。黑衣人问道："你看见亭子中的人了吗？"亭主回答："刚才有一个书生在这里读书，才去休息，现在还未睡着。"

过了一会儿，一个戴着红色头巾的人出现，口中也叫着"亭主"，亭主回应了他。二人一番问答和先前一模一样，随后叹息着离开。这人走后，四周安静下来。书生知道不会再有人来，当即起身来到刚才两人出现的地方，模仿着两人的样子，叫："亭主，亭主。"亭主也回应了他。书生问道："亭子里有人吗？"亭主的回答和之前一样。书生问道："先前穿黑衣服的人是谁？"亭主答道："是北边屋舍的母猪。"书生又问道："戴着红色头巾的是谁？"亭主答道："是西边屋舍的老公鸡。"书生再问："那你又是谁？"亭主答道："我是一只老蝎子。"

于是书生回去，独自念书直到天亮，不敢入睡。天亮后，当地百姓过来看,吃惊地问道:"怎么就你能活下来呢?"书生说:"赶紧拿剑来,我来给你们抓鬼魅。"书生握着剑来到昨夜说话的地方,果然找到了一只老蝎子,蝎子有琵琶大小,毒尾长达数尺。又在西边屋舍捉拿了老公鸡,北边屋舍捉拿了母猪。将这三个鬼魅杀了后,亭里的祸害消除了,再也没发生过灾祸。

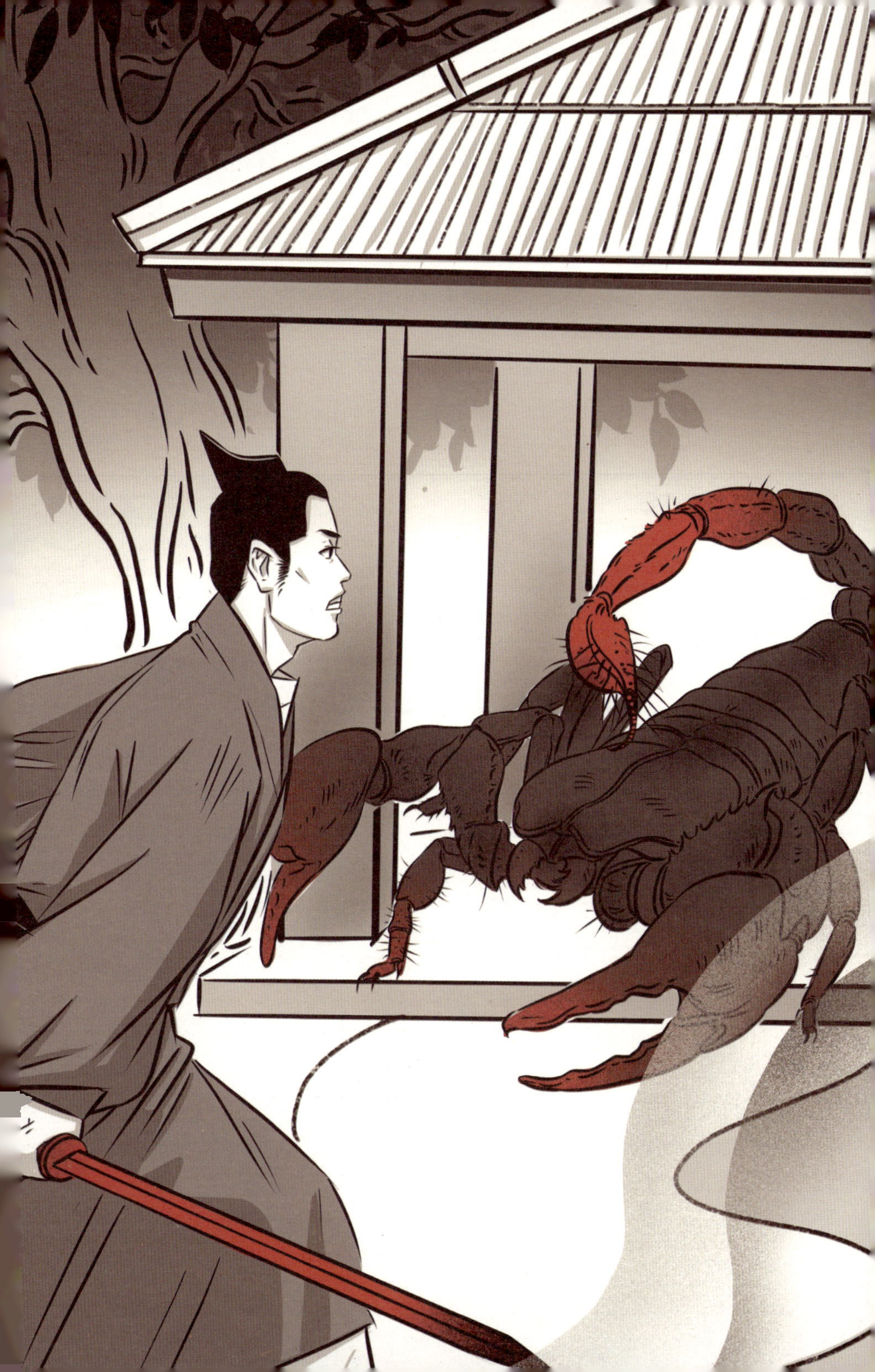

# 搜神记 卷十九

## 鼠妇迎丧

*小虫抬丧如人事*

豫章郡有一户人家，他们家的婢女在灶头下劳作，忽然，一些几寸长的小人出现在了灶间壁下。婢女一不小心踩到了他们，其中一个被踩死了。过了一会儿，就有几百个人，穿着麻衣丧服，抬着棺材走了过来，他们带的丧事用具都很齐全，礼仪都很完备。这一行人走出东门，来到了园子中一条翻倒的船下方。婢女仔细一看，发现这些都是一些叫作鼠妇的虫子。婢女烧了开水将其烫死，妖怪就此绝迹。

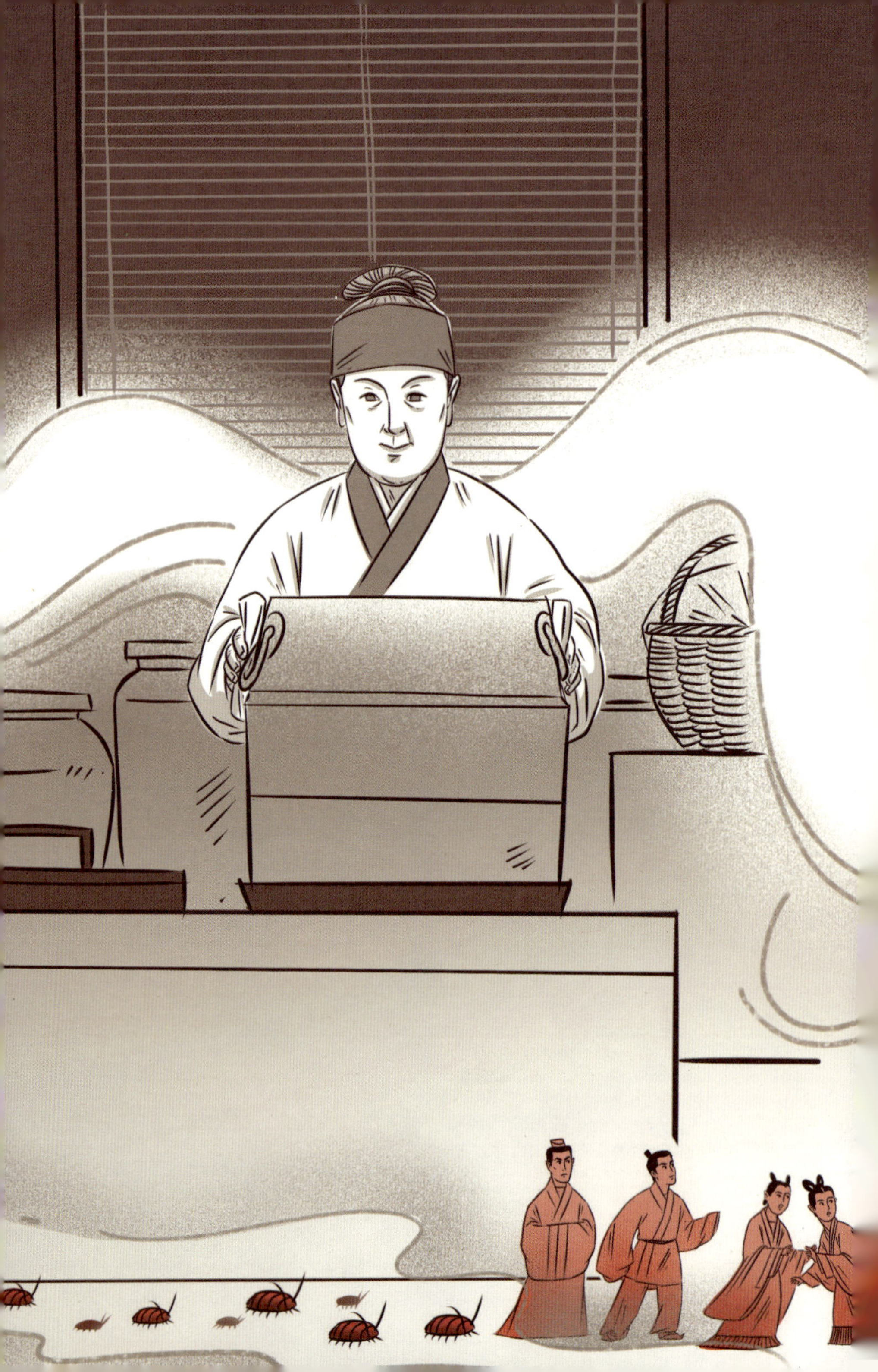

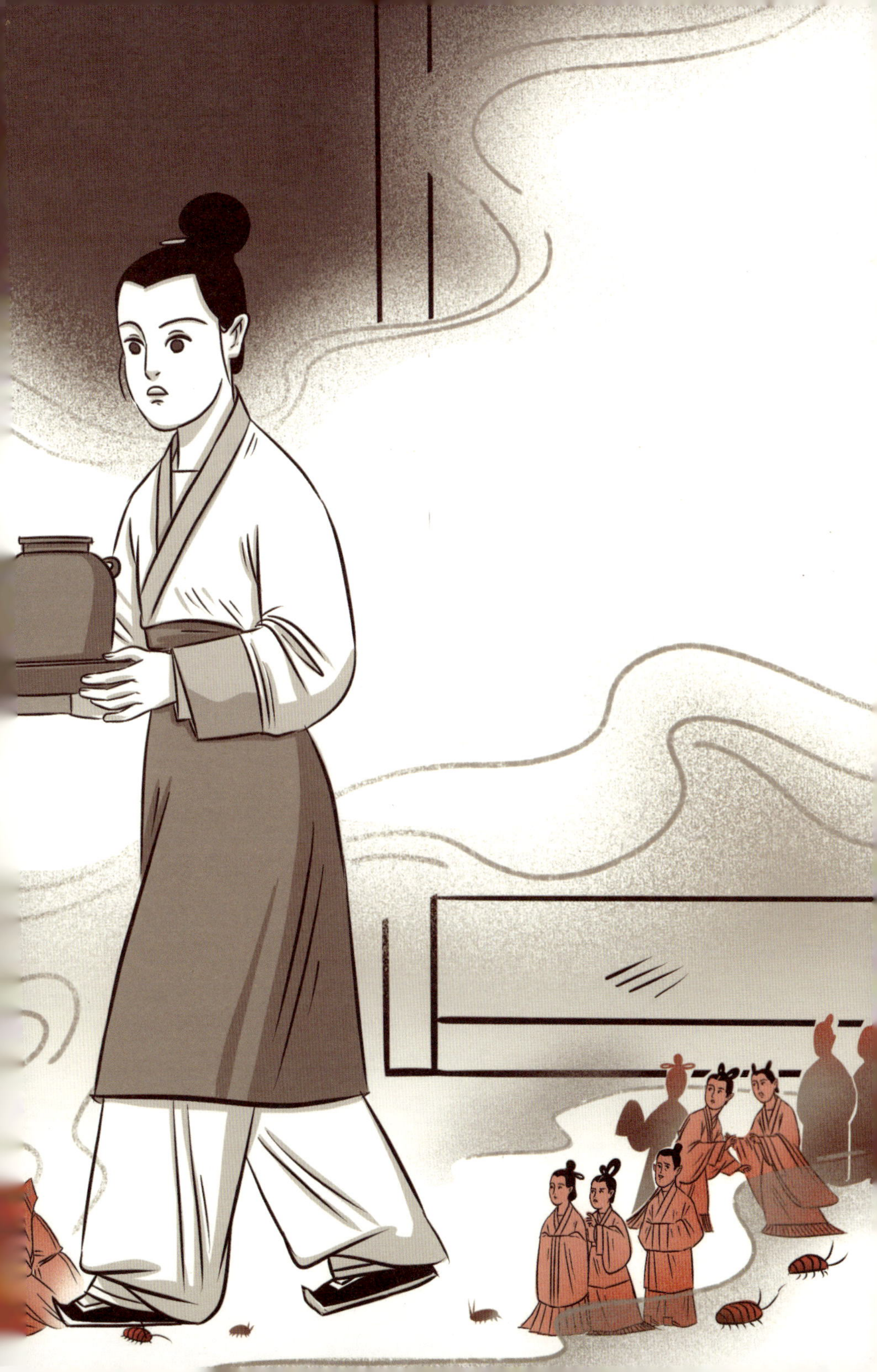

# 陈仲举相命

## 陈仲举偶听天机

陈仲举（东汉名臣陈蕃）贫贱的时候，经常住在黄申家中。黄申的妻子刚生下孩子，就有人来敲门，家中人都没有听到。很久之后，陈仲举听到屋子里有人说话："客房中有人，不可以进去。"敲门的人说道："从今以后要从后门进出。"那人就进去了。

过了一会儿，那人返回。留下来的人问道："是什么样的人？名字叫什么？能活到几岁？"去的人回答道："是一个男孩，名字叫'奴'，能活到十五岁。"这人又问道："他以后因为什么事情死？"那人回答道："因为兵器而死。"

陈仲举告诉黄申的家人："我会看相算命。这个孩子会因为兵器而死。"父母对此感到惊慌，不让任何兵器出现在黄奴面前。到了黄奴十五岁这一年，屋梁上放着一把凿子，凿子末端露出，黄奴以为这是普通木头，便用钩子去钩。凿子从房梁上掉落，砸中了他的脑袋，他就死去了。

后来，陈仲举担任了豫章太守，特意派遣官吏带着礼物前往黄申家，询问黄奴的情况。黄家将黄奴的遭遇告诉了官吏，陈仲举得知后叹息道："这就是命啊。"

搜神记 卷二十

# 孙登治病龙

## 病龙化人求医

晋代魏郡发生旱灾，农夫前往龙洞祈雨。天上果然降下大雨，人们准备祭祀龙神，予以感谢。孙登见了之后说道："这是生病的龙降下的雨，如果你们不相信的话，就嗅一嗅。"一嗅之下，发现雨水果然散发着腥臭气味，当时，龙背上生长了一个很大的痛疽，它听到了孙登的话，变成了一个老头，请求孙登给它医治。龙对孙登说："你如果治好了我，我会回报于你。"于是孙登为它医治。过了几天，天上再次降下大雨。

同时，还发生了一件怪事。一块大石头从中裂开，里面露出了一口井，井水清澈明净。这应该就是龙故意打了一口井来作为报答。

## 鹤衔珠报恩

### 仙鹤衔明珠报恩

哙参这个人,侍奉自己的母亲非常孝顺。曾经有一只玄鹤被人射中,无法飞行,特意来投靠哙参。哙参收养了这只玄鹤,为它治疗伤口,伤口痊愈后将它放归。后来,玄鹤在夜里来到哙参家门口,哙参拿着烛火一看,发现是雌鹤雄鹤双双而来,它们各自衔了一枚明珠,用以报答哙参的恩情。

# 古巢老姥

## 石龟变色城遭祸

一天，古巢县（今安徽巢湖）江水暴涨，很快又退回了原来的河道。有一条巨大的鱼搁浅在了岸上，它有万斤之重，三天后才死去。整个郡的人都吃了它的肉，只有一个老妇人没有吃。忽然，出现了一个老头，他对老妇人说道："那条大鱼是我的儿子，不幸遭遇这场祸事。唯独你没有吃我的儿子，我一定好好地回报你。如果东门的石龟眼睛变红了，整座城池都会塌陷。"

老妇人前往东门察看，有孩童对她的行为感到惊讶，老妇人据实相告。孩童想要捉弄老妇人，就用朱砂涂在了石龟眼睛上。老妇人见到石龟眼睛变红，赶紧离开城池。在路上，她遇到了个青衣童子，青衣童子说："我是龙的儿子。"他引领老妇人登上山，这时城池陷入地下，化作一片湖泊。

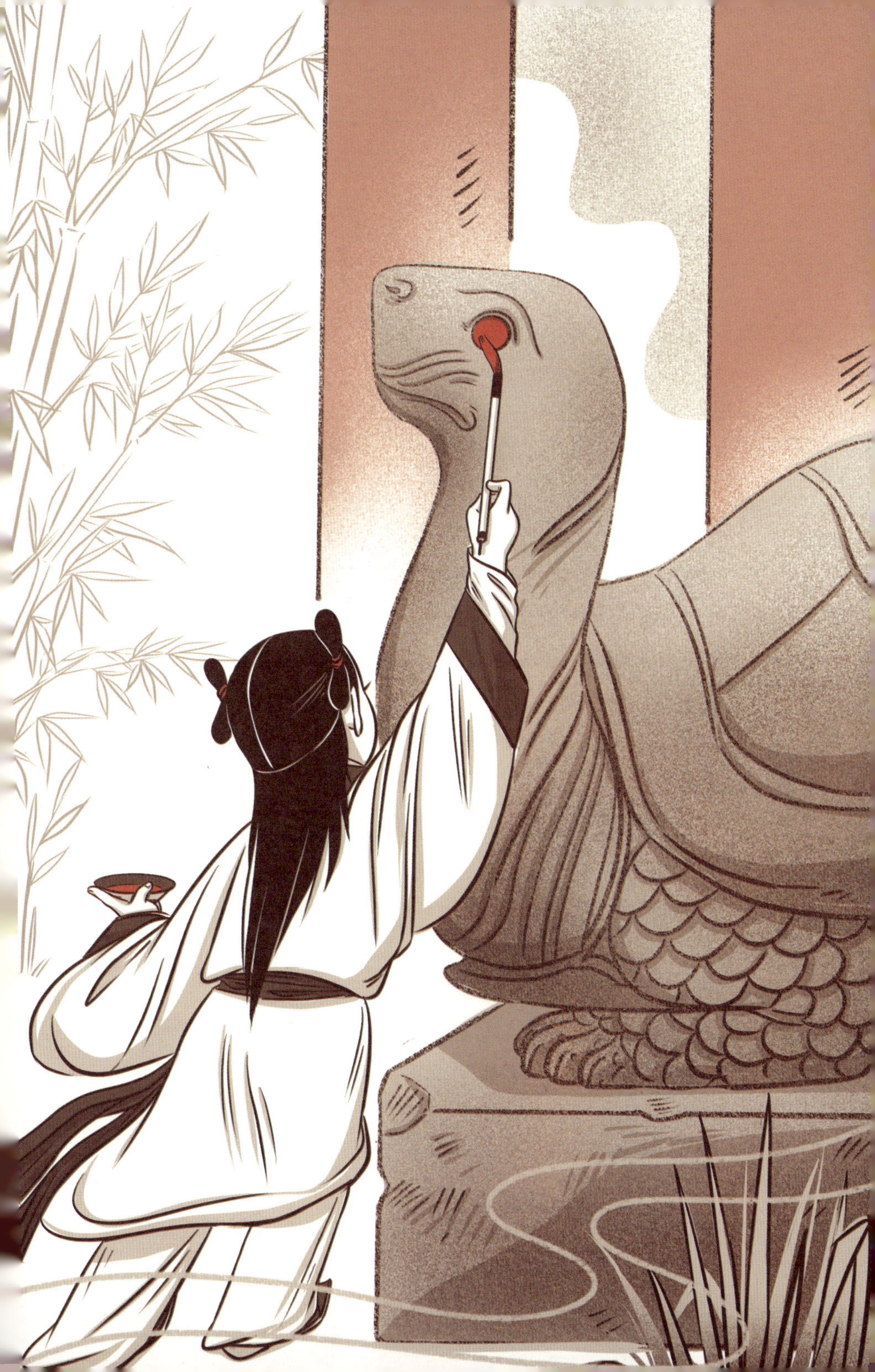

# 蝼蛄神

## 蝼蛄神狱中挖洞

晋代庐陵太守太原人庞企,字子及。据庞企所说,他不知道哪一代的祖先,曾经因为犯事被关押在监狱之中,所犯的并不是官府宣判的死罪,却经受不住严刑拷打,被迫招认。

判决书送上之后,有一只蝼蛄虫在他身边爬过。这位祖先便对蝼蛄虫说道:"如果你有神异的话,便让我活命,好不好?"说完就将自己的饭扔给了蝼蛄虫。蝼蛄虫吃完饭就离开了。

过了一会儿,蝼蛄虫再次返回,身体已长大了几分。这位祖先觉得很奇怪,便再次投喂蝼蛄虫。就这样过了几十天,蝼蛄虫已长到小猪大小。这时,祖先的判决书已到,被判处了死刑。蝼蛄夜间不停地挖掘监狱墙脚,挖出了一个大洞。于是,庞企的祖先砸破了枷锁,从洞中逃离。

很久之后,朝廷下令赦免犯人,他得以免除死罪。从此以后,庞氏家族世世代代都会在四季之时,在宗祠外的道路上祭祀蝼蛄神。后来,庞氏的后人对于祭祀越来越懈怠,不会再特意为蝼蛄神准备食物,只拿祭祀祖先剩下的食物予以祭祀,至今仍是这样。

# 华亭大蛇

### 华亭蛇报杀身之仇

吴郡海盐县（今浙江海盐）被乡亭里，有一个读书人名叫陈甲，本是下邳人。晋元帝时期，他暂时居住在华亭（今上海松江区）。一次，陈甲前往东边郊外打猎，遇见了一条大蛇，大蛇身长六七丈，粗大如船，身上有着玄黄五色花纹，盘卧在土岗下。陈甲射杀了这条蛇，回去后没有告诉别人。

三年后的一天，陈甲和乡里人一同游猎，再次来到当初见到大蛇的地方。他和同行的人说："我曾经在这里杀掉了一条大蛇。"当天晚上，陈甲梦见了一个人，这人穿着黑色衣服，戴着黑色帽子，他来到陈甲家中，问道："我当初昏醉在地，被你杀害了，我没看清楚是谁杀害的我，三年来都找不到仇人。现在我就来取你性命。"陈甲当即从梦中惊醒。第二天，他就腹痛而亡。